KB271656

위대한 개츠비를 다시 읽다

위대한 개츠비를 다시 읽다

김욱동 지음

세 번째 미국 문학 고전 읽기

이 책은 '원문과 함께 읽는 고전 작품 해설' 시리즈의 세 번째에 해당한다. 『노인과 바다를 다시 읽다』와 『동물농장을 다시 읽다』를 잇달아 내보낸 뒤 이번에 다시 『위대한 개츠비를 다시 읽다』를 내보낸다. 첫 번째 책의 책머리에서 나는 '고전'이라는 산에 오르려는 독자들에게 친절한 안내자의 역할을 자처하였다. 이 책에서도 작가가 어떻게 해당 작품을 구상하고 집필하고 출간했는지, 어떤 주제를 염두에 두고 창작했는지, 시간과 공간의 벽을 뛰어넘어 현대 독자들에게는 어떠한 보편적 의미를 주는지, 형식과 기교를 어떻게 사용했는지, 한국어 번역 텍스트의 수준이나 상태는 과연 어떠한지 등 여러 문제를 폭넓게 다루었다. 또한, 특정한 비평 유파나 이론에 치우치지 않고 좀 더 넉넉한 시선으로 텍스트를 읽으려고 애썼다는 점에서도 이 시리즈의 이전 책들과 다르지 않다.

F. 스콧 피츠제럴드는 윌리엄 포크너·어니스트 헤밍웨이와 함께 미국 현대 문학을 대표하는 작가이다. 이 세 작가는 흔히 '현대 미국 문학의 삼총사'로 일컫는다. 현대 미국 문학은 이 세 작가가 주도하다시피 했다고 해도 크게 틀리지 않을 것이다. 나이도 서로 비슷하여 피츠제럴드는 포크너보다 한 살 많고, 포크너는 헤밍웨이보다 두 살 많다. 그들은 하나같이 미국 문학을 세계 문단의 반열에 올려놓는 데 크게 이바지하였다. 이 세 작가와 더불어 미국 문학은 이제 당당히 세계 문학의 대열에 합류하고 어떤 의미에서는 세계 문학을 선도하기 시작했던 것이다.

더구나 피츠제럴드는 포크너나 헤밍웨이와 마찬가지로 마크 트웨인한테서 문학적 유산을 물려받았다. 포크너나 헤밍웨이처럼 드러내 놓고 트웨인을 언급하지는 않았지만, 피츠제럴드도 트웨인한테서 물려받은 몫이 적지 않다. 이 세 작가는 현대 미국 문학의 아버지라고 할 트웨인의 핏줄을 받고 태어난 형제들이라고 할 수 있다. 또한, 19세기 말엽에 태어나 제1차 세계대전을 겪는 등 동시대에 살면서 활약했다는 점에서도 서로 비슷하다. 그러나 다 같이 유럽 모더니즘의 세례를 받고 문학 활동을 했으면서도 문학 세계는 저마다 다르다. 특히 주제를 담는 그릇이라고 할 형식과 기교 그리고 문체에서는 서로 판이하다.

피츠제럴드의 『위대한 개츠비』는 얼핏 보면 읽기에 아주 쉬운 작품인 것 같다. 그러나 막상 자세히 뜯어보면 겉으로 보기와는 달리 그렇게 쉽지 않다는 사실을 알게 된다. 미국의 피츠제럴드 연구가 리처드 리언은 언젠가 『위대한 개츠비』를 지금까지 백 번 이상 읽었지만 읽을 때마다 새로운 의미를 느끼게 된다고 고백한 적이 있다. 그러면서 그는 "믿어지지 않을 만큼 복잡한 소설"이라고 못 박았다. 영어를 모국어로 구사하는 학자가 그렇게 고백하고 있을진대 하물며 영어를 외국어로 삼고 있는 외국 독자들로서는 새삼 두말할 필요가 없을 것이다.

나는 이 책을 쓰면서 문학을 공부하는 대학생과 대학원 학생을 예상 독자로 생각했지만, 인문학에 관심 있는 일반 독자들도 염두에 두었다. 이 책을 시작으로 앞으로 영국과 미국 문학에서 '현대의 고전'으로 일컬을 수 있는 작품을 선별하여 단행본으로 계속 출간할 것이다. 끝으로 이 책이 햇빛을 보기까지 여러모로 수고해준 이숲 출판사의 편집부 여러분께 고마움을 표한다.

2013년 봄
해운대에서
김욱동

제1부

F. 스콧 피츠제럴드와
『위대한 개츠비』

제1장
『위대한 개츠비』의 구상과 집필과 출간

　모든 작가는 작품을 쓸 때 저마다 염두에 두고 있는 독자가 따로 있기 마련이다. 감수성 예민한 사춘기 여고생을 염두에 둘 수도 있고, 그 수는 적지만 문학적 감식력이 높은 고급 독자를 염두에 둘 수도 있다. 어느 작가보다도 독자 욕심이 많았던 F. 스콧 피츠제럴드는 예상 독자의 스펙트럼을 무척 넓게 잡았다. 스물세 살의 젊은 나이로 처녀 장편소설 『낙원의 이쪽』(1920)을 출간하여 문명(文名)을 떨치던 무렵 그는 "모든 작가는 자기 세대의 젊은이들, 다음 세대의 비평가들, 그리고 그 뒤 영원히 미래 세대의 교육자들을 위해 작품을 써야 한다"고 밝혔다. 일반 독자에서 문학 비평가를 거쳐 교육자에 이르기까지 피츠제럴드가 염두에 두고 있던 독자의 폭이 아주 넓다는 데 새삼 놀라게 된다.

1925년 4월에 출간된 『위대한 개츠비』 초판 표지. 프랜시스 쿠갯이 그린 이 삽화는 작품 못지않게 관심을 끌었다.

그런데 생각할수록 피츠제럴드의 이 말은 참으로 예언적인 데가 있다. 물론 동시대의 젊은 독자들한테서 그는 이렇다 할 관심을 받지 못하였다. 실험적인 기법을 시도하여 난해하기로 이름난 윌리엄 포크너는 접어두고라도, 어니스트 헤밍웨이만 해도 동시대 독자들에게 자못 큰 관심을 받았다. 그러나 피츠제럴드에 대한 독자들의 관심은 그의 기대에 미치지 못하였다. 판매 부수를 기준으로 삼을 때 『위대한 개츠비』(1925)는 『낙원의 이쪽』이나 『저주받은 아름다운 사람들』(1922)과 비교해 겨우 절반 정도밖에는 팔리지 않았다.

더구나 같은 시기에 활약한 포크너나 헤밍웨이와 달리 피츠제럴드는 예술혼을 불태우는 진지한 작가보다는 차라리 미국 문단의 '버릇없는 아이'나 '플레이보이'로 더 잘 알려져 있었다. 포크너나 헤밍웨이 하면 비록 한 손에는 술잔을 들고 있지만, 다른 손에는 늘 연필이나 펜을 들고 있는 모습이 쉽게 떠오른다. 아니면 타자기 앞에 앉아 손으로 쓴 원고를 타자 원고로 만드는 모습을 연상하게 된다. 그러나 피츠제럴드한테서는 작품을 집필하는 모습보다는 술을 마시고 흥청거리며 파티를 벌이거나 한바탕 춤을 추는 모습이 먼저 떠오른다. 피츠제럴드는 언젠가 외동딸 스코티에게 "훌륭한 글이란 하나같이 수면 아래에서 수영하며 숨을 참고 있는 것과 같다"고 말한 적이 있다. 그런데 그는 물속에서 오랫동안 숨을 참고 있지 못하고 금방 물 위로 솟아올랐다고 할 수 있다.

그러나 피츠제럴드는 동시대의 젊은 독자들한테서 그다지 큰 관심은 받지 못했어도 그다음 세대의 문학 비평가들과 학자들한테서는 자못 큰 주목을 받았다. 그의 작품을 평가하고 연구하는 비평가들과 학자들은 지금까지 그의 작품을 온갖 비평 방법으로 여러 각도에서 연구해왔다. 그동안 그들은 어떤 면에서는 조금 지나치다 싶을 만큼 시시콜콜한 문제까지 다루다시피 하였다. 그래서 이제 그에 관한 연구는 가히 '피츠제럴드 산업'이라고 할 만큼 참으로 엄청난 단계에 이르렀다.

그런가 하면 피츠제럴드의 마지막 희망, 즉 "영원히 미래 세대의 교육자들을 위해 작품을 써야 한다"는 말도 그대로 적중하였다. 그동안 미국 교육계에서는 백인 중심에서 벗어나 다른 인종의 문화에 관심을 기울이는 다문화주의가 마치 성난 파도처럼 밀려오면서 정전(正典)을 둘러싼 교과 과정 문제가 첨예하게 부각되었다. 정전이란 무엇을 학생들에서 과연 무엇을 읽히고 무엇을 가르칠 것인지 하는 문제를 말한다. 지금까지 학교에서 교과목으로 가르쳐온 작품은 주로 백인 남성 작가들의 작품이 단골 메뉴였던 것이다.

그런데도 『위대한 개츠비』는 다문화주의의 화살을 비교적 무사히 빗겨갔다. 이 작품은 미국의 대부분 고등학교 교과 과정에 약방의 감초처럼 꼭 들어 있으며, 대학생들도 전공과 관계없이 반드시 읽어야 할 필독서의 목록에 올라와 있다. 미국의 '국립문학교육센터(NCLTL)'의 연구 결과에 따르면, 공립 고등학교의 54퍼센트, 가톨릭계 고등학교의 64퍼센트, 그리고 사립 고등학교의 49퍼센트 정도가 이 작품을 필수 텍스트로 선정하고 있다. 이 수치는 어디까지나 학교 당국의 공식적인 통계로 교사들이 개별적으로 가르치는 것까지 계산에 넣는다면 그 수치는 이보다 훨씬 더 높아진다.

피츠제럴드가 미처 예상하지는 못했지만, 『위대한 개츠비』는 영화 제작자들, 연극 연출가들, 무용 안무가들, 그리고 심지어는 음악가들로부터도 큰 사랑을 받고 있다. 예를 들어 이 작품은 1926년에 오웬 데이비스가 연극으로 각색하고 조지 쿠커가 감독하여 브로드웨이 무대에서 공연되었다. 1956년에는 예일 대학교에서 이 작품을 뮤지컬로 무대에 올렸다. 1999년에는 뉴욕의 메트로폴리탄 오페라단이 제임스 르바인의 데뷔 25주년을 축하하기 위해 이 소설을 오페라로 각색하고 그해 12월에

바즈 루어만 감독이 연출한 「위대한 개츠비」(2013)에서 데이지 뷰캐넌 역할을 맡은 캐리 멀리건과 제이 개츠비 역할의 레오나르도 디카프리오. 이것은 소설 『위대한 개츠비』를 네 번째로 영화화한 작품이다.

공연하여 관심을 끌었다. 워싱턴 주 시애틀에 본부를 두고 있는 록밴드 중에는 '개츠비의 미국의 꿈'이라는 악단이 있다.

텔레비전 시청자들을 위해 만든 영화는 접어두고 할리우드 상업 영화만 보더라도 『위대한 개츠비』는 지금까지 모두 네 차례에 걸쳐 만들어졌다. 1926년의 무성영화를 시작으로 흔히 '앨런 래드 버전'으로 일컫는 1949년의 영화, 로버트 레드포드와 미아 패로가 주연하여 인기를 끈 1974년의 영화 등이 바로 그것이다. 그리고 최근 2013년에는 오스트레일리아 감독 바즈 루어만이 메가폰을 잡고 레오나르도 디카프리오(제이 개츠비), 토비 매과이어(닉 캐러웨이), 캐리 멀리건(데이지 뷰캐넌), 조얼 에

저튼(톰 뷰캐넌) 등을 캐스팅하여 네 번째로 새롭게 영상 예술로 만들어 관심을 끌었다.

피츠제럴드가 집필한 작품의 양은 그다지 많지 않다. 바로 앞 세대에 활약한 윌리엄 딘 하우얼스나 헨리 제임스, 그리고 동시대에 활약한 헤밍웨이나 포크너와 비교하면 더욱 그러한 생각이 든다. 그가 이렇게 장편소설을 많이 쓰지 못한 데에는 일찍 사망한 탓도 있고, 돈을 벌고자 『새터데이 이브닝 포스트』 같은 잡지에 상업적인 단편 작품을 많이 쓴 탓도 있을 것이다.

장편소설로 국한하여 말한다면 이미 앞에서 언급한 『낙원의 이쪽』과 『저주받은 아름다운 사람들』과 『위대한 개츠비』 말고는 『밤은 부드러워』(1934)가 피츠제럴드가 살아 있을 때 출간한 작품이다. 이 네 편에 미완성 장편소설 『마지막 거물의 사랑』(1941)을 유작으로 남겼을 뿐이다. 또한, 그는 극작에도 손을 대 『채소』(1923)라는 희곡 작품 한 편을 집필하였다. 그리고 피츠제럴드는 무려 160편에 달하는 단편소설을 남기기도 하였다. 돈을 벌기 위한 목적으로 썼다고는 하지만 단편소설 가운데 열댓 편 가량은 그야말로 보석처럼 빛을 내뿜는 작

1728년 벤저민 프랭클린이 창간한 주간지 『새터데이 이브닝 포스트』. 피츠제럴드는 주로 이 잡지에 단편소설을 발표하였다. 표지 삽화는 노먼 로크웰이 그린 1920년대 미국의 신여성 '플래퍼'.

품으로 세계 단편소설사에 길이 남을 것이다.

피츠제럴드의 작품 가운데에서도 가장 대표적인 작품이라면 두말할 나위 없이 『위대한 개츠비』이다. '현대의 고전'의 반열에 올라와 있는 이 소설은 미국에서만 해마다 30만 권 이상 팔리고 있으며, 외국에서 팔리는 것까지 계산에 넣는다면 그 수는 참으로 엄청나다. 더구나 '위대한 미국 소설'을 말할 때마다 비평가들과 학자들은 이 작품을 늘 입에 올린다. 몇 해 전 뉴욕의 랜덤하우스 출판사의 편집 위원회는 20세기에 영어로 쓰인 가장 위대한 소설을 선정한 적이 있다. 아일랜드의 소설가 제임스 조이스의 『율리시스』(1922)를 첫 번째로 꼽았고, 『위대한 개츠비』를 두 번째로 꼽았다. 그러니까 20세기에 출간된 미국 소설로는 이 작품이 단연 첫손가락에 꼽힌 셈이다. 실제로 이 소설을 빼놓고 현대 미국 소설을 이야기하기란 이제 거의 불가능하게 되었다. 한 비평가는 이 작품을 두고 '미국 문학의 영원한 기념비'니 '국보급의 작품'이니 하고 추켜올리기까지 한다.

그러나 피츠제럴드가 작가로서 명성을 얻기까지 그 길은 결코 순탄하지만은 않았다. 미국이 고립 정책을 포기하고 마침내 1917년 4월 제1차 세계대전에 뛰어들자 그는 프린스턴 대학교를 중퇴하고 미국 육군에 지원하여 보병 소위로 임관하였다. 그러나 그 이듬해 휴전이 되자 유럽 전선에는 가보지도 못하고 제

대하고 말았다. 제대한 뒤 그는 뉴욕 시의 배런 콜리어 광고회
사에서 잠시 카피라이터로 일하였다. 낮에는 회사에서 일하고
밤이 되면 시, 단편소설, 스케치, 영화 대본 등을 쓰면서 작가로
서의 길을 모색하였다.

더구나 이 무렵 피츠제럴드는 무엇보다도 돈을 벌어야 하였
다. 1918년 7월 앨라배마 주 먼트가머리 근교 캠프 셰리던에 근
무하던 중 그는 '젤더 세이어'라는 여성을 만나 약혼까지 한 상
태에 있었다. 그러나 젤더는 직장도 변변치 않은 무명작가와는
결혼하려고 하지 않았다. 진지한 창작의 열정에 불타서라기보
다는 약혼녀를 위해서 피츠제럴드는 돈을 벌어야 하였다. 그러
나 잡지사나 출판사에 원고를 보내는 즉시 거절 편지를 받기 일
쑤였다. 그래서 무려 122장에 이르는 거절 편지로 방 안을 온통
도배해놓을 정도였다. 이처럼 그는 훌륭한 작가로 대접받기 전
까지 온갖 수모를 겪으며 노력해야 하였다.

피츠제럴드의 작품이 으레 그러하듯이 『위대한 개츠비』에
도 작가가 살아온 고단한 삶의 궤적이 깊이 아로새겨져 있다.
영국 작가 D. H. 로렌스는 "작가는 원고지 위에 피를 쏟아놓는
다"고 말한 적이 있다. 헤밍웨이는 이 말을 살짝 돌려 "작가란
타자기 앞에 앉아 피를 흘린다"고 말하였다. 원고지 위에 흘리
건, 타자기 앞에 앉아서 흘리건 여기서 '피'는 작가가 살아온 고

단한 삶의 궤적으로 보아 크게 틀리지 않을 것이다.

『위대한 개츠비』에서 한 젊은 주인공은 가난한 자신을 버리고 돈 많은 남성과 결혼한 한 여성을 되찾기 위하여 온갖 노력을 아끼지 않는다. 제1차 세계대전에 참가한 뒤 휴전과 더불어 귀국한 주인공은 조직폭력배와 손을 잡고 부정한 방법으로 막대한 돈을 모은다. 그의 첫사랑은 잠시나마 첫사랑에 미련을 두기도 하지만 그의 정체가 드러나자 곧바로 다시 안락과 편안함의 일상 속으로 돌아간다. 주인공은 첫사랑이 일으킨 교통사고의 범인으로 오인되고 마침내 피해자의 남편에게 살해당한다.

어떤 의미에서 『위대한 개츠비』는 작가의 정신적 편력을 기록해놓은 자서전이나 전기로도 읽을 수 있다. 그래서 그런지 이 작품을 읽다 보면 작가 피츠제럴드와 그 주변 인물들의 그림자가 자주 어른거린다. 헤밍웨이가 어머니와의 불화 때문에 유년 시절을 불행하게 보냈다면 피츠제럴드는 집안이 몰락하는 바람에 불행한 유년 시절을 보냈다. 피츠제럴드가 보낸 불행한 유년 시절은 청년 시절을 거치면서도, 또 어른이 되어서도 크게 달라지지 않았다. 이 소설의 주인공 제이 개츠비처럼 그는 늘 물질적 풍요로움과 꿈과 환상을 찾아 헤맸지만 그럴 때마다 실패의 고배를 마실 수밖에 없었다.

프랜시스 스콧 키 피츠제럴드는 1896년 9월 24일 미네소타

소년 시절의 피츠제럴드. 아버지의 사업이 실패하면서 어린 시절 그는 여러 도시로 이사 다니며 살았다. 그의 집안이 외갓집의 도움을 받으며 살아가는 데 대해 적잖이 굴욕감을 느꼈다.

주 세인트폴에서 태어났다. '프랜시스 스콧 키'라는 개인 이름이 무척 이색적이다. 이 이름은 바로 미국 국가(國歌)를 작사한 먼 친척의 이름에서 따온 것이다. 그는 언젠가 가문의 배경 때문에 "2기통의 열등감을 갖게 되었다"고 고백한 적이 있다. 여기서 '2기통'이란 친가 쪽 피츠제럴드 집안과 외가 쪽 맥퀼런 집안을 말한다. 아일랜드에서 이민 온 외가 쪽은 식료품 도매상으로 엄청난 재산을 모았다. 한편 친가 쪽은 오랫동안 미국에 살아온 명문 가문일지는 몰라도 물질적으로 그다지 풍족하지 못하였다. 그래서 피츠제럴드는 어린 시절부터 외가 쪽에서 경제적 도움을 받고 사는 것에 대해 늘 수치심과 열등감을 느꼈다.

아버지 리처드 피츠제럴드의 몰락은 아들의 열등감을 더욱 부채질하였다. 세인트폴에서 하던 가구 공장 사업이 망하자 그의 아버지는 뉴욕 주 버펄로의 식료품 회사에서 세일즈맨으로 일하였다. 그러나 이 직장마저 잃자 그의 집안은 다시 세인트폴로 돌아와 어렵게 생활하였다. 주변에 살고 있던 부유한 집안사람들과 비교가 되어 더욱 초라하게 보였다. 가령 세인트폴의 서밋 애비뉴에는 철도 재벌인 제임스 J. 힐 같은 갑부들이 살고 있었다. 『위대한 개츠비』에서 개츠비의 아버지는 닉 캐러웨이에게 "만약 [개츠비가] 살아 있었으면 아마 대단한 인물이 됐을 거요. 제임스 J. 힐 같은 인물 말이오. 국가 발전에 한몫했을 거요"라고 말한다. 이렇게 작품에서 힐을 언급하는 것을 보면 이 철도 재벌은 나이 어린 피츠제럴드에게 깊은 인상을 남겼음이 틀림없다.

피츠제럴드는 재산에 따른 사회적 신분의 차이 때문에 사랑하는 여성마저 얻을 수 없었다. 그는 1915년 1월 세인트폴에서 시카고 출신의 은행가요 증권 중개업자인 찰스 킹의 딸 지네브러 킹을 처음 만났다. 이때 킹은 코네티컷 주 웨스트오버 학교의 룸메이트를 방문하고 있었다. 지네브러는 아름다운 미모와 젊음과 함께 엄청난 돈을 가진 부유한 여성이었다. 썰매 파티에서 처음 만난 두 사람은 곧 연인으로 발전하였다. 그러나 신분의 벽을 넘지 못한 채 지네브러는 1917년 마침내 시카고의 재벌 청년 윌리엄 미첼과 결혼하였다. 지네브러는 피츠제럴드에게 하늘에 걸린 무지개처럼 한낱 이룰 수 없는 꿈에 지나지 않았다.

그런데 지네브러 킹의 아버지는 "가난한 사내아이들은 부

피츠제럴드의 첫사랑 지네브러 킹. 피츠제럴드는 시카고 갑부의 딸인 킹을 사랑했지만, 가난해서 결혼으로 꽃피울 수 없었다.

잣집 여자애들과 결혼할 생각을 해선 안 된다"고 말한 것으로 전해진다. 가뜩이나 열등감에 휩싸인 피츠제럴드에게 이 말은 그야말로 그의 폐부를 찌르는 비수와 같았다. 그는 평생 열등감 속에서 온갖 수치심을 느끼며 살아야 하였다. 피츠제럴드는 「부잣집 아이」(1926)라는 단편소설에서 주인공의 입을 빌려 "돈 많은 사람들은 당신이나 나와는 다른 족속이야"라고 말한다. 피츠제럴드는 노동자가 자본가에 대해 느끼는 증오심과 적개심은 아니더라도 적어도 가난한 농부가 지주에 대해 느끼는 절망과 분노를 느끼며 살았다. 피츠제럴드는 언젠가 "삶이란 능력만 있으면 마음대로 지배할 수 있는 그 무엇"이라고 말한 적이 있다. 이것을 달리 바꾸면, 능력과 돈이 없으면 삶에서 낙오자가 될 수밖에 없다는 말이 된다. 피츠제럴드는 자칫 잘못하면 삶의 낙오자가 된 채 세계를 지배하기는커녕 오히려 남의 지배를 받으며 살게 될지도 모른다는 강박관념에 시달렸다.

이렇게 어렸을 적부터 가치 박탈을 겪으면서 자라서 그런지는 몰라도 피츠제럴드는 유난히 사치스러운 생활을 즐겼다. 그는 단편소설을 써서 한 해에 3만 6천 달러를 벌었다. 그런데도 늘 생활비가 부족하다고 불평을 늘어놓기 일쑤였다. 아내 젤더 세이어가 낭비벽이 심한 데다 피츠제럴드 자신도 씀씀이가 헤펐기 때문이었다. 아무리 그렇다고 해도 3만 6천 달러는 1920 년대의 구매력으로 보면 엄청난 액수의 돈이다. 최근 미국의 한 가구의 평균 소득이 5만 달러 정도밖에는 되지 않는다.

앞에서 『위대한 개츠비』는 피츠제럴드와 주변 사람들의 삶에서 소재를 빌린 자전적 소설이라고 밝혔다. 예를 들어 그는 지네브러 킹을 모델로 삼아 데이지 페이를 창조하였다. 첫사랑을 쉽게 저버린다는 점에서도, 돈 많은 시카고 출신 청년과 결혼한다는 점에서도 지네브러는 데이지와 비슷한 데가 많다. 또한, 데이지는 피츠제럴드의 아내 젤더 세이어와도 적잖이 닮았다. 앨라배마 주 판사의 딸인 젤더는 데이지처럼 한편으로는 매력적이면서도 다른 한편으로 무책임하고 천박한 여성이었다.

톰 뷰캐넌은 두말할 나위 없이 지네브러 킹이 결혼한 윌리엄 미첼과 여러모로 비슷하다. 미첼은 톰처럼 시카고에서 대대로 부를 세습해온 부자이다. 톰과 미첼은 폴로 경기를 즐긴 것으로도 유명하다. 네 사람이 한 조가 되어 두 팀이 말을 타고 하는 폴로는 웬만한 부자가 아니고서는 할 수 없는 경기이다. 또

아내 젤더 세이어와 포즈를 취하고 있는 피츠제럴드. 두 사람은 1918년 앨라배마 주 먼트가머리에서 처음 만나 1920년 뉴욕에서 결혼하였다. 젤더는 피츠제럴드가 가난하다고 하여 한때 약혼을 파기한 적이 있다.

어떤 면에서 톰은 지네브러의 아버지 찰스 킹과도 닮았다. 두 사람 모두 예일 대학교를 졸업했다는 점에서도 그러하고, 신흥 부자이면서 돈 없는 사람들을 적잖이 무시했다는 점에서도 그러하다.

한편 돈이 없어 데이지를 톰에게 빼앗기다시피 한 제이 개츠비는 다름 아닌 피츠제럴드 자신을 모델로 창조한 인물이다. 개츠비와 피츠제럴드 사이에는 여러모로 유사점이 많다. 그렇다면 그의 아버지 리처드 피츠제럴드는 개츠비의 아버지 헨리 C. 개츠로 다시 탄생한 셈이다. 두 사람은 물질적 성공이라는 관점에서 보면 낙오자에 지나지 않으며, 아들들에게 적잖이 실망을 안겨준다.

더구나 피츠제럴드는 개츠비를 창안하면서 자신 못지않게 뉴욕 주 롱아일랜드 그레이트넥에 살 때 서로 알고 지내던 이웃 에드워드 풀러를 모델로 삼기도 하였다. 풀러는 채권 사기를 비롯한 여러 사기 사건과 관련된 인물이었다. 피츠제럴드는 "개츠비는 내가 알고 있는 한 남자에서 시작하여 나 자신으로 변했다"고 말한 적이 있다. 여기서 '한 남자'란 바로 풀러를 가리킨다. 피츠제럴드는 이 소설을 집필하면서 풀러의 범죄 기록과 그의 행적을 자세히 조사하였다. 헤밍웨이는 "네가 알고 있는 바를 써라"고 말한 적이 있다. 그의 충고를 받아들이기라도 하듯이 피츠제럴드는 개츠비의 모델이 될 인물에 대하여 좀 더 자세히 연구했던 것이다. 그런가 하면 비교적 최근 매슈 브루콜리는 제1차 세계대전 참전 용사요 밀주 판매업자인 '맥스 걸라크'라는 인물을 모델로 삼아 개츠비를 창조했다고 주장해서 관심을 끌기도 하였다.

한편 데이지의 친구 조던 베이커는 지네브러 킹의 친구 이디스 커밍스와 아주 비슷하다. 두 사람 모두 골프 선수로 한때 이름을 떨쳤다. 실제로 피츠제럴드는 찰스 스크리브너스 출판사의 편집자인 맥스웰 퍼킨스에게 조던을 이디스 커밍스를 모델로 창안했다고 밝힌 적이 있다. 아마추어 골퍼인 커밍스는 지네브러 킹과 함께 제1차 세계대전 직후 시카고 사교계에 데뷔한 네 여성 중의 한 사람에 속한다. 커밍스는 1923년 미국 여성 아마추어 골프대회에서 우승하면서 전국적으로 이름을 떨쳤다. 1924년 8월에는 여성 운동가로서는 처음으로 미국의 시사 주간지 『타임』의 표지에 등장하는 영예를 안았다. 물론 '조던 베이커'라는 이름은 이 무렵 인기를 끈 두 자동차 브랜드 '조던 모터 카'와 '베이커 모터 비히클'에서 빌려 왔다.

개츠비의 후견인으로 빈털터리인 그를 일약 신흥 부자로 만들어준 마이어 울프심은 두말할 나위 없이 1920년대 뉴욕 폭력계를 주름답던 아널드 로스스타인을 모델로 삼은 인물이다. 피츠제럴드가 『위대한 개츠비』에서도 언급하지만 로스스타인은 1919년 월드시리즈에서 시카고 화이트삭스 팀이 신시내티 팀에 승리하도록 조작한 조직폭력계의 대부이다. 피츠제럴드는 에드워드 풀러를 통해 로스스타인을 만난 적이 있다.

피츠제럴드가 『위대한 개츠비』를 처음 구상한 것은 1922년 6월 젤더와 함께 미네소타 주 화이트베어 호수 근처 요크 클럽에 머물 무렵이다. 퍼킨스에게 보낸 편지에서 그는 세 번째 소설이 중서부 지방과 뉴욕을 지리적 배경으로 삼고 사건이 비교적 짧은 시간 안에 일어나게 될 것이라고 밝혔다. 그로부터 한 달 뒤 그는 다시 퍼킨스에게 "나는 새로운 그 무엇 – 놀랍고도 아름답고 단순한 그 무엇에다 정교하게 짜인 그 무엇을 쓰고 싶다"고 포부를 밝혔다. 그러면서 그 어느 때보다 창작력에 솟아오른다고 말하기도 하였다. 이해 9월 피츠제럴드는 이른바 '개츠비 작품군(群)'에 속하는 단편소설 한 편을 집필하였다. 첫사랑의 환멸을 그린 「겨울 꿈」(1922)이 바로 그것이다. 이 작품군에 속하는 단편소설로는 「오월제」(1920)를 비롯하여 「분별 있는 일」(1924)과 「사면(赦免)」(1924) 등이 있다.

1922년 10월 피츠제럴드 부부는 뉴욕 주의 롱아일랜드 그레이트넥으로 이주하였다. 맨해튼에서 비교적 가까운 거리에 있는 이곳은 영화계나 연극계 인사 같은 신흥 부자들이 많이 살고 있는 교외였다. 그레이트넥 맞은편 동쪽 지역인 맨해싯넥에는 대대로 재산을 세습해온 부자들이 살고 있었다. 그들은 가령 '밴더빌트'니 '모건'이니 '구겐하임'이니 이름만 들어도 금방 알 수 있는 내로라하는 재벌들이었다. 피츠제럴드는 『위대한 개츠비』를 집필하면서 이 두 지역을 모델로 '웨스트에그'와 '이스트에그'라는 허구적 공간을 창조하였다. 이 무렵 그레이트넥에는 소설가요 스포츠 해설가인 링 라드너가 살고 있었다. 그는 이 작품에서 닉 캐러웨이와 조던 베이커가 개츠비 저택의 서재에서 만나는 '올빼미 눈 모양의 안경'을 낀 중년 신사로 등장한다.

물론 라드너는 그 허구적 인물처럼 몸집이 크지도 않았고, 안경을 끼고 있지도 않았다.

이 무렵 피츠제럴드는 풍자적인 희곡 작품 『채소』가 크게 히트하여 큰돈을 벌 것으로 예상하고 있었다. 그러나 예상과는 달리 이 작품은 1923년 11월 홍행에 완전히 실패하였다. 그러자 피츠제럴드 부부는 그 이듬해 이번에는 프랑스로 거처를 옮겼다. 1924년 여름과 가을 피츠제럴드는 프랑스 쪽 지중해 연안 리비에라에 머물면서 『위대한 개츠비』를 본격적으로 집필하기 시작하였다. 탈고하자마자 찰스 스크리브너스 출판사의 퍼킨스에게 원고를 보냈다. 원고를 보내면서 그는 퍼킨스에게 "적어도 나는 정말로 내 것이라고 할 그 무엇을 쓴 것 같다"고 털어놓았다. 원고와 편지를 받은 퍼킨스는 전반적으로는 훌륭하다고 칭찬하면서도 좀 더 수정하고 보완하라고 제안하였다. 특히 퍼킨스가 문제 삼은 부분은 주인공 개츠비의 과거가 너무 모호한 데다 작품의 구성이 산만하다는 점이었다.

그래서 피츠제럴드는 로마에 머무는 동안 퍼킨스의 제안대로 교정쇄를 대폭 수정하였다. 가령 개츠비의 과거와 배경을 보강하는 한편 제1장 마지막에 있던 네덜란드 선원들에 관한 언급을 제9장 마지막으로 옮겼다. 또한, 톰이 개츠비의 과거를 폭로하는 장면도 양키 경기장과 센트럴파크 근처 레스토랑에서

플라자 호텔로 바꾸었다. 퍼킨스에게 수정한 교정쇄를 보내면서 피츠제럴드는 "마침내 참으로 내 작품이라고 할 그 무엇을 썼다"고 자신감을 피력하였다. 이 소설은 마침내 1925년 4월 10일에 출간되었다.

여기서 한 가지 주목해 볼 것은 피츠제럴드는 이 소설을 단행본으로 출간하기에 앞서 잡지에 연재하고 싶어 했다는 점이다. 그래서 그는 『코스모폴리탄』과 『리버티』 두 잡지에 연재를 제의하면서 10만 달러를 요구하였다. 그러나 이 두 잡지사는 그의 제안을 거절하였다. 피츠제럴드가 요구한 액수도 액수이지만 무엇보다도 이 작품이 불륜과 혼외정사를 다루고 있어 이 무렵 독자들에게 적절하지 않다고 판단했던 것이다. 이 소식을 전해 듣고 『칼리지 휴머』 잡지가 피츠제럴드에게 1만 달러를 주고 연재하겠다고 나섰지만, 이번에는 피츠제럴드가 그 제의를 거절하였다. 결국, 이 소설은 잡지에 미리 연재되지 않고 단행본으로 출간되었던 것이다.

이렇듯 피츠제럴드는 『위대한 개츠비』를 출간하면서 작가로서 자신감을 얻었다. 실제로 그 이전에 출간한 『낙원의 이쪽』과 『저주받은 아름다운 사람들』만 해도 아직 덜 진화된 원숭이 꼬리처럼 아마추어적인 흔적이 조금 남아 있었다. 그러나 세 번째 장편소설에 이르러 습작의 티를 완전히 벗어버렸다. 또한,

피츠제럴드는 이 작품을 출간하면서 새롭게 작가로서의 각오를 다지기도 하였다. 1940년에 사망하기 직전 딸 스코티에게 보낸 편지에서 그는 "이제 생각해보니 내가 느슨해지거나 뒤를 돌아보지 않았더라면 더 좋았을 걸 그랬다. 하지만 『위대한 개츠비』를 집필하고 난 뒤 이제 나는 내가 갈 길을 발견했다. 이제부터는 이 일이 무엇보다도 우선이다. 나에게는 이 일이 급선무이다. 만약 이것이 없다면 나는 아무것도 아니다"라고 말했다고 밝혔다. 그러나 안타깝게도 피츠제럴드는 이런저런 이유로 이러한 각오를 제대로 지키지 못하였다. 더구나 심장마비로 갑자기 요절하는 바람에 더더욱 그러하였다.

『위대한 개츠비』의 초판 1쇄는 2만 부 조금 넘게 발행되었다. 책 한 권의 가격이 2달러, 이 무렵 작가가 받는 인세는 책값의 15퍼센트로 요즘 인세보다 비교적 높았다. 이 작품은 예상과는 달리 판매가 부진하였다. 초판 1쇄로 피츠제럴드가 인세로 받은 돈은 6,261달러로, 출판사에 진 빚을 갚고 나니 겨우 261달러밖에 남지 않았다. 1925년 8월에 2쇄로 3천 부를 더 찍었지만 역시 잘 팔리지 않아 1940년 그가 사망할 때까지도 창고에 재고로 남아 있었다. 『낙원의 이쪽』과 『저주받은 아름다운 사람들』이 각각 5만 부 정도 팔린 것을 생각하면 『위대한 개츠비』의 판매는 그 절반에도 미치지 못했던 것이다.

피츠제럴드는 『밤은 부드러워』가 출간된 1934년에 직접 『위대한 개츠비』에 서문을 써서 '모던 라이브러리' 판으로 다시 출간하였다. 가격도 초판보다 훨씬 저렴하게 권당 95센트에 판매했지만, 역시 상업적으로 성공을 거두지 못하였다. 그래서 이 작품은 얼마 가지 않아 '모던 라이브러리' 리스트에서 아예 빠지게 되었다. 이로써 이 소설은 1940년 피츠제럴드가 사망할 때까지 더는 출간되지 않았다. 흥미롭게도 작가 자신은 이 소설이 지나치게 남성 중심적이어서 판매가 부진한 것으로 판단하였다.

『위대한 개츠비』가 출간되자마자 판매 부수와는 관계없이 비평가들의 서평은 대체로 호의적이었다. 이 작품을 '불발탄'이라고 혹평한 비평가도 있었지만, 비평가들은 대부분 피츠제럴드가 마침내 소설가로서의 재능을 찾았다고 높이 평가하였다. 이 작품에 이르러 피츠제럴드가 비로소 '진짜 작가'가 되었다든가 "희망에 찬 어린아이에서 비로소 어른으로 성숙하였다"고 평가하는 비평가들이 적지 않았다. 그런가 하면 피츠제럴드 자신도 "내 생각으로는 내 작품이 이제까지 쓰인 미국 소설 중 가장 훌륭한 작품에 가깝다"고 자화자찬한 적도 있다.

그러나 누구보다도 이 작품을 격찬한 사람은 모더니즘의 대부(大父)라고 할 T. S. 엘리엇이었다. 이 소설이 출간되기 3년 전

그는 『황무지』(1922)를 출간하여 제1차 세계대전 이후 서구인들이 느끼던 정신적 불모 현상을 표현하여 관심을 끌었다. 엘리엇은 피츠제럴드에게 보낸 편지에서 이 작품을 세 번이나 읽었으며 최근에 읽은 어떤 영국 소설이나 미국 소설보다 깊은 감명을 받았다고 말하였다. 그러면서 "헨리 제임스 이후 미국 소설이 내디딘 첫걸음"이라고 칭찬을 아끼지 않았다. 엘리엇의 이 찬사는 뒷날 이 작품의 판매에 크게 이바지하였다. 엘리엇의 이 말은 미국 소설이 피츠제럴드의 이 작품에 이르러 사실주의에서 젖을 떼고 비로소 모더니즘의 이유식을 시작했다는 말로 받아들여도 좋을 것이다.

그런데 이러한 찬사는 비단 미국이나 영국 비평가들에게서만 그치지 않는다. 가령 프랑스의 유명한 작가이며 화가요 영화감독인 장 콕토는 『위대한 개츠비』를 프랑스어로 번역한 빅토르 로나에게 보낸 편지에서 "천상의 책으로 이 세상에서 가장 보기 드문 소설"이라고 극찬해 마지않았다. '천상의 책(un livre céleste)'이 과연 무엇을 뜻하는지 정확히 알 수는 없지만, '아주 보기 드물고 소중한 책'이라는 뜻으로 받아들여도 크게 틀리지 않을 것이다. 장 콕토의 평가는 엘리엇의 찬사를 훨씬 능가한 것이었다. 로나는 피츠제럴드에게 콕토가 이러한 평가를 프랑스어 번역판이 출간된 1926년 신문지상에 발표하지 않은 것이

유감스럽다고 밝혔다. 만약 그랬더라면 프랑스에서 이 책은 더 많이 팔렸을 것이기 때문이다.

『위대한 개츠비』를 집필하면서 피츠제럴드가 선배 작가들한테서 영향을 받은 사실을 지적하는 비평가들도 적지 않았다. 작품의 사건에 드나들면서 이야기를 독자들에게 전달하는 일인칭 화자 기법은 조지프 콘래드의 영향이 자못 크다. 방금 앞에서 엘리엇을 언급했지만, 피츠제럴드가 이 모더니즘 시인한테서 받은 영향은 작품 곳곳에서 쉽게 찾아볼 수 있다. 이 밖에도 미국 소설사에 심리적 사실주의 전통을 세운 헨리 제임스를 비롯하여 이디스 워튼과 윌러 캐더의 영향도 엿볼 수 있다.

『위대한 개츠비』가 출간 당시에는 이렇다 할 주목을 받지 못하다가 그가 사망하고 훨씬 뒤에야 비로소 주목받기 시작한 까닭이 어디에 있을까? 이 작품이 마치 잿더미를 헤치고 솟아오르는 불사조처럼 부활하게 된 까닭이 과연 어디에 있을까? 이 소설이 새롭게 재평가를 받게 된 데에는 그럴 만한 까닭이 있을 것이다. 이 물음에 대한 답은 문학 사회학적 관점에서도 무척 흥미롭다. 1940년대 말엽이나 1950년대 초엽부터 이 소설이 주목받기 시작한 것은 크게 세 가지 이유에서 비롯한다.

첫째, 피츠제럴드가 사망한 뒤 그에 관한 전기가 쏟아져 나오기 시작하면서 작가만이 아니라 그의 작품에 대해서도 점차 관심을 갖기 시작하였다. 1950년대 초엽 아서 마이즈너가 피츠제럴드에 관한 첫 번째 전기 『낙원의 저쪽』(1951, 1959)을 출간하여 요절한 작가에 관한 관심을 끌었다. 앤드류 턴불은 『스콧 피츠제럴드』(1961)라는 두 번째 전기를 출간함으로써 피츠제럴드가 재평가되는 데 박차를 가하였다. 프린스턴 대학 시절부터 절친한 친구요 이 무렵 미국의 대표적인 비평가로 꼽히던 에드먼드 윌슨이 피츠제럴드가 그동안 써놓은 산문을 한데 모아 『크랙업』(1945)이라는 책을 출간한 것도 피츠제럴드의 부활에 톡톡히 한몫하였다. 또한, 이와 함께 피츠제럴드와 그의 삶을 소재로 한 소설이 나오기도 한다. 버드 슐버그의 소설, 『환멸을 느낀 사람들』(1950)이 바로 그것이다. 이렇게 피츠제럴드의 전기와 그를 소재로 쓴 소설을 읽은 독자들은 이 요절한 작가의 작품에 관해 좀 더 알고 싶어졌던 것이다.

둘째, 1940년대 말엽과 1950년대 초엽부터 미국 학계와 비평계에 '형식주의'라는 새로운 비평이 대두하였다. 미국 사회가 1930년대 경제 대공황의 긴 터널을 지나면서 그동안 넓게는 역사 비평, 좁게는 사회주의 비평 방법이 부쩍 관심을 끌었다. 이 무렵은 존 스타인벡이나 존 도스 패서스 같은 작가가 주목받던 시대였다. 그러나 경제 대공황이 끝나고 제2차 세계대전이 종식된 1940년대 중엽에 접어들면서 문학 작품의 내용보다는 형식에 주목하는 신비평 방법이 고개를 들기 시작하였다. 군 복무를 마치고 대학에 돌아온 젊은이들에게 문학을 가르치는 방법에서 형식주의적 신비평은 자못 중요하였다. 그런데 『위대한 개츠비』는 길이나 내용으로 보아 학자들과 비평가들이 신비평을 도입하여 작품을 분석하는 데 그야말로 안성맞춤이었다.

셋째, 좀 더 실제적인 이유로, 『위대한 개츠비』는 군인들을 위한 '진중문고(陣中文庫)'로 채택되면서 더욱 널리 알려지게 되었다. 제2차 세계대전 중 미국 국방성은 이 소설을 15만 5천 권 이상 구입하여 장병들에게 무상으로 배포하였다. 피츠제럴드가 사망하기 전 겨우 2만 4천 부도 팔리지 않은 이 작품은 장병들의 입소문을 타면서 더욱 알려졌다. 그러고 보니 미국에서나 한국에서나 진중문고는 베스트셀러를 만들어내는 데 견인차 역할을 한다. 이왕 진중문고 이야기가 나왔으니 말이지만, 한국에서 국방부가 해마다 진중문고에 사용하는 예산은 50억 정도로 50여 종의 책을 선정하여 병사들이 쉽게 읽을 수 있도록 내무반에 비치해놓는다. 국방부가 진중문고로 구입하는 책은 해마다 25만 권 정도로 알려져 있다. 학술원이나 문화체육관광부에서 추천하는 우수 도서와는 비교도 되지 않을 만큼 엄청난 부수로 출판사의 경쟁이 마치 전쟁을 방불하게 한다.

피츠제럴드는 이제 포크너와 헤밍웨이와 더불어 '20세기 미국 소설의 삼총사'로 좁게는 현대 미국 소설, 넓게는 미국 문학, 더 넓게는 세계의 문학을 대표하는 작가로 꼽힌다. 이 세 작가를 빼놓고 20세기 미국 소설을 말하는 것은 마치 마크 트웨인, 헨리 제임스, 윌리엄 딘 하우얼스를 빼놓고 19세기 미국 소설을 말할 수 없는 것과 같다. 21세기 문턱을 넘어선 지도 벌써 십여 년이 지났지만, 문학성에서나 대중성에서나 이 작품을 뛰어넘을 작품을 찾아보기는 쉽지 않다.

여기서 잠깐 피츠제럴드의 창작 태도를 짚고 넘어가는 것이 좋을 것 같다. 앞에서 이미 그가 어린 시절부터 '2기통의 열등감'을 느꼈다고 말했지만, 그는 창작에 대해서도 '2기통의 태도'를 보이고 있었다. 다시 말해서 그는 작품을 집필하면서 일반 대중을 위한 통속적 작품과 예술적으로 진지한 작품을 엄격히 구분 지었다. 여러 잡지에 기고하는 단편 작품은 어디까지나 돈을 벌기 위한 수단에 지나지 않았다. 『새터데이 이브닝 포스트』를 비롯하여 『레드북』, 『리버티』, 『콜리어스』, 『메트로폴리탄』, 『맥콜스』, 『에스콰이어』 같은 대중 잡지에 잇달아 단편소설을 발표하였다.

평소 낭비벽이 심한 데다 사치를 좋아하는 젤더 세이어와 결혼한 뒤부터 그는 거의 언제나 돈에 쪼들리다시피 하였다. 젤더뿐 아니라 피츠제럴드 자신도 호화로운 생활을 즐겼다. 1920

아내 젤더와 함께 자동차를 타고 유럽을 여행하고 있는 피츠제럴드 부부.
그들은 파리를 비롯한 유럽의 여러 도시에서 호화로운 생활을 즐겼다. 생활
비를 벌기 위해 피츠제럴드는 잡지에 단편소설을 많이 기고하였다.

넌대 피츠제럴드 부부는 미국과 유럽을 자주 오가며 귀족처럼
살았다. 그런데 그의 재능으로 비교적 쉽게 돈을 벌 수 있는 일
은 잡지에 단편소설을 기고하는 것밖에는 없었던 것이다.

이들 잡지 중에서도 주간 잡지 『새터데이 이브닝 포스트』
는 1920년대 일주일에 275만 부가량 팔려나갈 정도로 엄청난
인기를 끌고 있었다. 이 잡지의 표지를 주로 그린 화가 노먼 로
크웰과 함께 피츠제럴드는 1920년대와 1930년대에 걸쳐 이 잡
지의 간판스타로 이름을 날렸다. 피츠제럴드의 단편소설 예순
다섯 편, 그러니까 그가 집필한 단편소설의 40퍼센트가량이 이
주간지에 발표되었다. 1929년 한 해 동안에만 피츠제럴드는 이

잡지에 모두 여덟 편의 단편소설을 발표하여 무려 3만 달러를 벌었다. 어떤 때에는 단편소설 한 편에 4천 달러를 받기도 하였다. 1919년에서 1940년까지 그가 잡지에 단편소설을 발표하여 번 돈이 무려 24만 달러가 넘는다. 오늘날의 기준으로 보더라도 원고료로서는 참으로 엄청난 액수의 돈이라고 할 수 있다.

『위대한 개츠비』와 『밤은 부드러워』로 피츠제럴드가 출판사로부터 받은 인세는 32달러에도 미치지 못하였다. 1929년 『위대한 개츠비』로 받은 인세는 겨우 5달러 10센트로, 시쳇말로 잉크값과 종잇값도 되지 않았다. 장편소설 가운데에서는 그나마 처녀 작품인 『낙원의 이쪽』이 잘 팔려 그가 사망하기 전까지 5만 2천 부 판매에 인세로 1만 5천 달러를 받았을 뿐이다. 이러한 상황에서 인기 잡지에 단편소설을 기고하는 것은 그로서는 물리칠 수 없는 달콤한 유혹이었다.

한편 피츠제럴드는 문학성 높은 진지한 작품을 쓰려고 하였다. 프린스턴 대학 재학 시절 에드먼드 윌슨에게 "이제까지 살았던 작가 중에서 가장 위대한 작가 중의 한 사람"이 되겠다고 고백한 적이 있는 피츠제럴드는 평생 작품 활동을 하면서 이러한 야심을 실현하려고 무척 노력하였다. 돈을 벌기 위한 수단으로 쓴 작품은 단편소설이거나 중편소설에 해당하고, 문학적 야심을 성취하기 위하여 쓴 작품은 장편소설에 해당한다. 이미 앞에서 지적했듯이 비록 돈을 벌기 위해 쓴 작품이기는 하지만, 그가 발표한 단편소설 중 열댓 편은 내로라하는 단편소설 작가들의 작품과 견주어도 조금도 손색이 없을 만큼 아주 훌륭하다. 후자 중에서 가장 성공한 작품은 두말할 나위 없이 『위대한 개츠비』이다.

그런데 여기서 한 가지 짚고 넘어갈 점은 작가는 어디까지나 '좋은' 작품으로만 평가받는다는 사실이다. 수험생들의 성적처럼 평균치로 평가받지 않고, 작품을 많이 쓴 양에 따라 평가받지도 않는다. 아무리 '질이 떨어지는' 작품을 썼다고 해도 한 작품만 훌륭하다면 그 작품으로 작가로서의 위대성을 평가받는다. 세계 문학사를 들여다보면 오직 한 작품으로 이름을 떨치고 있는 작가들이 생각 밖으로 많다. 예를 들어 『폭풍의 언덕』(1847)을 쓴 에밀리 브론테도, 『앵무새 죽이기』(1960)를 쓴 하퍼 리도 오직 한 작품으로써 작가적 명성을 얻고 있다. '통속 소설'이라는 꼬리표가 늘 붙어 있기는 하지만, 마거릿 미첼의 『바람과 함께 사라지다』(1936)도 이 범주에 속한다. 물론 통속적인 작품에도 '훌륭한' 작품과 그렇지 못한 작품이 있게 마련이다. 마찬가지로 아무리 진지한 문학 작품이라고 해도 '실패한' 작품들이 얼마든지 있을 것이다.

제2장
『위대한 개츠비』와 재즈 시대

　『위대한 개츠비』는 비단 F. 스콧 피츠제럴드가 자신과 주변 인물들한테서 자유롭게 소재를 빌려 온 반자전적(半自傳的) 작품이나 준자전적(準自傳的) 작품에 그치지 않는다. 그는 이 작품에 1920년대의 미국 사회를 고스란히 옮겨놓다시피 하였다. 이 소설은 마치 시대 의상처럼 제1차 세계대전 직후 미국의 사회상을 생생하게 묘사한다. 이렇듯 모든 작가는 자신이 살고 있는 사회나 시대를 어떤 식으로든지 반영하지 않을 수 없다. 아무리 허무맹랑한 사건이나 초월적인 삶의 경험을 다룬다 해도, 미래 공상과학 소설처럼 현실과는 동떨어진 사건을 다룬다 해도, 그 나름대로 당대의 현실을 반영하게 마련이다.

　미국 작가를 통틀어 피츠제럴드만큼 제1차 세계대전 이후 미국의 삶을 실감 나게 표현한 작가도 찾아보기 어렵다. 1910

년대 미국의 삶을 이해하려면 시어도어 드라이저의 『시스터 캐리』(1910)를 읽어야 하고 1930년대 미국의 삶을 이해하려면 존 스타인벡의 『분노의 포도』(1939)를 읽어야 하듯이, 1920년대의 미국의 삶을 제대로 이해하려면 『위대한 개츠비』를 읽어야 한다. 재즈 음악과 찰스턴 춤과 자동차가 상징하는 1920년 미국의 사회 현실이 고생물을 간직하고 있는 화석처럼 이 작품에 고스란히 반영되어 있기 때문이다.

이 무렵에 활약한 어느 작가보다도 피츠제럴드는 미국의 사회상에 깊은 관심을 기울였다. 그를 두고 흔히 '재즈 시대의 왕자'로 일컫는 것도 그렇게 무리는 아니다. '재즈 시대'란 인류 역사에서 그 유례를 찾을 수 없는 제1차 세계대전을 겪은 뒤 서구 문명에 깊은 회의를 보이면서 재즈 음악에 심취하던 1920년대를 가리키는 말이다. 이 용어는 피츠제럴드가 『재즈 시대의 이야기』(1922)라는 단편집을 출간하면서 더욱 널리 유행하기 시작하였다. 어떤 의미에서는 1920년대에 '재즈 시대'라는 꼬리표를 처음 붙인 사람이 바로 피츠제럴드라고 해도 크게 틀리지 않다. '1920년대'라고 뭉뚱그려 말했지만, 좀 더 구체적으로 말하자면 재즈 시대는 제1차 세계대전이 휴전에 들어간 1918년부터 경제적 풍요를 구가한 1929년까지를 말한다.

이 재즈 시대와 관련하여 피츠제럴드는 한 작품에서 "그것은 기적의 시대였고, 그것은 예술의 시대였고, 그것은 과도의 시대였고, 그것은 풍자의 시대였다"고 하였다. 또 다른 작품에서는 1920년대를 두고 "미국이 역사에서 가장 화려하게 흥청거리고 있었다"고 하였다. 그런가 하면 「재즈 시대의 메아리」라는 글에서 "우리는 이제 [세계에서] 가장 강한 국가가 되었다. 누가 감히 우리에게 무엇이 유행하는지, 무슨 일이 재미있는지 말해 줄 수 있단 말인가?"라고 자신감을 피력하기도 하였다. 이렇게 힘주어 강조하여 말한다는 것은 그동안 미국이 유럽에 대해 문화적으로 열등감을 느껴왔다는 방증이기도 하다. 어찌 되었든 이 시기에 이르러 미국은 비로소 이러한 문화적 열등감에서 벗어나 세계 문화의 대부로 부상할 수 있었다.

제1차 세계대전이 끝난 뒤 경제적으로 파산을 맞이한 유럽과는 달리 미국은 어느 때보다도 경제적으로 눈부시게 성장하였다. 1922년부터 1929년 사이 미국의 연간 국민총생산(GNP)이 무려 40퍼센트나 증가했고, 개인의 평균 소득도 27퍼센트나 늘어났다. 이 7년 기간에 주식의 수익 증가율이 무려 108퍼센트에 달하였다. 기업은 이익이 76퍼센트 증가했으며, 개인도 수입이 33퍼센트나 늘어났다. 특히 상류 계층에게는 재산을 증식하는 데 더할 나위 없이 좋은 기회였다. 이 소설의 화자인 닉 캐러웨이가 증권업과 채권업에 종사하기 위하여 뉴욕 시에 온 데에는 그럴 만한 까닭이 있었다. 『위대한 개츠비』의 첫머리에서 캐러웨이는 "내가 알고 있는 사람들이 하나같이 채권업에 종사하고 있었던지라 채권업계가 독신 남자 하나쯤은 더 먹여 살릴 수 있으리라고 생각했던 것이다"라고 말한다. 미국의 전체 재산 규모로 보자면 1921년에 1억 8천7백만 달러이던 것이 1929년에는 무려 4억 5천만 달러로 늘어났다. 농촌 인구보다 도시 인구가 더 많아지기 시작한 것도 바로 이 무렵이었다.

줄잡아 10년에 이르는 재즈 시대는 흔히 'CISUCCESS'라는 영문 두문자로 요약된다. 두말할 나위 없이 '성공'이라는 낱말을 염두에 두고 만들어낸 말이다.

C: 소비(consumer) 붐

I: 생산 방법의 혁신(innovation)

S: 합성 물질(synthetics)의 등장

U: 자동차 소유의 급상승(upsurge)

C: 내구 소비재(consumer durables)의 등장

C: 통신(communication) 혁명

E: 흥행(entertainment) 산업의 등장

S: 주식 시장(stock market)의 활황

S: 마천루(skyscrapers), 고속도로, 교외 도시 건설

재즈 시대에는 "소비가 곧 미덕"이라는 캐치프레이즈가 잘 어울릴 만큼 소비가 크게 붐을 이루었다. 자동차 어셈블리 라인(부품들을 컨베이어 체계에서 순서대로 조립하는 공정)에서 볼 수 있듯이 이 무렵 공산품을 생산하는 혁신적인 방법이 개발되었다. 또한, 화학이 발달하면서 나일론 같은 합성 섬유를 비롯한 온갖 합성 물질이 개발되고 생산되었다. 그런가 하면 자동차를 소유한 사람이 급증한 것도 바로 이 무렵이었다. 1895년에는 승용차와 트럭이 겨우 몇십 대밖에 되지 않던 것이 불과 24년 뒤인 1919년에 이르러서는 무려 760만 대로 늘어났다. 전기를 동력으로 하는 가전제품 같은 내구 소비재가 새롭게 등장하여 인기를 끌었다. 전화 같은 통신 수단이 발달하고, 영화나 쇼 비즈니스 같은 흥행 산업과 라디오와 텔레비전 같은 오락 매체가 눈부시게 발전하면서 대중문화가 부쩍 관심을 받았다. 주식 시장은 어느 때보다 활황을 이루었다. 대도시를 중심으로 마천루가 하늘을 찌를 듯이 높이 솟아오르고, 도시와 도시를 연결하는 고속도로가 거미줄처럼 건설되었으며, 대도시 근교에는 중산층을 위한 쾌적한 교외 도시가 건설되었다.

이렇게 재즈 시대에는 여러 영역에 걸쳐 그야말로 혁명적인 변화가 일어났지만, 모든 것이 좋은 것은 아니었다. 가령 주식 시장이 활황을 누렸지만, 주식에 투자할 돈이 없는 사람들한테는 그림의 떡이요 병풍 속의 닭과 다름없었다. 빈부 격차의 골이 더욱 깊어진 것도 바로 이 무렵이었다. 한쪽에서는 풍요로움을 만끽했지만, 다른 쪽에서는 여전히 제1차 세계대전 이전과 같은 삶을 영위하거나 오히려 그보다도 못한 삶을 살았다. 그러고 보니 피츠제럴드가 이 소설에서 영국의 경제학자 헨리 클레이의 『경제학 입문』(1918)을 언급하는 것은 아이러니가 아닐 수 없다. 클레이는 모든 사람에게 균등하게 이익이 돌아가도록 부를 재분배할 것을 부르짖은 평등주의 경제학자였던 것이다.

『위대한 개츠비』에서 빈부 격차는 톰 뷰캐넌과 조지 윌슨에게서 극명하게 엿볼 수 있다. 톰은 결혼식 전 데이지에게 35만 달러짜리 진주 목걸이를 선뜻 사줄 수 있었지만, 조지는 생계를 꾸려나가기도 힘겹다. 자동차만 보아도 톰은 으리으리한 자가용을 몰고 다니는 한편, 조지의 차고에는 먼지를 뽀얗게 뒤집어쓴 포드 중고차 한 대가 을씨년스럽게 놓여 있을 뿐이다. 사회적 신분의 척도라고 할 저택만 보아도 빈부의 격차는 더욱 뚜렷이 드러난다. 두 사람이 살고 있는 집은 아주 좋은 대조가 된다.

그들의 저택은 내가 예상했던 것보다 훨씬 화려했다. 붉은색과 흰색으로 장식한 조지 왕조 식민지 시대풍의 쾌적한 그 집은 만이 내려다보이는 곳에 자리 잡고 있었다. 잔디밭이 해변에서 시작해서 현관을 향해 400미터 달려와, 해시계와 벽돌로 꾸민 산책길과 불타는 듯한 정원을 뛰어넘어 이어져 있었다.

위 인용문은 톰과 데이지 부부의 저택을 묘사하는 장면이다. 이 소설의 화자 닉 캐러웨이는 톰이 시카고 출신의 부자라는 사실을 이미 알고 있었지만, 막상 그가 사는 저택을 보니 예상한 것보다 훨씬 화려했다고 말한다. 이 집은 한때 석유 재벌이 살던 집을 톰이 사들인 것이다. 롱아일랜드 만(灣) 해변에서 시작하여 저택의 현관까지의 거리가 상당히 먼 것으로 보아 엄청나게 넓은 대지 위에 지은 집이라는 것을 쉽게 알 수 있다. 개츠비의 집이 무려 40에이커, 즉 16만 제곱미터나 되는 대지인 점을 염두에 두면 톰의 집도 그보다 크면 크지 더 작지는 않을 것이다.

장사가 잘 안되는지 건물 내부는 텅 비어 있었다. 자동차라고는 어둠침침한 구석에서 먼지를 뒤집어쓰고 있는 부서진 포드 한 대뿐이었다. 문득 이 음산한 자동차 정비소는 한낱 속임수에 지나지 않으며 2층에는 호화롭고 낭만적인 방들이 숨어 있을지도 모른다는 생각이 떠올랐을 때 주인이 헝겊 조각에 손을 닦으며 사무실 문 앞에 모습을 드러냈다.

위 인용문은 조지 윌슨의 집을 묘사하는 대목이다. 전망 좋고 공기가 깨끗한 바닷가에 있는 톰의 집과는 달리, 이 집은 피츠제럴드가 '쓰레기 계곡'이라고 부르는 쓰레기 처리장 근처에 있다. 쓰레기 처리장 한쪽에는 더러운 강물이 흐르는 하천이 있고, 또 그 근처에 뉴욕 시로 통하는 롱아일랜드 철도가 놓여 있다. 닉 캐러웨이는 이렇게 을씨년스러운 자동차 정비소가 한낱 속임수에 지나지 않을 뿐, 건물 2층에는 "호화롭고 낭만적인 방들이 숨어 있을지도 모른다"고 생각한다. 그러나 그의 생각은 한낱 헛된 공상으로 판명된다. 바로 그 순간 자동차 정비를 하던 조지 윌슨이 헝겊 조각에 손을 닦으며 사무실 문 앞에 나타나기 때문이다. 닉이 목격하는 장면은 조지와 그의 아내 머틀이 살아가는 누추한 현실일 뿐이다. "호화롭고 낭만적인" 것들은 아무리 눈을 씻고 찾아보아도 찾아볼 수가 없다.

한 통계 자료를 보면 1920년에 상위 5퍼센트 사람이 미국 전체 부(富)의 24퍼센트를 차지하고 있었다. 그러나 불과 9년 뒤인 1929년에는 그 수치가 무려 34퍼센트로 올라간다. 다시 말해서 1920년대 미국에서는 '부익부(富益富) 빈익빈(貧益貧)' 현상이 더욱 심화하였다. 기독교에서는 "누구든지 있는 사람은 더 받아 넉넉해지고 없는 사람은 있는 것마저 빼앗길 것이다"(「마태복음」 25장 29절)라고 가르친다. 그래서 사회학에서는 이러한 부익부 빈익빈 현상을 '마태복음 효과'라고 부른다. 그런데 미국 역사에서 1920년대만큼 마태복음 현상이 뚜렷하게 모습을 드러낸 시기도 아마 찾아보기 어려울 것이다.

피츠제럴드는 『위대한 개츠비』에서 1920년대에 크게 유행한 노래 「사랑의 둥지」를 언급한다. 개츠비 집에 하숙생처럼 기숙하는 '클립스프링어'라는 사나이가 개츠비와 데이지를 위해 피아노를 치면서 부르는 노래가 바로 그것이다. 오토 하박이 쓴 이 노래 가사에는 "한 가지는 분명하지 / 다른 일은 몰라 / 부자는 더욱 부자가 되고 / 가난한 사람에게 생기는 건 아이들뿐"이라는 구절이 나온다. 진부한 유행가 가사에도 이 무렵의 사회상이 잘 묘사되어 있다.

이 무렵에는 심지어 부자들 사이에서도 차별이 있었다. 대대로 부를 세습해온 부자들은 갑자기 떼돈을 번 신흥 부자들을 한편으로는 의심의 눈초리로 바라보면서 경계하고, 다른 한편으로는 적잖이 무시하고 경멸하였다. 예로부터 부를 세습해온 부자들이 신흥 부자들을 경계하고 경멸하는 데에는 여러 이유가 있을 터이다. 그중 하나가 제이 개츠비나 그의 후견인이라고 할 마이어 울프심처럼 부정한 수단으로 돈을 모았다는 사실일 것이다. 물론 세습 재산가들이 부를 축적한 과정도 그다지 정당하지는 않았을지도 모른다. 그러나 그들은 신흥 부자들이 부를 축적한 과정이 상대적으로 더 타락하고 정당하지 못하다고 판단하기 일쑤였다.

『위대한 개츠비』의 시간적 배경 못지않게 지리적 배경을 찬찬히 눈여겨봐야 하는 까닭이 바로 여기에 있다. 이 작품은 뉴욕 시 근교의 롱아일랜드에 있는 '웨스트에그'와 '이스트에그'라는 마을을 공간적 배경으로 삼는다. 물론 지도나 위성 위치 확인 시스템(GPS)으로는 도저히 찾아갈 수 없는 허구적 공간이요 상상의 지역이다. 웨스트에그는 피츠제럴드 부부가 한때 살았던 그레이트넥을 모델로 삼은 곳이고, 이스트에그는 조그마한 만(灣) 하나를 사이에 두고 있는 건너편 마을 맨해싯넥을 모델로 삼은 곳이다. 두 지명에 모두 '넥'이라는 말이 있는 것은 지형이 마치 병목처럼 잘록하게 들어가 있기 때문이다. 그런데 이 두 지역은 또한 달걀 모양을 하고 있어 피츠제럴드는 '넥'이라는 말 대신에 '에그'라는 말을 사용하여 각각 웨스트에그와 이스트에그로 이름을 붙였다. 이 두 지역에 대해 화자 닉은 "뉴욕 시에서 30킬로쯤 떨어져 있었다. 그런데 거대한 달걀 모양을 하고 있는 이 두 지역은 겉모습이 똑같은 데다 이름뿐인 만을 사이에 둔 채 서반구의 바다 중에서 인간의 손길이 가장 많이 닿은 곳, 즉 롱아일랜드 해협의 큼직한 앞마당 쪽으로 튀어나와 있었다"고 말한다.

그런데 이 두 지역은 단순히 지리적 배경에 그치지 않고 삶의 방식이나 가치관을 반영한다. 대서양 동쪽에 좀 더 멀리 자리 잡고 있는 이스트에그는 톰처럼 재산을 세습한 부유한 귀족들이 사는 지역인 반면, 뉴욕 시 쪽에 좀 더 가까운 웨스트에그는 개츠비처럼 갑자기 떼돈을 번 신흥 부자들이 사는 곳이다. 조지 왕조 시대의 식민지풍으로 지은 톰의 저택과 프랑스 노르망디 시청을 본떠서 지은 개츠비의 저택은 집주인의 사회적 신분과 가치관의 차이를 여실히 보여준다. 물론 톰은 개츠비와는 달리 재산을 세습했지만 유구한 전통을 자랑하는 명문 가문에서 흔히 볼 수 있는 고상한 성격이나 취향이나 교양이 없다는 점에서는 전통적인 가문과는 조금 거리가 있다.

제1차 세계대전 뒤 미국이 이룩한 경제 성장의 그늘에는 도덕적 타락과 부패가 독버섯처럼 자라고 있었다. 톰 뷰캐넌과 제이 개츠비가 타고 다니는 번쩍거리는 고급 승용차며, 개츠비가 토요일마다 벌이는 사치스러운 파티며, 마치 '불빛을 쫓는 부나비처럼' 환락과 쾌락을 찾아 헤매는 젊은이들이며, 톰과 데이지의 도덕적 혼란과 무질서와 무책임은 바로 전쟁이 끝난 뒤 방향 감각을 상실한 채 방황하던 이 무렵의 시대적 분위기를 잘 보여준다. 그래서 재즈 시대는 흔히 '광란의 20년대'라고도 일컫는다. 피츠제럴드의 한 단편소설 제목 그대로 이 무렵의 미국은 말하자면 '현대판 바빌론'이라고 할 수 있다. 톰의 저택이나 개츠비의 파티처럼 겉으로는 우아하고 고상하며 화려하게 보이지만 막상 한 꺼풀만 벗겨놓고 보면 탐욕과 이기와 정신적 공허감이 도사리고 있다.

1919년 1월 미국 의회는 제18차 헌법 수정안을 비준하고 그해 10월 볼스테드 법을 통과시켜 술을 제조하거나 판매하거나 운반하거나 수출이나 수입하는 모든 행위를 금지하였다. 이것이 바로 청교도 정신의 마지막 흔적이라고 할 금주법이다. 이 법은 1922년부터 1933년까지 무려 11년 동안 시행되었다. 물론 금주법은 비단 미국이 아니라 다른 나라에도 있었다. 가령 조선 시대에는 쌀로 술을 빚었기에 식량 사정이 악화하자 영조(英祖)는 금주령을 내렸다. 금주령을 내리는 까닭은 다름 아닌 경제적 이유에서였던 것이다.

그러나 미국에서는 경제적 이유보다는 도덕적 이유로 금주법을 시행하였다. 술에 취하지 않는, 진지하고 경건한 사회를 만들겠다는 취지였다. 그러나 이러한 시도는 실패로 끝날 수밖에 없었다. 이웃 나라인 캐나다와 멕시코에서는 여전히 술을 마실 수 있었기에 불법으로 쉽게 술을 밀반입할 수 있었고, 사정이 여의치 않을 때에는 직접 밀주를 만들어 판매하였다. 또한, 의사의 처방전만 있으면 약국에서 얼마든지 알코올을 구입할 수 있어 약국은 밀주 판매의 창구로 이용되었다. 다른 합법적인 방법으로 술을 구할 수도 있었다. 예를 들어서 성당에서 성찬식 때 사용하는 포도주의 생산량이 급격하게 늘어나기도 하였다. 한마디로 금주법은 아예 처음부터 지켜질 수 없는 법이었다. 사람들은 술을 마시지 않거나 술 소비를 줄이기는커녕 오히려 더 많이 마셨다. 통계 자료를 보면 술 소비량은 금주법을 시행하기 이전보다 훨씬 늘어났다. 이 무렵에 나온 한 만화에는 "우리 도시에는 두 종류의 시민이 살고 있습니다. 한 종류의 시민은 밀주를 만드는 사람들이고, 다른 종류의 시민은 그것을 찾는 고객들입니다"라는 문구가 적혀 있다. 금주법은 오히려 도덕적 불감증만 부추기는 결과를 낳았다.

금주법은 술의 소비를 줄이기는커녕 범죄 조직을 부추기는 역효과를 낳았다. 술을 합법적으로 제조하지도 못하고 판매하지도 못하게 하자, 불법으로 술을 제조하여 유통하는 범죄 조직이 대도시를 중심으로 그야말로 우후죽순처럼 생겨났다. 가령 뉴욕에서는 유태계 출신인 아널드 로스스타인이 조직폭력계의 대부로 부상하여 온갖 불법을 저질렀다. '미스터 빅(거물)', '돈줄', '두뇌', '해결사' 등 온갖 별명이 붙은 로스스타인은 밀주와 도박은 말할 것도 없고 앞에서 지적했듯이 심지어 1919년 월드 시리즈까지 조작하였다.

로스스타인이 주로 뉴욕에서 활약했다면 알 카포네는 시카고를 중심으로 활약하였다. 남부 이탈리아 출신 이민자의 아들로 태어난 카포네는 시카고 조직폭력 단체인 '아웃핏'을 결성하여 미국 서부에까지 그 영향력을 행사하는 엄청난 조직으로 성장시켰다. '밤의 대통령'이라는 별명에 어울리게 그는 암흑가의 거물이었다. 밀주, 도박, 매춘 등으로 1927년 한 해에만 1억 달러 이상의 수입을 올려 '세계 최고의 시민'으로 기네스북에 오를 정도였다. 카포네는 과학자 알베르트 아인슈타인, 자동차의 왕 헨리 포드와 더불어 시카고의 젊은 사람들이 가장 존경하는 인물 중 한 사람으로 꼽히기도 하였다.

재즈 시대에서 금주법과 함께 눈여겨봐야 할 또 한 가지는 여권(女權) 신장이다. 미국 같은 민주주의 국가에서는 여권 신장이 아주 일찍부터 이루어진 것처럼 보이지만 여성이 참정권을 얻게 된 것은 비로소 1920년대에 이르러서였다. 이해에 제19차 헌법 수정안을 비준하여 여성에게 처음으로 선거권을 부여하였다. 이 무렵 여성은 가부장 질서에서 해방되었을 뿐 아니라 경제적인 풍요와 과학 기술의 발달로 가사 노동에서도 해방되었다. 세탁기와 진공청소기 같은 가전제품이 쏟아져 나오고 가공식품이 대량으로 생산되면서 여성은 전보다 훨씬 여유 있는 생활을 누릴 수 있었다.

이 무렵 여성의 사고와 생활 방식에서도 획기적인 변화가 일어나기 시작하였다. '플래퍼(flapper)'라는 신여성의 출현이 바로 그것이다. 플래퍼란 본디 외모와 성향이 독특한 신여성들이 주로 입었던 주름 잡힌 짧은 치마가 춤추며 회전할 때 넓게 퍼져 올라가면서 펄럭이는 모습을 빗대어 붙인 이름이다. 한국에서도 개화기 이후 행실이 바르지 못한 아가씨를 흔히 '후랏빠'라고 불렀다. 무용가 최승희(崔承喜)는 아마 한국의 대표적인 '후랏빠' 중의 한 사람일 것이다. 그런데 이 '후랏빠'는 바로 '플래퍼'를 일본어식으로 표기한 것이다. 프랑스의 '가르송', 이탈리아의 '마스키에타', 영국의 '보이시 걸'처럼 미국의 플래퍼는 남성의 굴레에서 벗어나 유행의 최첨단을 걷던 신여성들을 일컫는 말이다. 한국어로는 '말괄량이 아가씨'라는 표현이 아마 플래퍼에 가장 가까울 것이다.

1920년대 미국 사회를 휩쓴 소비와 쾌락주의는 여성도 예외가 아니었다. 삶의 방식이 자유분방한 플래퍼들은 전통적인 여성들과는 거의 모든 면에서 뚜렷이 차이가 났다. 가령 사내아이처럼 짧게 깎은 헤어스타일과 짧은 스커트에 하얗게 화장한 얼굴, 검고 가늘게 그린 눈썹, 붉은 입술, 종처럼 둥글고 머리를 완전히 감싸는 클로슈 모자를 썼다. 그리고 플래퍼는 무릎 아래와 팔을 노출하는 헐렁한 스타일의 원피스를 즐겨 입었다. 한마디로 전통과 인습에 반발하여 여성성을 강조하지 않는 '보이시 스타일'이 크게 유행하였다. 담배 역시 이 시대 플래퍼의 필수 품 중 하나였다. 사치스럽고 특이한 담배케이스는 최고의 인기 품목이어서 남성들이 여성들의 마음을 사로잡기 위해 즐겨 선물하는 물건으로 꼽혔다.

이 무렵 플래퍼들이 추구하던 것은 비단 스타일만이 아니었다. 그들은 19세기 말엽부터 서서히 고개를 들고 있던 남녀평등과 참정권의 요구 등 여성해방 운동을 펼치고 있었다. 물론 오늘날과 비교하면 여전히 제약이 있었지만, 이때부터 여성의 사회 진출이 눈에 띄게 늘어나기 시작하였다. 남성들의 억압에서 벗어난 여성들은 자유연애를 즐기고 개성적인 행동을 일삼는 등 이전에는 상상도 할 수 없을 만큼 자유분방하게 활동하였다.

누구보다도 시대정신을 예민하게 포착하는 문학가들의 눈에 이러한 플래퍼들이 그냥 빗겨갈 리 없었다. 피츠제럴드는 『위대한 개츠비』를 비롯한 여러 작품에서 남성 중심주의의 굴레에서 해방된 신여성 플래퍼들의 삶을 즐겨 다루어 『말괄량이 아가씨들과 철학자들』(1920)과 같은 단편집을 출간하기도 하였다. 『위대한 개츠비』로 좁혀 본다면 조던 베이커가 아마 이 범주에 가장 가까울 것이다. 한편 데이지 뷰캐넌은 옷차림 같은 겉모습에서는 플래퍼와 비슷할지 몰라도 생각이나 행동에서는 전통적인 여성일 뿐이다. 어니스트 헤밍웨이도 『태양은 다시 떠오른다』(1926)에서 영국 여성 브렛 애슐리를 신여성으로 묘사한다. 이 점에서는 윌리엄 포크너도 마찬가지여서 처녀 장편소설 『병사의 봉급』(1926)에서 그는 말괄량이 아가씨 세실리 손더스를 등장시킨다.

흔히 '재즈 시대' 또는 '광란의 20년대'로 일컫는 1920년대 미국 사회가 언제까지나 지속할 수는 없었다. 산이 높으면 계곡이 깊듯이 경제적 호황 뒤에는 불황이 따르게 마련이다. 미국이 한껏 누리던 경제적 붐은 마침내 1929년 10월 월스트리트의 증권 시장이 몰락하면서 하루아침에 물거품처럼 가라앉았다. 번영과 쾌락에 취해 있었던 미국인들은 경제 대공황의 철퇴를 맞고 만취 상태에서 깨어났다. 앞으로 10년 넘게 미국인들은 온갖 고통을 겪으며 경제 대공황의 긴 터널을 지나가야만 하였다.

이 무렵 시장 자본주의에 대한 깊은 회의가 일어나면서 사회주의 이론이 어느 때보다 설득력을 얻기 시작하였다. 1930년대를 흔히 '붉은 십 년(Red Decade)'이라고 부르는 까닭이 바로 여기에 있다. 희망과 낙관주의에 한껏 들떠 있던 1920년대가 장밋빛이었다면 그다음 십 년은 사회주의를 상징하는 붉은색이 지배적이었다. 제2차 세계대전이 시작될 때까지 미국 사회는 곳곳에 온통 붉은색으로 점철되어 있다시피 했던 것이다.

제3장
시간과 꿈과 낭만적 환상

그동안 F. 스콧 피츠제럴드는 작품의 주제가 지나치게 남녀의 애정과 물질적 성공에 치우쳐 있다는 비판을 받았다. 비평가들은 특히 그가 다루는 소재가 "성숙한 세계에 사는 성숙한 사람들"과는 거리가 멀다고 비판의 고삐를 늦추지 않았다. 이러한 비판에 대해 피츠제럴드는 "맙소사! 그것이야말로 나의 소재이며, 내가 다루어야 하는 모든 것이다"라고 밝힌 적이 있다. 이렇듯 피츠제럴드는 처음부터 소설가로서 자신이 다룰 소재를 분명히 깨닫고 있었다. 소설가에게 문제가 되는 것은 '어떠한' 소재를 다루느냐가 아니라 그 소재를 '어떻게' 다루느냐는 것이다. 그런데 피츠제럴드는 자신의 삶에서 가장 깊은 관심을 기울여온 소재를 택하여 그것을 설득력 있게 소설 작품으로 형상화하려고 했던 것이다.

그러나 그는 비단 『위대한 개츠비』에서 남녀의 애정과 물질적 성공만을 다루는 데에서 그치지 않는다. 비록 남녀의 애정 문제를 다루더라도 그것을 다른 작가들과는 조금 다른 각도에서 다룬다. 이 점에서는 물질적 성공을 둘러싼 문제도 마찬가지이다. 피츠제럴드를 비판하는 비평가들은 소재와 주제를 서로 엄밀히 구별 짓지 않는 과오를 범한다. 문학 작품에서 소재는 작가가 말하려고 하는 바를 나타내기 위하여 선택하는 재료를 말한다. 순수한 토박이말로 '글감'이라고 하면 좀 더 쉽게 이해할 것이다. 글이나 작품의 내용이 되는 바탕이나 재료가 곧 소재이다. 한편 '주제'라고 하면 작가가 자신의 작품에서 나타내고자 하는 기본적인 관념이나 사상을 말한다. 다시 말해서 소재에 대한 태도가 바로 주제인 셈이다. 문학의 소재와 주제를, 빵을 만드는 작업에 빗대어 말한다면 소재는 밀가루와 설탕과 효모 같은 재료에 해당하고, 그러한 재료로 만들어낸 제품은 주제에 해당한다. 똑같은 재료로 식빵을 만들 수도 있고 케이크를 만들 수도 있듯이 작가는 똑같은 소재라고 해도 얼마든지 서로 다른 주제를 형상화할 수 있다.

피츠제럴드는 흔히 '재즈 시대'나 '광란의 20년'으로 일컫는 1920년대 미국 사회의 거대한 벽화를 그리는 데에서 그치지 않는다. 물론 이 작품은 이 무렵의 미국 사회를 그 어떤 역사책보다도 실감 나게 묘사했다는 평가를 받는다. 그러나 만약 이 소설이 미국 사회의 특정한 시대적 상황을 묘사하는 데에서 그쳤다면 마치 날짜가 지난 해묵은 달력처럼 오늘날의 독자들에게 그렇게 깊은 감명을 주지 못할 것이다. 90년 가까운 시간적 장벽을 훌쩍 뛰어넘고 또 공간적 한계를 극복하고 이 작품이 전 세계에 걸쳐 뭇 독자들에게 읽히면서 깊은 감동을 주는 이유는 특정한 시대와 특정한 공간에 국한된 경험을 뛰어넘어 좀 더 보편적이고 일반적인 주제를 다루고 있기 때문이다. 고전의 반열에 오른 작품들이 흔히 그러하듯이 이 작품도 특수성과 보편성, 개별성과 일반성 사이에서 절묘하게 균형과 조화를 꾀한다.

피츠제럴드가 『위대한 개츠비』에서 다루는 보편적 주제는 한둘이 아니지만, 그중에서도 시간의 문제는 아마 첫손가락에 꼽을 수 있을 것이다. 프랑스의 실존주의 철학자 장 폴 사르트르는 일찍이 윌리엄 포크너가 그의 작품에서 연대기적 플롯 진행 방법을 무시하는 특징에 주목하면서 "소설의 기교는 언제나 소설가의 형이상학과 연관되어 있다"고 지적한 적이 있다. 그러면서 그는 포크너의 형이상학을 한마디로 '시간의 형이상학'이라고 불렀다. 이 점과 관련하여 사르트르는 포크너의 세계관을 지붕 없는 자동차를 타고 앉아서 뒤쪽을 바라보는 사람에 빗댄다. 현재는 늘 혼란스럽고 미래는 과거로 지나간 뒤에서야 비로소 이렇다 할 의미가 있기 때문이다. 그래서 사르트르는 포크너의 작중인물에게는 미래와 그 가능성이 굳게 닫혀 있다고 결론짓는다.

『위대한 개츠비』를 좀 더 찬찬히 뜯어보면 피츠제럴드의 형이상학도 궁극적으로는 '시간의 형이상학'과 그렇게 동떨어져 있지 않다는 사실을 알 수 있다. 적어도 주인공들이 시간에 대한 강박관념에 시달리고 있다는 점에서도 그러하고, 주인공들이 시간과 싸움을 벌이고 그 싸움에서 패배한다는 점에서도 그러하다. 피츠제럴드의 작품에서도 포크너의 작품에서처럼 인간의 비극은 결국 시간에서 비롯한다고 볼 수 있다. 어떤 의미에서 보면 피츠제럴드의 작중인물들은 포크너의 작중인물들처럼 한낱 시간의 희생자에 지나지 않는다.

그동안 현대 미국 소설가 중에서도 피츠제럴드와 포크너와 헤밍웨이에 유달리 깊은 관심을 기울여온 비평가 맬컴 카울리는 일찍이 "[피츠제럴드]는 마치 시계와 달력이 가득 찬 방 안에서 작품을 쓰는 것처럼 시간의 강박관념에 시달리고 있다"고 말한 적이 있다. 다른 장편소설과 많은 단편소설은 접어두고라도 『위대한 개츠비』만 보아도 피츠제럴드는 시간에 사로잡혀 있다는 사실을 곧 알 수 있다. 실제로 이 소설에는 '시간(time)'이라는 낱말이 무려 87번이나 되풀이되어 나온다. 95번 사용되는

'집(house)'과 89번 사용되는 '눈(eyes)'이라는 낱말 다음으로 '시간'은 세 번째로 많이 사용되는 낱말이다. '시계', '날짜', '시간표'처럼 시간과 관련한 낱말까지 합친다면 그 수는 무려 450번으로 늘어난다.

『위대한 개츠비』의 제1장 첫 단락, 첫 문장은 "지금보다 어리고 쉽게 상처받던 시절 아버지는 나에게 충고 한마디를 해주셨는데 (……)"로 시작한다. 번역본에서는 다섯 번째, 원문에서는 일곱 번째 낱말이 다름 아닌 '시절(years)'이라는 말이다. 또한, 이 작품의 마지막 제9장의 마지막 단락의 마지막 문장은 "그리하여 우리는 조류를 거스르는 배처럼 끊임없이 과거로 떠밀려 가면서도 앞으로 앞으로 계속 나아가는 것이다"로 끝난다. 여기서도 '과거(past)'라는 시간과 관련한 낱말을 사용한다. 한국어로 번역하는 과정에서 앞쪽으로 옮겨졌지만, 원문의 맨 마지막 단어가 바로 '과거'라는 말이다.

이 소설의 화자 닉 캐러웨이는 제이 개츠비가 주말마다 벌이는 성대한 파티에 참석한 손님들의 명단을 날짜가 지난 기차 시간표에 적는다. 심지어 피츠제럴드가 인용하는 유행가 가사에도 시간이 등장한다. 가령 앞 장에서 언급한 「사랑의 둥지」라는 노래 가사에는 "아침에도 / 저녁에도 / 우리는 즐겁지 않은가 (……) 그러는 동안 / 그러는 사이 (……)"라는 구절이 나온다.

그런가 하면 흥청망청 파티를 벌이던 어느 날 밤 개츠비의 집 안에서는 「새벽 3시」라는 재즈 음악이 구슬프게 흘러나온다. 이처럼 하나같이 시간을 가리키는 표현이 들어 있다.

이 작품에서 공간적 배경과 시간적 배경을 구별 짓기란 여간 어렵지 않다. 가령 닉이 제1장에서 개츠비의 이야기를 처음 전개하는 장면을 보면 시간적 배경이 오히려 공간적 배경을 압도하는 듯하다. 닉은 자신이 왜 중서부에서 뉴욕 시에 오게 되었는지 그 과정과 뉴욕 시에 거처를 정한 사연을 간략하게 소개한 뒤 곧바로 톰 뷰캐넌 부부를 만난 이야기를 들려준다.

만(灣)이라고 부르기도 민망한 좁은 만의 맞은편에는 해변을 따라 상류 사회인 이스트에그의 하얀 저택들이 궁궐처럼 번쩍였다. 그리고 그해 여름의 역사는 내가 톰 뷰캐넌 부부와 함께 저녁을 먹으려고 그곳에 자동차를 몰고 간 저녁부터 시작된다.

얼핏 보면 대수롭지 않은 것 같지만 좀 더 찬찬히 뜯어보면 낱말 하나하나, 구 하나하나가 마치 폭약이 장전된 다이너마이트처럼 함축적 의미로 충전되어 있다. 가령 "이스트에그의 하얀 저택들이 궁궐처럼 번쩍였다"는 첫 문장만 해도 부를 세습해온 부자들이 살고 있는 고급 저택을 묘사하는 것 같지만 '궁

궐'이라는 낱말 때문에 공간적 개념 위에 지금은 시대착오적이
라고 할 '왕조 시대'라는 시간 개념이 겹쳐진다.

두 번째 문장 "그해 여름의 역사는 (……) 그곳에 자동차를
몰고 간 저녁부터 시작된다"에 이르러서는 시간을 좀 더 뚜렷
이 엿볼 수 있다. 닉은 그해 여름의 '역사'에만 관심이 있을 뿐
그때 일어난 사건이나 인물들 또는 그들의 이야기에는 이렇다
할 관심이 없다. 역사란 시간이 동결된 사건으로 뒷날 후세 사
람들이 음미하고 또 음미하는 대상이다. 말하자면 닉은 이 소설
이 다룰 시간의 문제에 준비 작업을 하는 셈이다. 이렇듯 이 작
품을 읽다 보면 곳곳에서 째깍째깍 하는 시계 소리를 듣거나 눈
을 돌리는 곳마다 달력 장을 바라보는 듯하다.

시간은 이 작품의 제5장에서 좀 더 구체적인 모습으로 나타
난다. 개츠비는 닉을 통해 5년 만에 닉의 집에서 데이지를 다시
만난다. 두 사람이 만나는 닉의 집 거실의 벽난로 장식 위에는
고장 난 시계가 하나 놓여 있다. 벽난로 장식에 몸을 기대고 서
있던 개츠비는 몹시 당황한 나머지 몸을 뒤로 젖히는 바람에 그
만 시계가 떨어질 뻔하였다.

개츠비는 여전히 두 손을 호주머니에 찌른 채 억지로 아주 편안한 척
하며, 심지어는 좀 따분하다는 듯 벽난로 장식에 몸을 기대고 있었다.

너무 뒤로 젖힌 나머지 그의 머리가 고장 난 벽난로 장식 시계의 글자 판에 닿았다. (……) 그 순간 다행히도 시계가 그의 머리에 눌려 위험하게 옆으로 기울자 그는 몸을 돌려 떨리는 손가락으로 시계를 붙잡아 제자리에 올려놓았다.

한순간 세 사람은 시계가 바닥에 떨어져 산산조각이 났다고 믿고 있는 듯하다. 개츠비가 미안하다고 사과하자 닉은 "낡은 시계인걸요"라며 얼버무린다. 시계를 의식한 듯이 데이지가 개츠비에게 아무렇지도 않은 듯이 "우린 여러 해 동안 서로 만나지 못했어요"라고 말한다. 그러자 개츠비가 "11월이 되면 오 년이 됩니다"라고 달을 계산하여 정확히 대답한다. 개츠비와 데이지가 헤어지고 나서 무려 5년이라는 세월이 지났건만, 고장 난 시계처럼 데이지에 대한 닉의 애정은 정지된 상태에 있다.

그렇다면 피츠제럴드는 『위대한 개츠비』에서 시간을 어떻게 생각하고 있는가? 방금 앞에서 문학의 소재와 주제를 언급했지만, 그는 '시간'이라는 소재를 가지고 어떤 주제를 말하려는 것일까? 다시 말해서 시간에 대한 작가의 태도는 과연 어떠한가? 이 물음에 대해 답하는 것은 곧 이 작품이 다루는 시간의 주제를 밝히는 일이다. 피츠제럴드의 시간관은 어떤 작중인물보다도 제이 개츠비의 태도에서 가장 극명하게 드러난다.

시간에 대한 태도는 크게 순환론적 시간관과 직선적 시간관으로 나뉜다. 동양인들이나 북아메리카 대륙에 살아온 아메리카 원주민들에서 흔히 볼 수 있는 순환론적 시간관에서는 시간이 다람쥐 쳇바퀴 돌듯이 돌고 돈다고 본다. 이러한 시간을 받아들이는 사람들은 숙명론자가 되거나 쉽게 체념한다. 한편 서양에서는 직선적 시간관이 압도적이다. 이러한 시간관은 내세의 구원이라는 "저 높은 곳을 향하여" 매진하는 기독교인들이나, 자본가와 노동자의 계급이 없는 이상적인 사회 건설을 꿈꾸는 마르크스주의자들에게서 쉽게 찾아볼 수 있다. 이러한 직선적 시간관을 믿는 사람들은 앞만 바라보고 달려가기에 좌절하거나 절망하기 쉽다.

더구나 미국인들에게 시간은 아주 독특한 의미가 있다. 미국을 건국한 국부(國父) 중의 한 사람인 벤저민 프랭클린은 일찍이 『자서전』(1818)에서 "시간은 곧 돈!"이라고 부르짖었다. 그는 추상적 시간을 이렇게 구체적인 화폐나 재화로 환산하였다. 그래서 그런지 미국인들은 시간을 흔히 돈의 관점에서 표현하기 일쑤이다. 가령 '시간을 쓰다(spend)', '시간을 소비하다(consume)', '시간을 낭비하다(waste)'라고 말한다. 때로는 '시간을 잃어버리다(lose)', '시간을 투자하다(invest)' 또는 '시간을 절약하다(save)'라고 말하기도 한다.

그런데 서양의 자식이나 미국의 아들답지 않게 제이 개츠비는 직선적인 시간을 좀처럼 받아들이지 않는다. 그는 지나간 과거 시간을 되돌릴 수 있다고 생각한다. 시간이란 마치 과녁을 향하여 나아가는 화살처럼 일직선으로 진행한다는 점을 염두에 둘 때 그의 이러한 생각은 서양인들의 일반 상식을 완전히 뒤엎는 것이다. 옛 그리스의 철인 헤라클레이토스는 인간이 두 번 다시 똑같은 강물에 발을 담글 수 없다고 말하였다. 심지어 순환론적 시간관을 굳게 믿은 황진이(黃眞伊)마저도 "산은 녯산이로디 물은 녯물이 안이로다 / 주야(晝夜)에 흐르거든 녯물이 이실쏘냐"라고 노래하였다. 시간도 냇가에 흐르는 물과 같아서 일단 흘러가면 두 번 다시 돌아오지 않는다는 말이다.

개츠비야말로 똑같은 강물에 두 번 발을 담그려고 하고, 지금 흐르는 물이 예전에 흐르던 물이라고 생각하는 인물이다. 다시 말해서 그는 시간의 일회성을 좀처럼 받아들이려고 하지 않는다. 데이지가 톰과 함께 개츠비의 파티에 참석한 날 밤, 개츠비는 닉에게 데이지가 파티를 별로 좋아한 것 같지 않다고 하면서 닉에게 시곗바늘을 5년 전의 과거로 다시 돌려놓을 것이라고 말한다.

"나 같으면 그녀에게 너무나 많은 것을 요구하지는 않을 겁니다. 과거는 반복할 수 없지 않습니까." 내가 불쑥 말했다.

"과거를 반복할 수 없다고요? 아뇨, 반복할 수 있고말고요!" 그는 믿어지지 않는다는 듯 큰 소리로 말했다.

그는 마치 과거가 손이 닿지 않는 곳에, 자기 집 앞 그늘진 구석에 숨어 있기라도 하듯 주위를 두리번거렸다.

"난 모든 것을 옛날과 똑같이 돌려놓을 생각입니다. 그녀도 알게 될 겁니다." 그가 단호하게 고개를 끄덕이며 말했다.

위 인용문에서 찬찬히 눈여겨볼 것은 대화와 대화 사이에 놓여 있는 "그는 마치 과거가 손이 닿지 않는 곳에, 자기 집 앞 그늘진 구석에 숨어 있기라도 하듯 주위를 두리번거렸다"는 지문이다. 개츠비는 과거를 반복할 수 없다는 닉의 말을 듣고 집의 그늘진 구석 어디에 잃어버린 물건이 숨어 있기라도 하듯이 눈을 두리번거린다. 여기서 피츠제럴드는 탁월한 솜씨로 '과거'라는 시간적 개념을 '잃어버린 물건'이라는 공간적 개념으로 바꿔놓는다. 개츠비는 잃어버린 물건을 찾을 수 있듯이 잃어버린 시간도 되돌릴 수 있다고 생각하는 것이다.

위 인용문 바로 앞에 개츠비는 닉에게 의기소침한 표정으로 "데이지는 좋아하지 않더군요. (……) 그녀가 멀게만 느껴졌어요"라고 말한다. 그러자 닉이 같이 춘 춤 말이냐고 반문한다. 개츠비는 "춤이라고요?"라고 말하면서 손가락을 한 번 찰싹 튕기는 것으로 자신이 추었던 춤을 모두 일소에 부쳐버린다. 개츠비가 진정으로 바라는 것은 데이지가 톰에게 가서 "난 당신을 결코 사랑한 적이 없어요"라고 말하는 것뿐이다. 그 말로 지난 삼 년의 세월을 말끔히 지워버리고 난 뒤에 개츠비와 데이지 두 사람은 좀 더 현실적인 방법을 강구할 것이다. 그 현실적인 방법 가운데 하나는, 그녀가 톰과 헤어지고 자유로운 몸이 되면 두 사람이 함께 맨 처음 만난 켄터키 주 루이빌로 돌아가 그녀의 집에서 결혼식을 올리는 것이다. 마치 시곗바늘을 오 년 전으로 다시 돌려놓은 것처럼 말이다. 그러므로 데이지를 되찾겠다는 것은 곧 지나간 시간을 다시 돌려놓겠다는 것이다.

그러나 과거 시간을 되돌려놓는다는 것은 불가능한 일이다. 인간은 바로 시간 속에서 살아가는 존재이기 때문이다. 물고기가 물을 떠나서는 한순간도 살 수 없듯이 인간은 시간을 벗어나서는 한순간도 살 수 없다. 장 폴 사르트르는 윌리엄 포크너의 『고함과 분노』(1929)와 관련하여 "인간의 불행은 시간에 얽매여 있다는 데 있다"고 말한 적이 있다. 바꾸어 말해서 인간은 시간의 굴레에서 벗어나는 순간 불행에서 벗어날 수 있다. 그런데도 개츠비는 마치 성난 파도처럼 도도하게 흐르는 시간의 물살에 맞서 싸운다.

피츠제럴드는 개츠비의 이러한 태도를 여러 장면에서 상징적으로 보여준다. 작품 첫머리에서 톰 뷰캐넌의 저택을 묘사하는 장면은 좋은 예가 될 것이다. 이 장면에서 "잔디밭이 해안에서 시작해서 현관을 향해 400미터나 달려와, 해시계와 벽돌로 꾸민 산책길과 불타는 듯한 정원을 뛰어넘어 이어졌다"고 말한다. 잔디밭을 허들 경주를 하는 선수에 빗대는 의인법의 솜씨가 여간 놀랍지 않다. 그러나 이보다 더 놀라운 것은 개츠비의 꿈이 시간적 제약을 초월하는 것을 이미지를 빌려 상징적으로 묘사하는 솜씨이다. 피츠제럴드는 캐러웨이의 입을 빌려 잔디밭이 현관을 향하여 해안에서 출발하여 달려와 해시계가 있는 정원을 훌쩍 뛰어넘는다고 묘사한다. 해시계야말로 시간의 흐름을 보여주는 더할 나위 없이 좋은 장치이다.

『위대한 개츠비』에서 시간의 흐름은 흔히 날씨와 계절의 변화에서도 엿볼 수 있다. 피츠제럴드는 날씨와 계절의 변화에 유달리 관심을 기울인다. 예를 들어 작품 첫머리에서 닉은 "햇살과 폭발하듯 돋아나고 있는 나무 잎사귀를 바라보며 – 영화에서 사물들이 쑥쑥 자라듯이 말이다 – 나는 여름과 함께 삶이 다시 시작되고 있다는 확신을 갖게 되었다"고 말한다. 마지막 장의 마지막 장면에서도 닉은 "부서지기 쉬운 나뭇잎들의 푸른 연기가 공기 중에 흩어지고 빨랫줄에 걸려 있는 젖은 옷이 바람에 날려 뻣뻣해지는 가을, 나는 고향으로 돌아가기로 결심했다”고 말한다. 그러니까 이 작품은 늦봄이나 초여름에 시작하여 가을에서 끝난다. 봄이 모든 것이 새롭게 시작하는 희망의 계절이라면 가을은 모든 것이 시들고 쇠퇴하는 조락(凋落)의 계절이다.

화살처럼 앞을 향해 가차 없이 나아가는 시간은 개츠비에게 파괴적이고 치명적인 것으로 판명된다. 이 세상 어느 것도 시간을 멈추게 하거나 극복할 수 없기 때문이다. 오히려 시간의 흐름에 거역하는 사람만이 파멸한다. 개츠비는 마침내 자동차로 자신의 아내 머틀을 죽였다고 착각하는 조지 윌슨의 총에 맞아 살해된다. 개츠비가 이미 남의 아내가 된 데이지를 되찾으려고 했기 때문에, 즉 지나간 과거 시간을 다시 돌리려고 했기 때문에 빚어진 비극이다. 그러므로 개츠비의 비극은 다름 아닌 시간에서 비롯한 것이라고 해도 크게 틀리지 않을 것이다. 어떤 의미에서 조지는 시간의 하수인에 지나지 않는다.

여기서 잠깐 개츠비의 죽음과 조지의 자살을 살펴보는 것이 좋을 것 같다. 사건의 정황으로 미루어보자면, 아내의 갑작스러운 죽음에 정신을 잃다시피 한 조지는 아내를 죽인 차가 노란색 고급 자동차임을 떠올리고 톰을 찾아간다. 톰한테서 개츠비 집의 위치를 알아낸 조지는 다시 개츠비 저택으로 향한다. 이때

마침 개츠비는 풀장에서 매트리스를 타고 혼자 수영하고 있다. 조지는 권총으로 개츠비를 살해한 뒤 스스로 목숨을 끊는다.

그런데 개츠비를 죽인 사람이 조지 윌슨이 아닐지 모른다고 주장하는 비평가도 없지 않다. 가령 어니스트 록리지는 작품에 개츠비를 죽인 사람이 조지라는 객관적 증거가 없다고 지적한다. 울프심이 개츠비 집에 심어놓은 하수인을 시켜 살해하고, 개츠비를 죽이려고 나타난 조지도 살해한 뒤 자살한 것처럼 위장했다고 보는 것이다. 울프심이 개츠비를 살해한 이유는 개츠비의 유용성이 없어진 데다 데이지에 대해 지나치게 집착하고 있어 조직원으로서 더는 믿을 수 없기 때문이라는 것이다. 심지어 록리지는 머틀도 우연히 교통사고로 사망한 것이 아니라 데이지가 의도적으로 살해했다고 지적한다. 데이지는 머틀이 이미 톰의 정부(情婦)라는 사실을 잘 알고 있었다는 것이다. 그러나 이러한 주장은 아무래도 논리를 무리하게 비약한 억지 주장에 지나지 않는다.

그런데 여기서 한 가지 주목할 점은 피츠제럴드가 이렇게 무자비하고 파괴적인 시간의 힘에 용감하게 도전하는 개츠비를 부정적으로 보지 않는다는 사실이다. 부정적으로 보기는커녕 오히려 그의 태도를 소중하고 값지게 생각한다. 닉 캐러웨이는 한편으로는 개츠비를 경멸해 마지않으면서도 다른 한편으로는 그와 동료 의식을 느끼면서 그를 두둔한다. 작품 첫머리에서 닉은 일찍이 남을 섣불리 판단하지 말라는 아버지의 충고를 받아들여 좀처럼 남을 판단하려고 하지 않는다. 닉의 말대로 그는 "특권을 지닌 시선으로 인간의 내면세계를 오만하게 들여다보고" 싶지 않았다. 그러나 그의 이러한 태도에도 예외는 있다.

오직 이 책에 이름을 제공해준 개츠비만이 내가 이러한 식으로 반응하지 않는 예외적인 인물이었다. ― 내가 드러내놓고 경멸해 마지않는 것을 모두 대변하는 개츠비 말이다. (……) 그는 마치 1만 5천 킬로미터 밖에서 일어나는 지진을 감지하는 복잡한 지진계와 연결되어 있기라도 한 것처럼 삶의 가능성에 민감하게 반응했다. 그러한 민감성은 '창조적 기질'이라는 이름으로 미화되는 그런 진부한 감수성과는 전혀 차원이 달랐다. 그것은 희망에 대한 탁월한 재능이요, 다른 어떤 사람한테서도 일찍이 발견한 적이 없고 또 앞으로도 다시는 발견할 수 없을 것 같은 낭만적인 민감성이었다.

무엇보다도 닉이 개츠비에게서 발견하는 미덕은 바로 "삶의 가능성"에 지진계처럼 민감하게 반응하는 태도이다. 닉은 개츠비의 이러한 태도를 "희망에 대한 탁월한 재능"이나 "낭만적인 민감성"이라는 말로 표현한다. 그러면서 이러한 특징은

전에도 발견한 적이 없을뿐더러 앞으로도 발견할 수 없을 것이라고 장담한다.

질펀한 대지에 발을 딛고 서 있는 현실주의자들에게 이미 남의 아내가 된 첫사랑을 다시 찾으려는 개츠비의 시도는 자칫 무모하게 보일 수밖에 없을 것이다. 그것은 지난 오 년 동안의 과거를 다시 원점으로 돌려놓으려는 시도와 크게 다르지 않기 때문이다. 그러나 개츠비는 데이지를 되찾고 지난 시간을 되돌려놓을 수 있다고 확신한다. 바로 이 점에서 그는 천상의 아름다운 별을 바라보는 낭만주의자요 꿈을 꾸는 이상주의자라고 할 수 있다. 닉이 처음으로 개츠비를 바라볼 때 개츠비는 잔디밭에서 서서 하늘을 향하여 고개를 쳐들고 있다. 개츠비는 "그림자 속에서 나타나 두 손을 호주머니에 찌른 채 서서 은빛 후춧가루를 뿌려놓은 듯한 별들을 바라보고 있는" 것이다.

피츠제럴드는 『위대한 개츠비』에서 개츠비의 꿈과 환상의 중요성이 인간의 삶에서 얼마나 소중한지 새삼 일깨워 준다. 개츠비가 온갖 희생을 무릅쓰고 시간의 파괴적인 힘에 맞서 싸우는 태도와 끝까지 꿈과 환상을 잃지 않고 이상을 추구하는 태도는 서로 맞물려 있다. 환상과 이상에 젖어 있는 개츠비는 지나간 과거를 다시 돌이킬 수 없다는 닉의 말을 좀처럼 믿을 수가 없다. 이렇게 과거를 반복할 수 있다고 굳게 믿고 있다는 점에서 개츠비는 낭만적 이상주의자로 보아 크게 틀리지 않을 것이다.

비록 개츠비의 꿈과 이상은 도덕적으로 타락하고 윤리적으로 부패한 것일지 모르지만, 그것을 성취하기 위한 헌신적 노력은 톰과 데이지를 비롯한 다른 작중인물들의 이기적이고 무책임한 행동과 비교해 볼 때 차라리 숭고하게까지 느껴진다. 그렇기에 닉은 머틀이 사망한 이튿날 아침 새벽에 개츠비를 방문하여 잠시 피신해 있으라고 권고한다. 어쩌면 조지 윌슨이 찾아와 그를 해칠지 모른다고 판단했기 때문이다. 개츠비와 이야기를 나누고 직장에 가기 위해 잔디밭을 가로질러 자기 집으로 가다가 닉은 갑자기 걸음을 멈춘다. 그러고는 개츠비를 향해 "그 인간들은 썩어빠진 무리예요. 당신 한 사람이 그 빌어먹을 인간들을 모두 합쳐놓은 것만큼이나 훌륭합니다"라고 잔디밭 너머로 큰 소리로 외친다. 그리고 뒷날까지 그는 이렇게 말한 것에 대해 조금도 후회하지 않았다고 밝힌다.

피츠제럴드는 개츠비의 삶을 통해 환상이나 이상을 간직하는 데 바로 삶의 비결이 있으며 오직 이러한 환상이나 이상만이 부조리하고 무의미한 삶에 의미와 질서를 부여해줄 수 있다고 지적한다. 개츠비에게 부조리한 세계에서 삶을 영위할 만한 가치가 있는 것으로 만들어주는 것은 이상과 환상뿐이다. 그런데 그 이상과 환상은 아름다운 여성 데이지의 모습으로 나타난다.

개츠비가 이렇게 데이지가 표상하는 환상과 이상을 좇는 모습을 피츠제럴드는 성배(聖杯)에 빗댄다. "그때 그는 자신이 전력을 다해 성배를 쫓았다는 것을 깨닫게 되었다"는 문장이 바로 그것이다. 얼핏 보면 세속적 사랑에 종교의 상징이 잘 맞아떨어지는 것 같지 않다. 그러나 이 작품에 자주 나오는 종교적 이미지나 모티프 중에서 이 성배의 상징만큼 피부에 와 닿는 것도 찾아보기 어렵다. 두말할 나위 없이 성배는 최후의 만찬 때 예수 그리스도가 제자들과 함께 포도주를 마시던 은잔이다. 그 뒤 성배는 어디론가 자취를 감추었고, 이 잃어버린 성배를 찾는 행위는 서구 문학에서 아주 중요한 소재 중의 하나였다.

가령 토머스 맬러리 경(卿)의 『아서 왕의 죽음』(1845)에서 오순절 전야에 원탁에 모여 있던 아서 왕과 기사들은 성배의 환상을 보게 된다. 그래서 그들은 각자 흩어져 성배를 찾는 모험을 떠난다. 그들에게 이 은잔은 무엇보다도 신실한 믿음의 상징이었다. 원탁의 기사들이 이 성배를 찾아 나선 것도 자신들의 신앙을 다시 한 번 확인하기 위한 것이었다. 그렇다면 피츠제럴드는 데이지에 대한 개츠비의 사랑을 종교적 차원에까지 끌어올리는 셈이다.

이 점과 관련하여 '위대한 개츠비'라는 이 소설의 제목을 찬찬히 눈여겨볼 필요가 있다. 원문 제목의 'great'를 어떻게 번

역할 것이냐는 것도 문제로 남는다. 프랑스에서는 "Gatsby le magnifique"라는 제목으로 번역하였다. 영어 'great'에 해당하는 낱말로 'grand'라는 말이 있는데도 굳이 "magnifique"라는 낱말을 사용한 데에는 그럴 만한 까닭이 있을 것이다. 이 "magnifique"라는 낱말에는 단순히 '위대한'이라는 뜻보다는 '장엄한', '당당한', '훌륭한'이라는 뜻이 들어 있다. 또 원문처럼 형용사로 사용하지 않고 정관사를 붙여 명사형으로 사용하는 것도 흥미롭다면 흥미롭다. 이왕 제목 번역 이야기가 나왔으니 말이지만, 이웃 나라 일본에서도 이 번역을 두고 무척 고심하였다. 처음에는 "偉大なるギャツビー"나 "華麗なるパーティ"로 번역하다가 지금에 와서는 그냥 원어 그대로 "グレート・ギャツビー"로 표기한다. 한국에서는 그동안 그냥 '위대한'이라는 말로 번역해왔다.

어찌 되었든 피츠제럴드는 주인공에게 '위대한'이라는 관용어를 붙여준다. 물론 이 형용사를 반어적으로 해석하려는 비평가들이 없는 것은 아니지만, 아무래도 글자 그대로 받아들이는 쪽이 더 옳을 듯하다. 적어도 꿈과 환상을 간직하고 그것을 성취하기 위해 온갖 희생을 무릅쓴다는 점에서 개츠비는 '위대하다'고 할 수 있다. 작품 첫머리에서 작가가 닉의 입을 통해 "그래, 결국 개츠비는 옳았다. 내가 잠시나마 인간의 속절없는 슬픔이나 숨 가쁜 환희에 흥미를 잃어버렸던 것은 개츠비를 희생물로 삼은 것들, 개츠비의 꿈이 지나간 자리에 떠도는 더러운 먼지 때문이었다"고 밝히는 것을 보면 더욱 그러한 생각이 든다.

피츠제럴드는 언젠가 자신의 인생관과 관련하여 시어도어 드라이저와 조지프 콘래드의 인생관과 같다고 밝힌 적이 있다. 이 두 선배 작가는 "삶이 인간에게 너무 강하고 무자비하다"고 생각하였다. 삶을 축제처럼 살려고 했던 사람답지 않게 피츠제럴드도 실제로는 삶의 비극적 의미를 깊이 깨닫고 있었다. 그러나 이 세 작가에게서 두루 찾아볼 수 있는 또 다른 공통점이 있다면 그것은 아마 낭만적 환상을 빌려 비극적 삶의 의미를 극복하려는 태도일 것이다.

특히 꿈과 낭만적 환상에 대한 피츠제럴드의 생각은 콘래드가 『어둠의 핵심』(1899)의 마지막 장면에서 말하는 "위대한 구원의 환상"과 아주 비슷하다. 아프리카 오지에서 제국주의의 온갖 수탈을 목격하고 유럽의 문명 세계로 돌아온 말로는 커츠의 약혼녀를 방문한다. 커츠가 최후에 무슨 말을 하면서 죽었느냐는 약혼녀의 물음에 말로는 차마 진실을 털어놓지 못하고 "그가 한 마지막 말은 당신의 이름이었지요"라고 거짓말로 대답한다. 실제로 커츠는 "공포! 공포! 공포!"라고 외치며 죽어갔다. 말로는 이렇게 거짓말을 하자 금방이라도 하늘이 무너져 내릴 것 같은 기분이 든다. 그러나 그는 하늘이 무너지더라도 약혼녀에게 진실을 말할 수는 없다고 생각한다. 그러면서 만약 자신이 그녀에게 진실을 말했다면 "세상은 너무 어두울 것이다, 참으로 너무나 어두울 것이다"라고 독백한다. 피츠제럴드도 콘래드처럼 비록 금방이라도 깨어질 환상일망정 만약 그 환상마저 없다면 인간에게 삶은 너무나 가혹하고 참담하리라고 생각하는 듯하다.

이렇게 피츠제럴드가 개츠비를 통해 보여주는 낭만적 환상이나 이상주의는 미국인들의 의식에 깊이 흔적을 남겼을 뿐 아니라 이제는 미국의 상상력이나 문화의 일부가 되다시피 하였다. 신문이나 잡지, 라디오나 텔레비전, 심지어는 문학 작품에서도 '개츠비'의 이름을 그다지 어렵지 않게 만날 수 있다. 오죽하면 '개츠비적(gatsbyesque)'이라는 신조어까지 생겼을까. 이제 몇몇 사전에도 정식으로 등재된 이 형용사는 허세를 부리거나 과시하거나 사치스러운 모습을 가리키는 말이다. 그런가 하면 좀 더 긍정적으로 낭만적 경이감에 대한 능력이나 일상적 경험을 초월적 가능성으로 바꾸는 탁월한 재능을 가리키는 말로 널리 사용되기도 한다. 그만큼 『위대한 개츠비』가 어느덧 우리 일상에 깊이 들어와 있다는 증거일 것이다.

제4장
『위대한 개츠비』와 미국의 꿈

F. 스콧 피츠제럴드는 『위대한 개츠비』에서 주인공 제이 개츠비가 품고 있는 꿈이나 환상을 개인적 차원을 뛰어넘어 이번에는 좀 더 넓게 국가적 의미로 넓힌다. 개츠비가 역사적 시간에서 벗어나려고 몸부림치는 것은 미국이 구대륙의 역사에서 벗어나 신대륙에 새로운 지상낙원을 건설하려고 한 것과 궤를 같이한다. 다시 말해서 개츠비의 꿈과 이상은 상징적으로 '미국의 꿈'으로 이어진다. 피츠제럴드는 어느 미국 작가보다도 미국을 사랑한 애국적인 작가로 잘 알려졌다. 「수영하는 사람들」(1929)이라는 단편소설에서 그는 미국을 두고 모든 일을 "기꺼이 하는 마음을 지닌 나라"라고 말한다. 미완성 유작인 『마지막 거물의 사랑』(1993)에서는 미국을 "모든 열망의 역사"라고 일컫기도 한다. 한마디로 그에게 미국은 누구나 꿈을 실현할 수 있

는 기회와 평등의 나라였던 것이다.

피츠제럴드가 『위대한 개츠비』의 주제를 한 개인의 차원이 아니라 국가적 차원으로 끌어올리려고 한 것은 이 작품의 제목에서도 엿볼 수 있다. 이 소설의 제목을 두고 그는 무척이나 고심하였다. 그가 처음 염두에 둔 제목으로는 "개츠비" 말고도 "쓰레기 더미와 백만장자들", "트리말키오", "웨스트에그의 트리말키오", "웨스트에그로 가는 길", "황금 모자를 쓴 개츠비", "높이 뛰어오르는 연인" 등이 있었다. "쓰레기 더미와 백만장자들"은 두말할 나위 없이 조지 윌슨이 살고 있는 '쓰레기 계곡'을 말하는 반면, 백만장자들은 대대로 부를 세습해온 톰 뷰캐넌 같은 부자와 제이 개츠비 같은 신흥 부자들을 가리킨다.

한편 "트리말키오"는 고대 로마 시대의 정치가요 소설가인 가이우스 페트로니우스 아르비테르의 작품 『사티리콘』에 등장하는 작중인물의 이름이다. 시리아 태생의 해방 노예로 벼락부자가 된 트리말키오는 향연을 자주 연 것으로 유명하다. 『위대한 개츠비』에서 첫사랑 데이지가 찾아오기를 기다리며 주말마다 파티를 여는 주인공 개츠비와 비슷한 데가 있다. "웨스트에그의 트리말키오"와 "웨스트에그로 가는 길"은 롱아일랜드의 웨스트에그 마을에 사는 개츠비를 염두에 둔 제목이다. 피츠제럴드가 톰과 데이지가 살고 있는 이스트에그에 대해서는 아예 언급조차 하지 않는 것이 흥미롭다면 흥미롭다.

피츠제럴드가 한때 이 작품의 제목으로 생각한 "황금 모자를 쓴 개츠비"나 "높이 뛰어오르는 연인"은 개츠비 같은 어느 특정한 인물을 염두에 두고 있다기보다는 사랑하는 사람의 마음을 끌기 위해 온갖 노력을 아끼지 않는 사람을 가리킨다. 피츠제럴드는 『위대한 개츠비』의 제사(題詞)로 '토머스 파크 딘빌리어스'라는 시인이 쓴 시구를 인용한다. "그럼 황금 모자를 쓰려무나 / 그래서 그녀의 마음을 움직일 수만 있다면. / 그녀를 위하여 높이 뛰어오르려무나 / 높이 뛰어오를 수 있거들랑. / 그녀가 이렇게 외칠 때까지 / '사랑하는 이여, / 황금 모자 쓰고 높이 뛰어오르는 사랑하는 이여, / 당신을 차지해야겠어요!'" 그런데 여기서 흥미로운 것은 세계 문학사를 아무리 샅샅이 뒤져보아도 '딘빌리어스'라는 시인은 없다는 사실이다. 그도 그럴 것이 그 시인은 피츠제럴드가 만들어낸 허구적 인물로 그의 처녀 장편소설 『낙원의 이쪽』(1920)에 등장하기 때문이다.

이러한 일련의 제목 가운데에서도 피츠제럴드는 "웨스트에 그의 트리말키오"를 가장 좋아하였다. 그러나 스크리브너스 출판사의 편집자 맥스웰 퍼킨스는 독자들이 '트리말키오'가 누구인지 잘 모를뿐더러 발음하기도 어렵다고 말하면서 다른 제목을 고르라고 권고하였다. 피츠제럴드의 아내 젤더와 퍼킨스가 선호한 제목은 현재 제목 그대로 "위대한 개츠비"였고, 피츠제럴드는 그 제목을 사용하기로 동의하였다. 그런데 마지막으로 교정을 보고 이제 한 달 뒤면 책이 출간되는 시점에서 피츠제럴드는 퍼킨스에게 편지를 보내 "트리말키오"나 "황금 모자를 쓴 개츠비" 중에서 하나를 선택했으면 좋겠다고 말하였다. 1925년 3월에는 "푸른색과 붉은색과 흰색"이라는 제목을 사용하면 어떻겠느냐고 전보를 보내 문의하였다. 퍼킨스는 책이 이제 인쇄에 들어갔기 때문에 제목을 고칠 수 없다고 답신을 보냈다. 이 해 4월 10일에 마침내 이 소설이 "위대한 개츠비"라는 제목으로 출간되자 피츠제럴드는 "제목이 그저 그런 정도로, 훌륭하다기보다는 오히려 수준 이하"라고 말한 것으로 전해진다.

그렇다면 피츠제럴드가 마지막 순간에 선택한 이 작품의 제목 "푸른색과 붉은색과 흰색"은 과연 무슨 뜻일까? 두말할 나위 없이 이 세 색깔은 미국 국기의 색깔이다. 미국의 국기는 13개의 줄과 50개의 별로 이루어져 있기에 흔히 '성조기(星條旗, Stars and Stripes)'라고 일컫는다. 좀 더 구체적으로 말해서 성조기는 13개의 붉은색과 흰색 가로줄이 번갈아가며 그어진 바탕에 왼쪽 위편의 푸른색 사각형 안에 50개의 흰색 별이 들어 있다. 성조기는 똑같은 세 가지 색깔로 되어 있어도 자유·평등·박애를 상징하는 프랑스의 삼색기(三色旗)와는 조금 다르다. 피츠제럴드는 이 소설을 어떤 식으로든지 '미국'이라는 국가와 관련시키려고 애썼음을 엿볼 수 있다.

『위대한 개츠비』에는 앞에서 밝혔듯이 직접 또는 간접으로 미국 역사가 고스란히 간직되어 있어 유럽인들이 신대륙을 발견한 15세기부터 제1차 세계대전이 막 끝난 1918년까지의 미국 역사를 엿볼 수 있다. 예를 들어 작품의 첫머리에서 화자 닉 캐러웨이는 웨스트에그와 이스트에그를 설명하면서 "콜럼버스의 이야기에 나오는 달걀처럼"이라는 구절을 사용한다. 여기서 화자는 아메리카 대륙을 처음 '발견한' 탐험가 콜럼버스를 언급함으로써 미국의 역사를 15세기로 거슬러 올라간다.

그 뒤 닉은 초기 네덜란드 식민지, 특히 170여 년에 이르는 영국의 식민지(1607~1783)를 언급한다. 계속하여 그는 영국 식민주의 굴레에서 벗어나기 위한 독립전쟁(1775~1783)에 주목한다. 여기서는 미국의 국부 중의 한 사람인 벤저민 프랭클린이 중심적인 인물로 부각된다. 또한, 닉은 작품 첫머리에서 자신의 큰할아버지가 남북전쟁에 직접 참가하지 않고 대리를 보내고 철물 도매상을 시작했다고 진술함으로써 남북전쟁(1861~1865)을 언급한다. 개츠비의 파티에 참석한 사람 중에는 조지아 주에서 온 스톤월 잭슨 에이브럼스 부부와 술에 취해 자갈 차도에 누워 있는 사람의 손을 친 율리시스 스웨트 부인을 언급한다.

그런데 스톤월 잭슨은 남북전쟁 때 남군 장군의 이름이며, 율리시스 [그랜트]는 이 전쟁을 승리로 이끈 북군 장군의 이름이다.

닉은 남북전쟁에 이어 19세기 중엽 네바다 주의 은광과 유콘 강 유역의 금광의 역사를 언급한다. 두말할 나위 없이 여기서는 '댄 코디'라는 작중인물이 중심인물로 떠오른다. 피츠제럴드는 이 인물의 개인 이름 '댄'을 대니얼 분의 이름에서 따왔고, 그의 성(姓) '코디'는 흔히 '버팔로 빌'로 알려진 윌리엄 F. 코디의 이름에서 빌려 왔다. 분이나 코디는 미국 서부 개척사에서 크게 이름을 떨친 인물이다. 프레더릭 잭슨 터너가 지적하듯이 미국의 서부 개척은 1893년에 이르러 완전히 끝난다.

닉은 마지막으로 미국이 제1차 세계대전(1914~1918)에 참전한 사실을 언급한다. 주인공 제이 개츠비와 닉 캐러웨이는 이 유럽 전쟁에 참전했던 용사들이다. 어니스트 헤밍웨이나 윌리엄 포크너의 작품에 등장하는 인물들과는 조금 다르지만, 개츠비와 닉도 좀 더 넓은 의미에서는 '길 잃은 세대'로 보아 크게 틀리지 않는다. 인류 역사에서 그 유례를 찾아볼 수 없는 끔찍한 전쟁을 목격한 피츠제럴드의 두 작중인물도 기성 전통과 인습에 환멸을 느낀 채 삶의 좌표를 잃고 방황하고 있기 때문이다.

피츠제럴드가 『위대한 개츠비』를 좀 더 구체적으로 미국의 에토스라고 할 '미국의 꿈'과 관련시키는 것은 이 작품의 마지

막 장 마지막 장면에 이르러서이다. 쓸쓸하게 개츠비의 장례를
지내고 나서 닉은 동부 생활에 환멸을 느끼고 미네소타 주의 고
향으로 돌아가기로 결심한다. 롱아일랜드를 떠나가기 전날 밤
개츠비의 집을 둘러본 그는 해변으로 어슬렁어슬렁 걸어 내려
가 모래 위에 벌렁 드러눕는다.

그리고 달이 점점 하늘 높이 떠오르면서 실체도 없는 집들이 녹아 없
어져버리자 나는 서서히 그 옛날 네덜란드 선원들의 눈에 한때 꽃처
럼 찬란히 떠올랐던 이 옛 섬 ― 신세계의 싱그러운 초록색 가슴을 깨
닫게 되었다. 바로 이 섬에서 자취를 감춘 나무들, 개츠비의 저택에 자
리를 내준 나무들은 한때 인간의 모든 꿈 중에 마지막이자 가장 위대
한 꿈에 소곤거리며 영합했던 것이다.

대서양을 건너 롱아일랜드에 처음 닻을 내린 사람들은 네
덜란드 선원들이었다. 17세기 중엽 그들은 이곳을 탐험한 뒤 거
처를 마련하였다. 이 무렵 오늘날의 뉴욕 시에 식민지를 건설한
것도 다름 아닌 네덜란드 사람들이었다. 그들은 맨해튼 남단 구
역을 '뉴암스테르담'이라고 부르고 식민지 '뉴네덜란드'의 수
도로 삼았다. 1667년 영국군이 이곳에서 네덜란드 사람들을 몰
아내고 뒷날 영국의 제임스 2세가 되는 요크 공작을 기념하기

위해 ‘뉴욕’으로 부르기 시작하였다.

위 인용문에서 무엇보다도 눈여겨봐야 할 것은 “신세계의 싱그러운 초록색 가슴”과 “한때 인간의 모든 꿈 중에 마지막이자 가장 위대한 꿈”이라는 두 구절이다. 모든 색깔 중에서도 초록색은 희망과 꿈의 색깔이다. 작품 첫머리에서도 데이지의 저택 부두 끝자락에 “단 하나의 초록색 불빛이” 조그맣게 반짝이고 있다. 작품의 맨 처음과 마지막을 장식하는 이 초록색은 자첫 산만할 수도 있는 작품에 통일성을 줄 뿐 아니라 ‘미국의 꿈’을 보여주는 더할 나위 없이 좋은 상징이기도 하다.

더구나 피츠제럴드는 “한때 인간의 모든 꿈 중에 마지막이자 가장 위대한 꿈”에 대해 언급한다. 인간의 모든 꿈 중에서 가장 위대한 마지막 꿈이란 과연 무엇일까? 지금 피츠제럴드가 신세계 미국에 대해 말하고 있다는 점을 염두에 둘 때 ‘미국의 꿈’을 가리키는 것으로 보아 크게 틀리지 않을 것이다. 이렇게 물질적 풍요와 안락을 찾아 초록의 꿈을 간직한 채 신대륙에 도착한 사람들은 비단 네덜란드 상인들만이 아니었다. 17세기 초엽 오늘날 버지니아 주 제임스타운에 최초로 식민지를 개척한 영국 사람들도 마찬가지였다. 비록 실패로 돌아가고 말았지만, 제임스타운 식민지는 앞으로 미국 중부와 남부 식민지 개척에 첫 길을 열어주었다는 점에서 자못 의미가 크다.

그러나 뉴욕 식민지나 제임스타운 식민지를 건설한 사람들은 다분히 상업적 목적을 염두에 두고 있었지만, 다른 식민지들은 사정이 달랐다. 가령 신대륙에 '새로운 가나안 땅'이나 '새 예루살렘'을 건설하려던 청교도들에게는 무엇보다도 종교적 목적이 앞섰다. 영국 국교에 맞서 종교적 자유를 부르짖은 청교도들은 아무런 간섭도 받지 않고 마음껏 신을 섬길 자유를 찾아 신대륙까지 건너왔다. 다시 말해서 그들이 황무지 신대륙에 새롭게 삶의 터전을 마련한 것은 어디까지나 정신적인 목적에서 비롯하였다. 그들에게 신대륙은 구대륙의 죄와 악에 물들지 않은 에덴동산이었으며, 이 에덴동산에 살고 있는 청교도들은 '새로운 아담과 하와'와 다름없었던 것이다.

이렇듯 참다운 의미에서 '미국의 꿈'은 뭐니 뭐니 해도 다분히 정신적인 것이었다. 메이플라워호(號)에 청교도들을 이끌고 오늘날의 뉴잉글랜드 보스턴 근교에 처음 도착한 윌리엄 브래드포드는 '위대한 계획'을 염두에 두고 있었다. 그는 세상 사람들이 모두 바라보고 본받을 수 있도록 신대륙에 "언덕 위의 도시를 세우자!"고 부르짖었다. 그런데 브래드포드가 말하는 그 위대한 계획은 다름 아닌 '미국의 꿈'과 크게 다르지 않다.

물론 청교도들도 물질적인 것에서 완전히 눈을 돌리지는 않았다. 뉴잉글랜드에 처음 정착한 청교도들도 정신적인 것 못지

않게 물질적인 것에 깊은 관심을 보였다. 비유적으로 말해서 그들은 한 손에는 성경책을, 다른 손에는 금화를 들고 있었다고 할 수 있다. 실제로 청교도들 사이에서 부자는 하나님의 축복을 받았기에 부자가 되었고, 가난한 사람은 하나님의 저주를 받았기에 가난해졌다는 생각이 널리 퍼져 있었다. 그래서 가난한 사람들에게는 절대로 적선을 하지 말라고 가르쳤다. 가령 삶을 낙관적으로 본 랠프 월도 에머슨조차 가난한 사람에게 주는 돈을 '사악한 돈'이라고 불렀다. 이러한 상황에서 청교도들은 온갖 희생을 무릅쓰고라도 하나님의 축복을 받았다는 증거를 보이고 싶었다.

몇몇 경제학자와 사회학자는 미국이 2백 년도 채 되기 전에 자본주의 사회로 눈부시게 발전할 수 있었던 원동력을 다름 아닌 청교도 윤리에서 찾는다. 그들은 개신교 윤리와 자본주의 사이에는 떼려야 뗄 수 없을 만큼 아주 밀접한 관계가 있다고 지적한다. 가령 독일의 경제학자이자 사회학자인 막스 베버는 이 분야의 고전이 되다시피 한 저서 『개신교 윤리와 자본주의 정신』(1920)에서 서구 근대 자본주의의 발생과 그 근본정신이 개신교에 뿌리를 두고 있다고 주장한다. 그에 따르면 개신교 윤리는 이른바 '현세적 인간들'에게 큰 영향을 미쳤는데, 특히 일이나 노동과 관련된 분야에서 그 영향이 두드러졌다. 청교도들은 이러한 개신교 윤리에 따라 자신의 기업을 발전시키면서 재투자를 위해 부를 축적하였다. 베버는 이러한 주장을 펴는 근거로 개신교 윤리 중에서도 특히 직업 소명설을 주창한 칼뱅주의를 든다. 이러한 그의 주장을 흔히 '베버 명제'라고 부른다.

정신적 자유를 마음껏 구가하려는 청교도들의 '미국의 꿈'은 영국 식민주의의 굴레에서 벗어나면서 그 성격이 조금씩 변질하기 시작하였다. 미국을 건설한 국부들에게 '미국의 꿈'은 자유에 기반을 두었는데 그 자유는 종교적 자유보다는 정치적 자유에 훨씬 더 가까웠다. 이러한 정치적 자유는 미국 독립 선언문에서 단적으로 엿볼 수 있다. 1775년 제2차 대륙 회의에서 토머스 제퍼슨과 존 애덤스 등이 기초한 이 독립 선언문은 자연법사상에 뿌리를 두고 있다. 이 선언문은 "우리는 다음과 같은 사실을 자명한 진리로 받아들인다. 즉, 모든 사람은 평등하게 태어났고, 창조주는 몇 가지 양도할 수 없는 권리를 부여했으며, 그 권리 중에는 생명과 자유와 행복의 추구가 있다"고 천명하였다. 국민은 이러한 권리를 확보하기 위해 정부를 조직했으며, 이 정부의 정당한 권력은 국민의 동의에서 비롯한다고 밝힌다. 이렇듯 18세기 말엽에는 미국 민주주의의 근간이라고 할 평등과 자유가 '미국의 꿈'에서 가장 핵심적 요소였다.

그러나 벤저민 프랭클린은 '미국의 꿈'에 좀 더 세속적 색채를 더하였다. 즉, 정치적 자유와 평등 사상을 사회적 분야나 경제적 영역으로 넓혔다. 그는 미국에서 도덕적으로 무장되어 있고 성실하고 근면한 개인이라면 누구든지 성공을 거둘 수 있다고 지적하였다. 그러므로 이 무렵 자유는 물질적 번영과 성공 그리고 부의 축적에 좀 더 무게가 실렸다. 프랭클린이 출간한 『자서전』(1818)은 이 유형의 '미국의 꿈'을 가장 잘 보여주는 대표적인 저서라고 할 만하다.

특히 물질적 성공에 무게를 싣는 '미국의 꿈'은 호레이쇼 앨저에 이르러 최고조에 달한다. '미국의 꿈'은 이제 근면과 성실을 통한 사회적 신분 상승과 서로 분리해서 생각할 수 없는 단계에 이르렀다. 그는 일련의 소설 작품에서 넝마를 걸친 가난한 소년이 어떻게 해서 물질적으로 성공을 거두는지 설득력 있게 보여준다. '미국의 꿈'이라는 용어를 처음 사용한 미국의 역사가 제임스 트러슬로 애덤스는 『미국의 서사시』(1931)라는 책에서 "미국인의 꿈은 모든 사람이 부유하고 풍족한 삶을 살고 개인의 능력과 성과에 대한 합당한 보상이 존재하는 꿈의 땅을 말한다"고 밝힌다. 그러면서 그는 이 꿈이 단순히 고급 자동차를 타거나 고급 주택에 사는 것만을 뜻하는 것이 아니라, 출신 성분이나 사회적 계급과 관계없이 오직 능력에 따라 평가받는 것을 뜻한다고 지적한다. 시간이 지나면서 앨저류의 '미국의 꿈'

은 윌리엄 제임스가 일찍이 '비치 고디스(bitch goddess)'라고 부른 세속적·물질적 성공 신화와 동일시되다시피 하였다. 이러한 물질적 성공 신화 때문에 일찍부터 지구촌 곳곳에서 수많은 이민자가 밝은 불빛을 찾는 부나비처럼 미국으로 몰려들었던 것이다.

피츠제럴드는 『위대한 개츠비』에서 청교도들이나 국부들이 염두에 두고 있던 '미국의 꿈'은 말할 것도 없고 프랭클린이나 앨저가 말하는 그 꿈마저도 얼마나 퇴색되고 변질하였는지 잘 보여준다. 19세기 말엽과 20세기 초엽에 빛을 잃기 시작한 '미국의 꿈'은 제1차 세계대전 이후 그 형체를 알아볼 수 없을 만큼 완전히 달라진다. 이 작품에서는 미국 사회에 신앙처럼 널리 퍼져 있던 믿음, 즉 근면하고 성실하고 정직하면 미국에서는 누구나 성공할 수 있다는 믿음은 이제 아무리 눈을 씻고 찾아보아도 찾아볼 수 없게 되었다. 어렸을 적만 해도 개츠비는 프랭클린의 삶의 방식을 따르려고 하였다. 클래런스 멀포드의 『호펄롱 캐시디』(1910) 뒤쪽 면지에 적어놓은 일과표에서도 볼 수 있듯이, 개츠비는 프랭클린처럼 근면과 성실 그리고 노동을 바탕으로 '미국의 꿈'을 성취하려고 노력하였다.

그러나 개츠비는 도덕성으로 보나 근면과 성실로 보나 '미국의 꿈'과는 거리가 멀어도 한참 멀다. 뒷날 그는 첫사랑 데이지를 되찾기 위해 수단과 방법을 가리지 않는다. 어찌 보면 데이지의 사랑을 되찾으려는 그의 꿈은 순수하고 낭만적이며 이상적일지도 모른다. 비록 톰에게 데이지를 빼앗기고 말았지만, 개츠비는 지금이라도 그녀나 그녀가 상징하는 무엇을 되찾을 수 있다는 믿음을 버리지 않고 있기 때문이다. 조지 윌슨의 절망과 비교해보면 삶에 대한 무한한 가능성을 믿는 개츠비의 꿈은 차라리 숭고하게까지 느껴진다. 결국, 두 사람 모두 죽음을 맞이하지만, 한 사람은 천국의 문 가까이에서 낙원의 모습을 바라보는 반면, 다른 사람은 지옥의 문가에 서성거리며 지옥의 모습을 바라본다.

그런데 문제는 개츠비가 데이지를 되찾기 위해 어떠한 수단과 방법을 사용하느냐에 있다. 제1차 세계대전이 휴전에 들어가고 빈털터리로 귀국한 개츠비가 그렇게 호화로운 저택을 구입하고 주말마다 성대한 파티를 열고 롤스로이스 자동차를 소유하는 등 비교적 짧은 시간 안에 엄청난 재산을 모을 수 있었던 것은 바로 울프심 같은 조직폭력배와 손을 잡은 덕분이었다. 낭만적 이상주의에 가려 자칫 놓쳐버리기 쉽지만, 개츠비는 실정법을 어긴 엄연한 범법자라는 사실을 잊어서는 안 될 것이다.

개츠비의 이상주의가 물질주의를 수단과 방법으로 삼으면서 변질하고 타락한 것처럼, 청교도들이 가슴에 품고 있던 '미국의 꿈'도 물질주의와 손잡으면서 점점 변질하고 타락할 수밖에 없었다. 청교도들과 네덜란드 상인들의 가슴을 그토록 설레게 한 신대륙의 '초록색' 땅이 불과 몇백 년이 지나지 않아 쓰레기 계곡의 '잿빛' 황무지로 변하고 말았다. 어찌 보면 개츠비가 가슴속에 품고 있는 낭만적 이상주의는 한낱 꿈과 이상에 지나지 않을 뿐, 현실 세계에서는 이룰 수 없는 것이었는지도 모른다. 그리고 그 꿈과 이상 속에 이미 타락의 씨앗이 배태되어 있을 가능성을 배제할 수 없다.

이 점과 관련하여 여기서 잠깐 미국의 역사가요 문학 비평가인 밴 위크 브룩스의 이론을 살펴보는 것이 좋을 것 같다. 『청교도들의 포도주』(1911)라는 책에서 그는 청교도들의 사상을 크게 두 가지로 나눈다. 청교도들이 마신 포도주의 향기는 초월주의로 발전한 반면, 포도주의 내용은 상업주의나 물질주의로 발전했다고 지적한다. 그러면서 브룩스는 미국이 이상주의와 물질주의를 조화롭게 화해시킬 수 없는 나라라고 못 박아 말한다. 이왕 '초월주의'라는 용어가 나왔으니 말이지만, 넓게는 미국의 정신, 좁게는 '미국의 꿈'은 랠프 월도 에머슨의 유형과 벤저민 프랭클린의 유형으로 나눠도 무방할 것이다. 미국의 지성사에서 에머슨은 낭만적 이상주의를 대표하는 인물이고, 프랭클린은 현실적 물질주의를 대표하는 인물이기 때문이다. 브룩스는

『마크 트웨인의 시련』(1922)이라는 책에서 이 이론을 좀 더 발전시킨다. 서부에서 동부로 이주한 트웨인을 구체적인 실례로 들면서 그는 서부의 투박하고 조야한 세계가 동부의 문화와 전통에 의해 좀 더 세련되게 다듬어졌다고 지적한다.

이와는 조금 다른 맥락이지만, 에스파냐 태생의 미국 철학자요 시인이며 평론가인 조지 산타야나도 미국의 정신을 크게 '다운타운 세계'와 '업타운 세계'의 두 가지로 나눈 적이 있다. 그는 남성들의 세계인 전자가 주로 돈을 버는 곳이라면 여성들의 세계인 후자는 주로 돈을 소비하는 세계라고 말한다. 다시 말해서 '다운타운'은 상업주의와 물질주의의 세계이고, '업타운'은 살롱 문화나 이상주의의 세계이다. 이 두 세계도 서로 타협하거나 균형과 조화를 모색하기란 여간 어렵지 않을 것이다.

피츠제럴드는 그 빛바랜 '미국의 꿈'을 좀 더 효과적으로 보여주기 위해 이 작품에서 세 가지 상징적 이미지를 구사한다. 하나는 과육을 제거하고 앙상하게 껍질만 남은 과일이고, 다른 하나는 조지 윌슨의 자동차 정비소 근처에 있는 쓰레기 처리장이며, 또 다른 하나는 쓰레기 처리장 근처에 서 있는 T. J. 에클버그 안과 의사의 광고탑이다. 토요일이면 화려한 파티를 벌이는 개츠비의 집에서는 뉴욕 과일가게에서 싱싱한 오렌지와 레몬을 몇 상자씩 들여온다. 그러나 파티가 모두 끝난 월요일 아침

이면 그 싱싱하던 과일은 과육이 모두 사라지고 앙상한 껍질만 남아 뒷문을 통해 쓰레기장에 버려진다. 조지의 자동차 정비소 근처의 쓰레기 계곡은 T. S. 엘리엇이 『황무지』(1922)에서 말하는 불모의 땅과 크게 다르지 않다. 부패와 죽음의 계곡인 이곳에서는 뿌연 먼지가 근처 일대를 뒤덮고 있고 온갖 악취가 코를 찌른다. 또한, 안과 의사 에클버그가 세워놓은 광고탑은 전통적인 신(神)의 자리를 대신 차지하고 있다. 다시 말해서 현대인들은 전통적인 종교를 밀어내고 바로 그 자리에 자본주의의 상업주의를 세워놓는다. 한때 많은 사람을 가슴 설레게 한 그 '미국의 꿈'은 이제 과육을 빼낸 오렌지나 레몬처럼 껍질만 남게 되었고, 쓰레기 계곡처럼 악취를 풍기고 있으며, 안과 의사의 광고탑처럼 상업주의로 변질한 것이다.

언젠가 피츠제럴드는 미국 사람들이 어떤 멋진 일이 일어나리라는 큰 희망을 품고 있지만, 그러한 일은 결코 일어나지 않으리라고 말한 적이 있다. 그러면서 미국은 "결코 뜨지 않는 달"이라고 하였다. 또한, 피츠제럴드는 미국의 삶에서는 오직 제1막만이 있을 뿐, 제2막은 없다고 말한 적도 있다. '미국의 꿈'에 대한 그의 태도를 단적으로 읽을 수 있는 대목이다. 개츠비는 '미국의 꿈'이라는, 결코 뜨지 않는 달을 기다리다가 좌절을 겪었고, 삶의 연극에서 미처 제2막이 시작되기도 전에 마침내 종

말을 고하였다. 그와 마찬가지로 청교도들이나 초기 국부들이 꿈꾸던 초록색 희망도 아직도 이루어지지 않았다. 한마디로 '미국의 꿈'은 이제 '미국의 악몽'으로 변해버렸던 것이다.

제5장
『위대한 개츠비』의 현대적 의미

    F. 스콧 피츠제럴드의 『위대한 개츠비』는 아주 다의적(多義的)인 작품이어서 여러 비평 방법으로 읽거나 접근할 때 더욱 찬란한 빛을 내뿜는다. 특히 1960년대 중엽 영국의 버밍엄 대학의 현대문화연구소(BCCCS)를 중심으로 전개된 문화 연구나 이 연구소의 이론 모델에서 적잖이 영향을 받은 미국의 문화 연구나 문화 유물론은 이 작품을 해석하고 분석하는 데 더할 나위 없이 좋은 토대가 된다. 프랑크푸르트학파의 멤버들을 비롯하여 이탈리아 이론가 안토니오 그람시, 프랑스의 루이 알튀세르 같은 유럽의 마르크스주의 사상가들한테서 이론적 자양분을 섭취한 문화 연구가들이나 문화 유물론자들은 그동안 텍스트 위주의 해석에서 벗어나 문학을 좀 더 넓은 사회적 영역으로 끌어들이는 데 크게 이바지하였다.

특히 다원주의와 깊이 연관된 미국의 문화 연구는 『위대한 개츠비』를 읽는 데 아주 좋은 이론이 된다. 지구촌에서 가장 대표적인 다문화 국가라고 할 미국에서 문화 연구가들은 문학 작품에서 인종·계급·성차(性差)·성적 취향 등에 따른 차별을 읽어내려고 하였다. 이러한 독서 방법은 지금은 조금 소강상태를 맞이한 듯하지만, 한때는 무슨 유행병처럼 학계와 비평계에 번져나가다시피 하였다. 자유와 평등을 구가할 수 있는 민주 사회를 건설하는 것이 궁극적 목표라면 문학도 이러한 목표를 이룩하는 데 어떤 식으로든지 이바지해야 하기 때문이다.

더구나 전 지구적으로 심각한 환경 위기를 겪으면서 몇몇 이론가는 인종·계급·성차·성적 취향에 따른 차별에 자연을 포함하기도 한다. 그동안 자연은 인간의 타자(他者)로서 엄청난 차별을 받았기 때문이다. 어떤 의미에서 자연은 다른 네 가지 요소보다 훨씬 더 중요하다고 할 수 있다. 나머지 네 요소에 따른 차별은 인류 중 어느 한쪽만 피해를 보지만, 자연에 대한 태도에는 인류 전체의 운명이 달려 있기 때문이다. 『위대한 개츠비』를 좀 더 자세히 읽어보면 피츠제럴드는 이 다섯 가지 문제를 모두 중요하게 다루고 있음이 밝혀진다.

그럼 『위대한 개츠비』에 드러난 인종 차별 문제를 먼저 살펴보기로 하자. 이 작품에는 온갖 인종이 나온다. 앵글로색슨 계통의 백인이 중심인물로 등장하는 반면, 다른 소수 민족은 보조적인 인물로 등장한다. 말하자면 이 소설의 무대에서 백인은 주연 배우들이고 소수 민족은 조연 배우들인 셈이다. 예를 들어 이 작품에는 흑인들이 등장하지만, 어디까지나 희극적 조연의 역할을 맡을 뿐이다. 닉 캐러웨이는 주인공 제이 개츠비와 함께 자동차를 타고 뉴욕 시로 가는 도중 퀸스보로 다리를 건널 때 백인 기사가 운전하는 리무진에 흑인들이 타고 있는 모습을 목격한다. 닉은 "그 안에는 맵시 있게 차려입은 흑인 남자 둘과 여자 하나, 모두 세 명이 타고 있었다. 그들이 거만하게 경쟁이라도 하듯 우리를 향해 달걀 노른자위 같은 눈동자를 굴리는 것을 보고 나는 크게 웃음을 터뜨렸다"고 말한다.

닉이 톰과 함께 자동차를 타고 뉴욕 시에 갈 때 쓰레기 계곡 근처에서 이탈리아 소년을 만난다. 두 사람은 조지 윌슨 사무실에서 "창백하고 깡마른 이탈리아계 아이 하나가 철도를 따라 폭죽을 한 줄로 죽 늘어놓고 있는" 모습을 바라본다. 이 소년의 모습으로 미루어보건대 영양실조에 걸려 있음이 틀림없다. 그런데도 이탈리아에서 이민 온 가난한 소년이 미국의 독립 기념일을 축하하려고 폭죽을 터뜨린다는 것은 아이러니가 아닐 수 없다.

유대인 마이어 울프심에 대한 닉의 태도도 틀에 박힌 편견에서 좀처럼 벗어나지 못한다. 뉴욕 시의 지하 레스토랑에서 폭력계의 대부 울프심을 처음 만날 때 닉은 "체구가 작고 코가 납작한 유대인 한 사람이 큼직한 머리를 쳐들더니 양쪽 콧구멍에 코털이 무성하게 자란 얼굴로 나를 쳐다보았다"고 말한다. 앵글로색슨 계통의 백인들에게 이렇게 키가 작고 코가 납작하다는 것은 유대인을 가리키는 일종의 기호와 다름없다. 그런데 문제는 닉을 비롯한 백인들이 유대인을 은근히 업신여기거나 경멸한다는 데 있다.

그런가 하면 핀란드 출신의 가정부에 대한 닉의 태도도 이와 크게 다르지 않다. 전기난로 위로 몸을 구부리고 혼자서 핀란드 속담을 중얼거리곤 하는 그녀를 그는 희화적으로 묘사하거나 때로는 부정적으로 묘사한다. 개츠비와 데이지가 처음 만나는 장면에서 닉은 "마귀 같은 핀란드인 가정부가 쟁반 위에 차를 받쳐 들고 들어왔다"고 말한다. '마귀 같다'는 표현은 아무리 좋게 받아들여도 너무 심하다고 아니할 수 없다. 개츠비도 닉과 마찬가지로 핀란드 출신의 가정부를 편견 어린 시선으로 바라본다. 가령 닉이 개츠비를 데리고 식료품 저장실로 가자 그는 핀란드인 가정부를 "못마땅한 듯한" 표정으로 쳐다본다.

이 밖에도 조지 윌슨의 정비소 근처에서 커피 가게를 운영하는 마이클리스는 그리스에서 이민 온 소수 민족이다. 개츠비의 아버지 이름이 '헨리 C. 개츠'인 것을 보면 모르긴 몰라도 그의 아버지는 아마 독일에서 미국에 건너온 이민자였을 것이다. 그런가 하면 닉은 뉴욕 생활을 청산하고 중서부 고향으로 돌아가기로 결심한 뒤 "밀밭이나 평원 또는 사라져버린 스웨덴 이민자들의 마을"을 떠올리기도 한다.

『위대한 개츠비』에 등장하는 모든 작중인물 중에서 톰 뷰캐넌은 인종 차별주의자로 첫손가락에 꼽힐 만하다. 어느 모로 보나 백인 우월주의자라고 할 톰은 작품 곳곳에서 인종 차별적인 발언을 서슴지 않는다. 예를 들어 작품 첫 장에서 닉이 톰과 데이지의 집을 방문하여 저녁 식사를 하는 장면은 좋은 예가 된다. 식사하면서 톰은 이런 인종 차별적인 태도를 숨김없이 드러낸다.

"문명은 지금 산산조각이 나고 있어." 톰이 갑자기 격렬하게 내뱉었다. "난 지독한 비관론자가 되었지. 자네 고더드라는 사람이 쓴 『유색 인종 제국의 발흥』이라는 책 읽어봤나?"

"아니, 아직 못 읽어봤는데." 그의 말투에 약간 놀라며 내가 대답했다.

"저런, 좋은 책이야. 다들 읽어봐야 할 책이라고. 그 내용인즉슨, 만일 우리 백인종이 경계하지 않으면 끝장, 완전히 끝장나버리고 만다는 거야. 모두 과학적인 얘기들이야. 다 증명됐으니까."

　대학 시절 미식축구 선수였고 지적인 구석이라고는 조금도 찾아볼 수 없는 톰이 갑자기 최근에 읽은 책을 화제로 삼는 것부터가 의외라면 의외이다. 아니나 다를까, 여기서 톰은 스스로 무식을 드러내고 있다. 『유색 인종 제국의 발흥』은 '고더드'라는 사람이 아니라 시어도어 로스롭 스토더드가 쓴 책이다. 그리고 그 제목도 '유색인종 제국의 발흥'이 아니라 '백인종의 세계 패권에 대항하는 유색 인종의 부상'이다. 하버드 대학 역사학 교수인 스토더드가 1920년에 출간한 이 책은 그동안 '인종 차별적'이라는 낙인이 찍혀왔지만, 그가 예상한 내용 가운데 상당 부분이 사실로 판명되어 관심을 끌었다.

　이 책에서 스토더드는 세계에 분포되어 있는 인종을 백인종·황인종·흑인종·갈색인종 등 크게 네 종류로 나눈다. 이 네 인종 가운데에서도 특히 주로 아시아에 살고 있는 황인종의 위험성을 경고한다. 그는 일본의 제국주의적 야심을 지적하는 한편, 기하급수적으로 증가하는 중국의 인구 폭발을 예고한다. 또한, 과학과 기술 발달의 관점에서 볼 때 백인종에 도전할 만한 인종은 황인종밖에 없다고 주장한다. 그런가 하면 스토더드가 갈색인종으로 분류하는 아랍계 사람들의 종교적 광신주의는 백인종의 세계 제패에 큰 걸림돌이 되리라고 경고하기도 한다. 20세기 말엽과 21세기 초엽에 일어난 일련의 사건이나 상황을 보면 스토더드의 주장이 참으로 예언적이라는 사실에 새삼 놀라게 된다.

그러나 이 책이 안고 있는 가장 큰 문제점은 스토더드가 주장하는 인종 차별에 있다. 지금 같은 다문화주의 사회에서 그의 이론은 비록 부분적으로 타당성이 있다고는 해도 '정치적으로 부적합하다'는 판정을 받을 수밖에 없다. 물론 스토더드는 백인들에게 아시아 사람들을 더는 '열등한' 인종으로 보지 말 것을 촉구한다. '열등한' 인종으로 무시할 대상이 아니라 오히려 경계해야 할 대상이라는 것이다.

스토더드의 이론을 여과 없이 받아들이는 톰은 "지배 인종인 우리 백인이 정신을 바짝 차려야 한다는 거야. 만일 그러지 않으면 다른 인종들이 이 세계를 제패하게 될 거라는 거지"라고 말한다. 그런데 이러한 주장 밑바닥에는 흑인 같은 다른 유색 인종들은 경계 대상에서 벗어나 있다. 이 책 곳곳에는 흑인종은 말할 것도 없고 황인종이나 갈색인종에 속한 사람들에게도 자존심을 건드리는 언급을 쉽게 찾아볼 수 있다.

더구나 톰의 "문명은 지금 산산조각이 나고 있어"라는 말에서 '문명'은 두말할 나위 없이 백인종이 지난 몇천 년 동안 쌓아 온 서구 문명을 가리킨다. 어쩌면 그에게 문명은 그가 겨우 알고 있는 이 서구 문명 하나밖에는 없을지도 모른다. "문명을 이루는 것들은 모두 우리가 만들어냈다는 거야…… 아, 과학과 예술 같은 것들 전부 말이지"라는 말은 이 점을 더욱 분명하게 뒷받침한다. 톰은 초등학교 교과서에도 나오는 인류 문명의 4대 발상지를 알고 있는지조차 의심스럽다. 고대 문명은 일찍이 황허를 비롯하여 이집트, 메소포타미아, 인더스에서 꽃을 피웠으며, 서구 문명이 시작한 것은 그로부터 한참 뒤의 일이다.

스토더드의 지적대로 제1차 세계대전에서 백인종들이 서로 싸우는 동안 황인종이 세계무대로 서서히 부상하기 시작하였다. 인구는 말할 것도 없고 과학과 기술에서도 이제 서구 문명에 위협을 주고 있다. 20세기 중엽에 유행한 '아시아의 네 마리 용'은 이 점을 잘 뒷받침한다. 한국, 싱가포르, 중화민국(타이완), 홍콩은 모두 과거 제국주의 열강의 통치를 받았지만, 열강으로부터 해방된 이후 정부의 주도로 고도의 경제적 성장과 번영을 이루었다. 아시아의 네 마리 용에 해당하는 나라들은 이 용어가 처음 쓰인 20세기 중엽만 해도 신흥 공업국으로 중진국 수준이었다. 그러나 그 뒤에도 지속적으로 빠른 경제 성장을 거듭해 21세기 현재 모두 선진국의 대열에 합류한 상태이다.

비단 '아시아의 네 마리 용'만이 아니다. 그동안 사회주의의 깊은 잠에 빠져 있던 중국이 서서히 기지개를 켜고 잠자리에서 털고 일어난 지도 벌써 십여 년이 지났다. 중국은 이미 2010년

국민총생산(GDP)에서 일본을 앞질러 세계 2위의 경제 대국이 되었고, 2025년에서 2030년 사이에 미국을 추월해 세계 최대의 경제국이 되리라고 예측하는 학자들이 적지 않다. 이렇듯 중국의 부상은 오늘날 동아시아는 말할 것도 없고 글로벌 세력 판도를 바꿔놓고 있다.

인종 차별 문제와 관련하여 톰은 그렇다 치더라도 다른 작중인물들은 어떠한가? 방금 앞에 인용한 장면에서 톰의 말을 듣고 있던 데이지는 "우리는 그들을 꾹꾹 밟아버려야 해요"라고 맞장구친다. 구둣발로 지렁이를 밟는 듯한 모습이 떠올라 섬뜩한 느낌마저 든다. 여기서 그냥 지나치기 쉽지만, 데이지가 '우리'라는 말과 '그들'이라는 대명사를 사용한다는 점을 찬찬히 눈여겨봐야 한다. '우리'와 '그들'은 이분법적으로 자아(自我)와 타자(他者)를 뚜렷이 구분 짓는 표현이다. 이 용어에는 '우리'와 다른 사람들을 배제하려는 무서운 차별 의식과 권력 의지가 도사리고 있다. '우리'에 속하는 사람들은 자신과 다른 '그들'을 무시하고 경멸하고 배제해버린다. 이렇듯 톰에게나 데이지에게나 황인종을 비롯한 유색 인종은 더불어 살아가야 할 인종이 아니라 어디까지나 타도해야 할 대상에 지나지 않는다.

적어도 이 점에서 닉도 문제가 있기는 마찬가지이다. 톰과 데이지의 인종 차별적 발언에 드러내놓고 동조하지는 않지만,

그렇다고 반대하지도 않는다. 닉은 톰의 발언을 지적 수준이 낮은 탓으로 돌릴 뿐, 인종적 편견으로 심각하게 받아들이지 않는다. 비록 1920년대 초엽의 일이라고는 하지만, 톰의 말은 인종 차별적 발언으로 비난받아 마땅하다. 그런데도 닉은 톰의 발언에 무관심한 태도를 보임으로써 궁극적으로는 인종 차별을 묵인하는 셈이다. 미국이 독립하는 데 견인차 역할을 한 토머스 페인은 "행동하지 않는 양심은 악의 편"이라고 말하였다. 또한, 영국의 정치 철학자 에드먼드 버크도 "악이 승리를 거두는 데 필요한 유일한 조건은 선인(善人)이 아무런 행동도 하지 않는 것이다"라고 말한 적이 있다. 페인이나 버크의 말은 이 경우에 그대로 해당한다. 닉의 이러한 무관심이나 묵인은 인종 차별의 벽을 더욱 공고히 하는 데 이바지할 뿐이다. 닉이 참다운 지성인이라면 좀 더 적극적으로 톰의 발언을 문제 삼아야 할 것이다. 어쩔 수 없이 그도 미국 사회의 주류 구성원인 'WASP(White Anglo-Saxon Protestant)', 즉 백인 앵글로색슨 개신교 신자의 범주에서 크게 벗어나지 못한다.

『위대한 개츠비』에서 피츠제럴드는 인종 문제에 이어 계급 문제에도 관심을 기울인다. 인종 차별이 서로 다른 인종 사이에서 일어나는 문제라면 계급 차별은 서로 다른 인종은 말할 것도 없고 심지어 같은 인종 사이에서도 일어난다. 1920년대 '재즈 시대'나 '광란의 시대'와 관련하여 이미 앞에서 언급했지만, 이 무렵은 어느 때보다도 부유한 사람들과 가난한 사람들 사이 계급의 골이 깊었다. 그만큼 계급에 따른 차별이 두드러지게 나타났다.

빈부의 스펙트럼에서 톰 뷰캐넌 부부와 개츠비가 한쪽 끝에 있고, 그 반대쪽 끝에는 조지 윌슨 부부와 그 주변 인물들이 있다. 빈부 차이는 이 무렵 사회적 신분이나 지위의 상징이라고 할 저택과 자동차만 보아도 잘 알 수 있다. 같은 롱아일랜드에 살고 있다고 해도 톰과 개츠비는 궁궐 같은 저택에 살고 있지만, 윌슨 부부는 쓰레기 계곡 근처 자동차 정비소 위층에 살고 있다. 톰은 이렇게 궁핍하게 살아가는 윌슨 부부를 동등한 인간으로 대접하기보다는 오직 자신의 목적을 달성하기 위한 수단으로 삼을 뿐이다. 조지에게 자동차를 팔 생각이 없으면서도 톰은 늘 그에게 자동차를 팔아 돈을 벌게 해주겠다고 말한다.

또한, 톰에게 조지의 아내 머틀은 성적(性的) 대상일 뿐, 그 이상으로는 아무런 의미가 없다. 톰의 세계에서 빈혈증을 앓는 것처럼 무기력한 데이지는 사교 모임에 필요한 소도구일지는 몰라도 성적 대상으로는 부족하다. 그래서 톰이 택한 인물이 바로 머틀이다. 뉴욕 시에 가는 기차 안에서 두 사람이 처음 만났을 때 머틀은 톰의 옷차림과 구두에 반하고, 톰은 그녀에게서 데이지한테서는 일찍이 느끼지 못한 육체적 박력에 매력을 느낀다. 닉의 눈에 비친 머틀의 모습은 자못 육감적이다. 그는 머틀을 처음 만나는 장면에서 "그녀의 얼굴은 예쁜 구석이라고는 찾아볼 수 없었지만, 온몸의 신경이 연기를 내뿜듯 끊임없이 생동감을 발산하는 것을 금방 느낄 수 있었다"고 털어놓는다. 머틀은 톰에게서 돈을 받고 몸을 파는 창녀에 지나지 않는다.

뉴욕 맨해튼의 아파트에서 톰은 머틀이 데이지의 이름을 부른다고 "능숙하게 손바닥으로" 그녀의 코를 잽싸게 후려갈긴다. 이렇게 '능숙한' 솜씨로 폭력을 행사하는 것은 이번이 처음은 아니다. 그런데도 머틀은 톰에게서 조지가 주지 못하는 것을 얻기 위해 이러한 폭력을 참고 견딘다. 톰이 자기 기분에 따라 머틀을 함부로 다룰 수 있는 것은 돈으로 그녀를 만족하게 할 수 있기 때문이다. 머틀은 톰에게는 고분고분하게 굴면서도 가난하고 무능한 남편 조지에게는 여간 사납게 굴지 않는다.

한편 피츠제럴드는 머틀에 대한 태도에서도 볼 수 있듯이 제1차 세계대전 이후 부쩍 고개를 들기 시작한 성차(性差) 또는 젠더 문제를 다루기도 한다. 1920년대에 여성은 머리카락을 짧게 자르고 과감한 옷차림을 하는 등 겉모습에서 가히 혁명적인 변화를 꾀하기 시작하였다. 피츠제럴드가 작품에서 자주 다루는 말괄량이 여성을 뜻하는 '플래퍼'는 젊은 남성의 옷차림을 하는 여성을 가리킨다. 그들은 남성과 같거나 비슷한 복장을 함으로써 남녀평등을 내세웠다. 남성 중심의 가부장 질서에서 벗어나려는 플래퍼들은 복장뿐 아니라 더 나아가 파격적인 행동을 일삼음으로써 전통이나 인습을 깨뜨리려고 하였다. 이렇듯 제1차 세계대전은 미국 여성들에게 새로운 돌파구 역할을 하였다. 미국에서 여성이 처음으로 참정권을 얻은 것도 바로 이 무렵이었다.

그러나 이러한 외형적인 혁명과는 달리 미국 여성은 여전히 가부장 질서 안에 갇혀 있었다. 남성 중심의 가부장 질서는 자본주의가 발전하면서 여성을 더욱 남성에 종속시키는 결과를 낳았다. 이 무렵에 활약한 어느 작가보다도 피츠제럴드는 『위대한 개츠비』에서 이렇게 남성한테 종속되어 있는 여성의 위치를 보여준다. 고객이 왕으로 대접받고 소비가 미덕으로 존중받는 자본주의, 상업주의 사회에서 여성은 소비 대상으로 전락하기 일쑤였다.

이러한 사정은 데이지에게서도 쉽게 찾아볼 수 있다. 톰한테 정부(情婦)가 있다는 사실을 알고 있으면서도 그녀는 돈의 위력에 눌려 그와의 결혼 생활을 계속하고, 다만 남편의 외도에 가끔 짜증을 내고 삶을 냉소적으로 바라볼 뿐이다. 닉 캐러웨이가 데이지에 대해 화를 내는 것은 바로 그 점 때문이다. 닉은

"내 생각 같아서는 데이지는 당장 어린애를 안고 그 집을 뛰쳐나와야 했지만, 그녀는 그럴 생각이 없는 것 같았다"고 말한다. 데이지는 톰의 외도를 눈감아줄망정 편안하고 안락한 삶을 포기할 수 없다. 그러므로 어떤 의미에서 데이지는 자신을 성 상품으로 전락시키는 머틀과 다를 바 없다. 다만 두 사람 사이에 차이가 있다면 데이지는 머틀보다 훨씬 비싼 값을 받아낸다는 것뿐이다. 가부장 질서와 자본주의의 소비 사회에 데이지가 자신도 모르게 얼마나 길들어 있는지는 닉에게 외동딸 패미를 낳았을 때의 심정을 고백하는 장면에서 엿볼 수 있다.

"아마 그 얘기를 들으면 알 거예요……. 매사를 왜 지금처럼 느끼고 있는지 말이에요. 글쎄, 아이를 낳은 지 한 시간도 되지 않았는데 톰이 도대체 어디에 있는지 알 수 없는 거예요. 마취에서 깨어났을 때 난 완전히 버림받은 것 같은 느낌이 들었어요. 간호사한테 그 애가 아들인지 딸인지 물어봤어요. 그랬더니 간호사는 딸이라고 했고, 그래서 나는 고개를 돌리고 울었어요. '괜찮아. 딸이라서 기쁘지 뭐야. 그리고 이 애가 커서 바보가 되었으면 좋겠어……. 그러는 편이 제일 좋으니까……. 아름답고 귀여운 바보 말이야.' 하고 말했지요."

데이지는 오랜만에 먼 친척 오빠 닉을 만나 그에게 신세타

령처럼 톰에 대한 불만을 털어놓는다. 그런데 피츠제럴드는 이 에피소드를 전기적 사실에서 그대로 빌려 오다시피 하였다. 실제로 피츠제럴드의 아내 젤더는 1921년 10월 외동딸 스코티를 출산했을 때 이 아이가 앞으로 커서 "아름답고 귀여운 바보가 되었으면 좋겠다"고 말한 것으로 전해진다.

그동안 가부장 질서에서 누려온 기득권을 지키려는 남성도 아니고 이 질서의 피해자인 여성의 입에서 이러한 말이 나온다는 것이 좀처럼 믿어지지 않는다. 간호사한테서 딸을 낳았다는 말을 듣고 고개를 돌리고 운다는 것은 여전히 존재하는 남아 선호 사상을 그대로 드러내는 반응이다. 비록 정도의 차이는 있지만, 계집아이보다 사내아이를 선호하는 것은 비단 동양에만 국한된 현상이 아니라 미국 같은 서양에서도 마찬가지이다. 더구나 갓 태어난 딸을 두고 그 아이가 자라서 차라리 "아름답고 귀여운 바보"가 되었으면 좋겠다고 말하는 것은 남녀평등과 여성의 자유와 권리를 부르짖던 이 무렵의 여권 운동과 어긋나도 한참 어긋난다. 페미니즘 운동에 찬물을 끼얹는 이 말은 가히 '반(反)페미니즘'이라는 낙인이 찍힐 만한 중대한 발언이다. 여성을 여전히 남성의 종속물로 간주하고 소비 사회의 상품으로 만족하는 태도가 담겨 있기 때문이다.

성차나 성별에 따라 인간을 차별해서는 안 되는 것처럼, 이

성 사이의 섹스냐 동성 사이의 섹스냐에 따라 편견을 품거나 차별하는 것도 옳지 않다. 최근 미국의 몇몇 주(州)에서 동성 결혼까지 허용하는 마당에 동성애는 이제 그렇게 색다른 화제가 아니다. 그러나 문학 비평에서 동성애를 다루기 시작한 것은 비교적 최근의 일이다. 몇몇 비평가는 그동안 이러한 관점에서 작품을 읽어 그런대로 성과를 거두었다. 물론『허클베리 핀의 모험』에서 주인공 허클베리 핀과 흑인 노예 짐을 동성애의 관계로 보려는 레슬리 피들러처럼 빗나간 경우도 없지 않다. 헉 핀과 짐의 관계는 동성애라기보다는 오히려 형제애로 보는 쪽이 훨씬 옳을 것이다.

그러나『위대한 개츠비』에는 트웨인의 작품보다 동성애의 관계가 좀 더 뚜렷이 드러나 있다. 이 작품을 이러한 관점에서 처음 해석한 사람은 아마 미국 문학에 '논픽션 소설'의 이정표를 세운 소설가 트루먼 커포티일 것이다. 1974년 데이비드 메릭이 세 번째로 이 작품을 영화로 만들 때 커포티에게 각색을 맡겼다. 잭 클레이튼이 감독을 맡고 로버트 레드포드가 개츠비로, 미아 패로가 데이지로 등장하는 영화이다. 그런데 커포티는 이 소설을 각색하면서 화자인 닉 캐러웨이를 남성 동성연애자로, 조던 베이커를 여성 동성연애자로 만들었다. 영화사는 커포티를 결국 해고했고, 프랜시스 포드 코폴라가 서둘러 3주일 만에 각색을 끝마쳤다.

그런데 커포티가 이 작품을 동성애적 관점에서 해석하려고 한 데에는 그 나름대로 까닭이 있었다. 물론 조던 베이커를 레즈비언으로 보려는 것은 조금 무리가 있다. 작품을 아무리 샅샅이 뒤져보아도 좀처럼 그녀를 레즈비언으로 볼 만한 증거는 없다. 물론 여성적이라기보다는 남성적인 몸매 때문에 어쩌면 남성 역할을 하는 레즈비언처럼 보일지도 모른다. 그녀를 두고 닉은 "몸매가 날씬하고 가슴이 작은 데다, 마치 사관생도처럼 어깨를 뒤로 쫙 펴고 있었기 때문에 꼿꼿한 자세가 더욱 두드러져 보였다"고 말한다.

이왕 레즈비언 말이 나왔으니 말이지만, 이 작품에서 그러한 성향이 있는 인물이라면 아마도 머틀 윌슨의 여동생 캐서린일 것이다. 제2장에서 닉이 캐서린에게 어디 살고 있느냐고 묻자 그녀는 여자 친구와 함께 호텔에서 산다고 대답한다. 호텔에서 사는 것을 보면 어쩌면 콜걸일 가능성이 크다. 이러저러한 이야기를 나눈 끝에 캐서린은 닉에게 몬테카를로에 갔다가 막 돌아왔다고 말한다. 그러면서 닉이 묻지도 않았는데 그녀는 "바로 작년이에요. 여자 친구들과 함께 갔지요"라고 말한다. 물론 여자 친구들과 함께 몬테카를로에 여행을 갔다고 하여 그녀를 레즈비언으로 단정 지을 수는 없을지 모른다. 그러나 호텔에서 여자 친구와 함께 살고 있다는 사실과 연관 지어 보면 그러할 가능성을 배제할 수 없다.

한편 트루먼 커포티가 닉 캐러웨이를 남성 동성연애자로 보려는 것은 그렇게 엉뚱한 해석은 아니다. 닉이 조던 베이커를 처음 만날 때 그의 태도를 보면 드러내놓고 동성연애를 하는 사람은 아닐지라도 적어도 '클로짓 호모섹슈얼', 즉 은밀하게 숨어서 하는 동성연애자일 가능성이 있다. 닉은 조던의 여성적인 모습보다는 남성적인 모습에 더 매력을 느낀다. 뒤에 가서 그는 조던을 두고 "실제로 그녀를 사랑하지는 않았지만, 애정이 깃든 호기심이랄까, 그런 감정을 느끼게 되었다"고 고백한다. 여기서 '애정이 깃든 호기심'이 과연 무엇을 뜻하는지는 알 수 없지만, 조던이 풍기는 남성적인 매력과 무관한 것 같지 않다. 닉이 조던의 사내 같은 몸매에 끌리고 있다면 다른 남성에 대해서도 매력을 느끼지 말라는 법이 없을 것이다.

닉이 조던과 같은 남성적인 여성을 좋아한다는 것은 그가 뉴욕에 오기 전 서부에서 사귀던 여성한테서도 엿볼 수 있다. 닉이 그녀를 좋아하는 것은 조던처럼 그녀도 운동을 좋아하기 때문이다. 닉은 "어떤 젊은 여자가 테니스를 할 때면 위쪽 입술에 콧수염처럼 희미하게 땀방울이 나타났다"고 말한다. 이렇게 말하는 것을 보면 닉은 남성적인 특징이 있는 여성에게 일종의 페티시즘적인 감정을 느끼고 있는 것 같다.

그런가 하면 닉 캐러웨이와 개츠비의 관계에 의심을 품는 비평가들도 있다. 몇몇 비평가는 닉이 육체적으로나 정신적으로나 여성보다는 남성에 더 이끌린다는 점에 주목한다. 가령 에드워드 워시올렉은 닉이 개츠비에게 남다른 호의를 보이고 행동하는 것을 그리 순수하게만 보려고 하지 않는다. 관음증적인 태도뿐 아니라 동성애적인 태도를 보인다는 것이다. 또한, 워시올렉은 이 작품의 맨 마지막 문장의 이미지나 리듬이 자위행위를 연상시킨다고 지적하기도 한다. 또한, 아무리 멋을 부린다고 하지만 개츠비가 즐겨 입는 핑크색 정장이나 집 안을 꾸미는 실내장식에서도 이성애보다는 동성애적인 경향이 드러난다.

그러나 닉과 개츠비의 관계를 동성연애의 관계로 보는 것은 아무래도 지나친 해석인 듯하다. 물론 두 사람 사이에 그러한 성향이 있다는 가능성을 완전히 배제할 수는 없지만, 닉이 개츠비에게 호의를 보이는 이유는 개츠비가 꿈을 간직하고 그 꿈을 향해 매진하는 낭만주의자이기 때문이다. 닉이 작품 첫머리에서 "그것은 희망에 대한 탁월한 재주요, 낭만적인 준비나 신속함인데, 나는 그런 것을 다른 어떤 사람한테서도 일찍이 발견한 적이 없고 또 앞으로도 다시는 발견할 수 없을 것 같은 낭만적인 민감성이었다"고 했던 말을 다시 한 번 염두에 둘 필요가 있

다. 또한, 닉은 개츠비에 대해 처음부터 호감을 보이지는 않았
다. 개츠비는 그가 "드러내놓고 경멸해 마지않는 것을 모두 대
변하는" 인물이었다. 이 두 사람은 제1차 세계대전에 참전했다
는 이유로 전우의 막역한 관계를 보여줄 뿐이다.

그러나 닉 캐러웨이가 동성연애자는 아니라고 할지라도 적
어도 그러한 성향이 있는 인물로 볼 수 있는 증거는 얼마든지
있다. 예를 들어 톰의 맨해튼 아파트에서 몇 사람이 모여 파티
할 때 참석하는 사진작가인 체스터 맥키에 대한 닉의 태도가 그
러하다. 머틀의 전화를 받고 아래층에서 올라온 맥키는 방금 면
도했는지 광대뼈에 흰 비누 거품 자국이 있다. 파티가 재미가
없는지 잠들어 있는 그의 모습을 보고 닉은 손수건을 꺼내 오후
내내 거슬리던 그의 뺨에 말라붙은 비누 거품 자국을 닦아준다.
그리고 보니 닉은 이 사진작가를 처음 만날 때 "맥키 씨는 얼굴
이 창백한 여자 같은 남자였다"고 말하는 점도 그 의미가 새롭
게 다가온다.

이 소설 제2장의 마지막 장면을 꼼꼼히 살펴보면 어쩌면 캐
러웨이의 동성애 성향은 더욱 분명히 드러난다. 새벽녘에 체스
터 맥키가 아래층에 있는 자기 아파트로 가려고 자리에서 일어
서자, 그 모습을 보고 술에 취한 닉도 함께 자리에서 일어나 그
와 같이 머틀의 아파트에서 나온다. 두 사람이 엘리베이터를 타

고 아래층으로 내려가는 동안 맥키가 닉에게 언제 점심을 같이 하자고 제안한다.

"언제 점심이나 하러 오시죠." 엘리베이터가 신음 소리를 내면서 내려가는 동안 그가 제안했다.

"어디에서요?"

"어디서든지요."

"레버에서 손을 떼주세요." 엘리베이터 안내원이 잘라 말했다.

"미안하네. 만지고 있는지 몰랐어." 맥키 씨가 위엄 있게 말했다.

"좋습니다. 기꺼이 가지요." 나는 그의 점심 초대에 응했다.

…… 그다음에 나는 그의 침대 옆에 서 있었고, 그는 속옷 차림으로 침대 시트에 들어가 두 손에 커다란 포트폴리오를 들고 앉아 있었다.

"「미녀와 야수」…… 「고독」…… 「식료품 잡화점의 늙은 말」…… 「브루클린 다리」……."

그러고 나서 나는 펜실베이니아 역의 추운 지하 대합실에 반쯤 잠든 상태로 누워 조간신문『트리뷴』을 보며 새벽 4시 기차를 기다렸다.

이 인용문의 의미를 제대로 파악하려면 그야말로 행간을 주목하여 읽어야 한다. 이 장면에서 피츠제럴드가 유난히 생략 부호를 많이 사용하는 것은 그가 직접 드러내놓고 말하는 내용보다는 오히려 숨기고 있는 내용이 더 많기 때문이다. 인용문 중간에서 "나는 그의 점심 초대에 응했다"는 문장과 "그다음에 나는 그의 침대 옆에 서 있었고…… "라는 문장 사이에 있는 생략 부호에서도 잘 드러나듯이 두 사람 사이에 일어난 어떤 행동이 틀림없이 생략되어 있다.

두말할 나위 없이 닉과 체스터는 함께 엘리베이터에서 내렸을 것이고, 엘리베이터에서 내린 뒤 어쩌면 맥키가 닉에게 자기 아파트에 잠시 들러 술도 깰 겸 커피라도 한잔 마시고 가라고 제안했을 것이다. 두 사람이 맥키의 아파트에 들르는 것까지는 충분히 예상할 수 있지만, 맥키가 갑자기 침대 위에서, 그것도 "속옷 차림으로" 침대 시트에 들어가 앉아 있다든지, 캐러웨이가 그의 침대 옆에 서 있는 장면은 좀처럼 이해가 가지 않는다.

위 인용문에서 첫 문장이 서술하는 행동과 두 번째 문장이 서술하는 행동 사이에 닉과 맥키가 동성애 성관계를 벌였다고 짐작할 수밖에 없다. 손님을 초대해놓고 속옷 차림으로 침대에 앉아 있다는 것은 상식적으로 생각할 때 좀처럼 이해할 수 없다. 아무리 맥키가 현실 세계와 담을 쌓고 오직 예술 세계에서 살고 있는 사진작가라고 해도 사정은 크게 달라지지 않는다.

그러고 보니 머틀의 아파트에서 있었던 파티를 두고 닉이 "나는 평생 술 취한 적이 딱 두 번 있었는데, 두 번째 취한 것이 바로 그날 오후였다”고 말하는 것도 예사롭게 들리지 않는다. 무의식이나 잠재의식에 억압되어 있던 동성애에 대한 충동이 술에 많이 취한 상태에서 갑자기 고개를 쳐들었을지 모른다는 사실을 암시한다. 또한, 인용문 첫머리에서 엘리베이터가 “신음 소리를 내듯” 아래층으로 내려왔다는 표현에도 성적인 암시가 함축되어 있다. 그런가 하면 “레버에서 손을 떼주세요”라는 엘리베이터 보이의 말도 성적 함의가 있기는 마찬가지이다. 굳이 지그문트 프로이트를 언급하지 않더라도 엘리베이터의 레버처럼 돌기가 있는 물건은 흔히 남성 성기를 가리킨다. 이 점에서는 맥키가 침대 시트에 들어가 앉아 손에 쥐고 있는 포트폴리오도 마찬가지이다.

피츠제럴드는 닉 캐러웨이를 비록 남성 동성연애자는 아니더라도 적어도 동성애 성향이 있는 인물로 묘사하려고 한 것 같다. 그가 이 작품을 쓴 1920년대 초엽은 어느 때보다도 곳곳에서 성(性)의 해방을 부르짖는 목소리가 드높던 시기였다. 실제로 이 무렵 모더니즘 작가들을 중심으로 동성애나 양성애를 작품의 소재로 다루는 작가가 적지 않았다. 피츠제럴드가 비록 간접적으로나마 동성애에 관심을 보이는 것은 ‘재즈 시대’의 환락과 향락주의와 도덕적 타락을 보여주기 위해서일 것이다.

한편 피츠제럴드는 『위대한 개츠비』에서 자연 파괴와 환경 오염 문제를 중요한 의제로 삼기도 한다. 웨스트에그에서 맨해튼으로 가는 길 중간쯤에 플러싱이 있고, 이 근처에 '쓰레기 계곡'이라는 뉴욕 시 퀸스 자치구가 운영하는 쓰레기 하치장이 있다. 1920년대 초엽 플러시 강 습지에 있던 이 하치장은 이 지역에서 나오는 온갖 쓰레기를 매립하는 곳이었다. 이곳에는 1930년대 말엽과 1960년대 중엽 두 번에 걸쳐 만국 박람회가 열렸고, 1940년대 중엽에는 한때 임시 유엔본부가 있었다.

지금은 플러싱 메도 코로나 공원으로 탈바꿈했지만 1920년대 무렵만 해도 악취가 코를 찌르는 공해 지역이었다. '쓰레기 계곡'은 원문에는 'valley of ashes'로 되어 있는데 피츠제럴드는 어쩌면 『구약성서』「시편」에 언급된 '눈물 골짜기(valley of tears)'를 염두에 두고 그렇게 불렀는지도 모른다. 좀 더 세속적인 의미에서 보면 T. S. 엘리엇이 『황무지』(1922)에서 노래한 풀 한 포기, 나무 한 그루 자라지 않는 황량한 불모지와도 맞닿아 있다.

육지까지 길게 뻗쳐 있는 플러싱 만(灣)에 있는 이 쓰레기 매립지는 그동안 미국인들이 '개발'과 '진보'라는 그럴듯한 이름으로 자행해온 자연 파괴가 낳은 부산물이다. 다시 말해서 문명의 배설물이요 발전의 찌꺼기라고 할 수 있다. 여기서 작품의 끝 장면에서 캐러웨이가 하는 말을 다시 한 번 떠올리는 것이 좋을 것이다. "나는 서서히 그 옛날 네덜란드 선원들의 눈에 한

때 꽃처럼 찬란히 떠올랐던 이 옛 섬—신세계의 싱그러운 초록색 가슴을 깨닫게 되었다. 바로 이 섬에서 자취를 감춘 나무들, 개츠비의 저택에 자리를 내준 나무들은 한때 인간의 모든 꿈 중에 마지막이자 가장 위대한 꿈에 소곤거리며 영합했던 것이다.” 이 문장은 비단 공간적이고 지리적인 은유일 뿐 아니라 자연을 가리키는 물질적 은유이기도 하다.

여기서 초록색은 한편으로는 초기 개척자들이 가슴에 품었던 풋풋한 꿈과 이상을 상징하고, 다른 한편으로는 아직 문명의 손길에 파괴되지 않은 싱그러운 원시적 자연을 상징하기도 한다. 그러나 겨우 몇백 년이 지난 20세기 초엽에 이르러 이 지역은 잿빛의 쓰레기 하치장으로 변해버렸다. 이 점에서 보면 쓰레기 하치장이 있는 ‘플러싱’이라는 이름도 여간 예사롭지 않다. 플러싱은 본디 네덜란드 남서쪽에 있는 항구 이름이다. 아름다운 항구의 이름이 이제 문명의 오물을 처리하는 장소로 사용되고 있다는 것이 아이러니가 아닐 수 없다.

바로 이 잿빛 황무지에 안과 의사의 광고탑이 높이 서 있다. 캐러웨이는 “그 잿빛 땅과 그 위에 끊임없이 발작적으로 피어오르는 먼지 너머로 곧 T. J. 에클버그 의사의 두 눈을 볼 수 있다”고 말한다. 얼굴은 없이 두 눈만 있는 이 광고판은 이 지역의 자연 파괴나 환경 오염과 관련하여 자못 의미심장하다. 광고판의 두 눈은 안구는 있지만 사물을 볼 수 없는 눈뜬장님과 같다. 네덜란드 초기 개척자들이 숨을 죽이며 바라보던 초록색 원시림이 황무지로 변한 것은 눈앞의 이익에 눈먼 상업 자본주의가 빚어낸 결과라고 할 수 있다.

이런저런 이유로 롱아일랜드 섬에서 자취를 감춰버린 것들은 비단 초록색 원시림의 나무들만이 아니다. 몇천 년 동안 이 지역에 살았던 인디언들, 아니 좀 더 정치적으로 적합한 용어를 사용하자면 '원주민 미국인'들도 개척자들에게 밀려 서쪽으로 쫓겨나면서 백인들에게 자리를 내주고 말았다. 17세기 중엽만 해도 롱아일랜드에는 13부족의 원주민 미국인들이 살고 있었다. 그러나 그들이 이 섬에 살았다는 흔적은 지금 이 지역의 지명으로 겨우 남아 있을 뿐이다. 예를 들어 체스터가 카메라에 담은 몬턱을 비롯하여 피츠제럴드가 이스트에그의 모델로 삼은 맨해싯, 시토킷, 패초그 등이 바로 그것이다.

제6장
『위대한 개츠비』의 형식과 기법과 문체

    F. 스콧 피츠제럴드의 『위대한 개츠비』는 주제만이 아니라 그 형식과 기법에서도 눈길을 끈다. 이미 앞 장에서 언급했지만, 그는 찰스 스크리브너스 출판사의 편집자 맥스웰 퍼킨스에게 보낸 편지에서 "나는 새로운 그 무엇 – 놀랍고도 아름답고 단순한 그 무엇에다 정교하게 짜인 그 무엇을 쓰고 싶다"고 포부를 밝혔다. 이처럼 피츠제럴드는 소재도 새롭고 형식과 기법도 '정교하게 짜인' 작품의 집필을 구상하고 있었다. 그가 구상한 대로 이 작품은 동시대의 작품, 어떤 의미에서는 미국 소설을 통틀어서도 찾아보기 어려울 만큼 정교하고 세련된 구성과 기교 그리고 문체 등을 구사하고 있다. 존 도스 패서스가 이 소설을 두고 "몇 안 되는 미국 소설의 고전 중의 한 작품"으로 평가하는 까닭도 바로 여기에 있다.

『위대한 개츠비』에서 피츠제럴드는 다른 여느 소설가들과는 달리 시적 장치를 즐겨 사용한다. 윌리엄 포크너나 어니스트 헤밍웨이 같은 동시대 작가들만 해도 그들의 첫사랑은 소설이 아니라 어디까지나 시였다. 그러나 피츠제럴드는 단 한 번도 시인이 되려고 한 적이 없이 오직 소설과 희곡에만 관심을 기울였다. 그런데도 그는 작품에서 시인을 무색하게 할 만큼 시적 상징과 이미지를 즐겨 사용한다. 특히 그의 세 번째 장편소설은 산문으로 쓴 시로 읽어도 크게 무리가 없을 정도로 서정적이다. 세계 소설사를 샅샅이 뒤져보아도 이 작품만큼 서정적인 소설을 찾아보기도 쉽지 않다. 이러한 서정성은 버지니아 울프의 소설에서나 겨우 찾아볼 수 있을 것이다. 『위대한 개츠비』의 원문을 소리 내어 읽다 보면 마치 산문시를 읽고 있는 듯한 느낌이 드는 것은 바로 그 때문이다.

피츠제럴드가 이 작품에서 구사하는 시적 장치 중에서 먼저 수사법을 예로 들어보자. 가령 "내 서가에 꽂혀 있는 그 책들은 오직 미다스 왕과 J. P. 모건과 마이케나스만이 알고 있는 눈부신 비밀을 보여주겠다고 약속하는 듯했다"라는 문장에서 그는 두음법을 사용한다. 하나같이 재물과 관련이 있는 세 인물 '미다스', '모건', '마이케나스'라는 낱말은 첫 자음의 소리가 모두 같아 소리 내어 읽으면 독특한 효과를 자아낸다. 운수율에 의존하는 한국어 시에서는 그렇게 뚜렷이 드러나지 않지만, 소리의 강약에 의존하는 영시에서 두음법은 아주 중요한 장치 가운데 하나이다.

이 밖에도 피츠제럴드는 은유법이나 직유법을 효과적으로 구사한다. 가령 데이지의 목소리를 돈에 빗댄 은유는 그야말로 보석처럼 찬란한 빛을 내뿜는다. "데이지의 목소리는 돈으로 가득 차 있었다. 그 안에서 높아졌다. 낮아졌다 하는 끝없는 매력, 그 딸랑거리는 소리, 그 심벌즈 같은 노랫소리……. 하얀 궁전 속 저 높은 곳에 공주님이, 그 황금의 아가씨가……." 말을 할 때면 금화를 굴릴 때처럼 딸랑거리는 소리를 낸다는 점에서도, 남편의 외도를 눈감아줄 만큼 부유한 삶에 익숙해 있다는 점에서도 데이지는 돈과 떼려야 뗄 수 없는 불가분의 관계에 있다. 이 점에서는 개츠비의 파티에 참석한 한 여배우를 묘사하는 "거의 인간이라고 하기 어려울 정도로 아름다운 한 떨기 난초 같은 여자"라는 직유법도 마찬가지이다.

또한, 피츠제럴드는 이 소설에서 돈절법을 유난히 자주 사용한다. '돈절법'이란 말하는 사람이 일부러 문장을 끝맺지 않고 도중에서 끊어버리는 수사법을 말한다. 이 경우 생략된 말의 뜻은 독자들의 몫으로 넘어가기에 이 수사법은 독자의 참여를 유도하는 데 아주 효과적이다. 한국어 표기법에 잘 맞지 않아 번역하는 과정에서 다른 부호로 대체하거나 생략한 경우가 더러 있지만, 원문에는 돈절법을 가리키는 부호(-)가 무척 자주 쓰인다. 가령 방금 앞에서 데이지의 목소리를 언급하는 장면에서도 캐러웨이는 "데이지의 목소리에는 신중함이 없어요. 그 애의 목소리에는 뭔가 가득……" 하며 채 말을 끝맺지 않고 잠깐 머뭇거린다.

더구나 피츠제럴드는 『위대한 개츠비』에서 구체적인 감각에 호소하는 이미지를 효과적으로 구사한다. 어떤 장면에서는 그가 묘사하는 대상이 너무나 구체적이어서 직접 눈으로 보고 귀로 듣고 코로 냄새를 맡는 듯한 느낌마저 든다. 이미지 하면 흔히 시각적인 것만 생각하기 쉽지만, 청각과 후각과 미각 말고도 동적 이미지가 차지하는 몫도 적지 않다. 톰 뷰캐넌의 저택 정원을 묘사하는 장면은 동적 이미지를 보여주는 더할 나위 없이 좋은 예가 된다.

잔디밭이 해변에서 시작해서 현관을 향해 400미터나 달려와, 해시계와 벽돌로 꾸민 산책길과 불타는 듯한 정원을 뛰어넘어 이어졌다. 그리고 마침내 저택에 이르러서는 마치 여세를 몰듯 밝은색 덩굴이 되어 집 옆을 따라 뻗어 올라갔다.

동적 이미지는 흔히 생물이나 무생물에 인간의 속성을 부여하는 의인법과 함께 사용된다. 위 인용문에서 피츠제럴드는 잔디밭이 해변에서 시작하여 저택 현관까지 뻗어 있는 광경을 단거리 선수가 달리기하는 모습에 빗대어 표현한다. "산책길과 불타는 듯한 정원을 뛰어넘어"라든지, "여세를 몰듯 밝은색 덩굴이 되어 집 옆을 따라 뻗어 올라갔다"라는 구절을 보면 보통 달리기가 아니라 마치 장애물 경주를 하는 것과 같다.

피츠제럴드는 때로는 공감각(共感覺)을 구사하기도 한다. 예를 들어 "이제 오케스트라단이 노란 칵테일 음악을 연주하기 시작했다"는 문장에서는 시각적 이미지와 청각적인 이미지를 서로 결합하여 독특한 공감각적인 효과를 자아낸다. 어느 한국어 번역본에는 '노란 칵테일 음악'을 '감미로운 음악'으로 옮겨놓았는데 피츠제럴드 특유의 공감각적 사용을 무시한 번역이다. 칵테일 음악이라고 하니까 감미롭다고 추측했는지는 모르겠지만 어디까지나 '노란' 색깔의 시각적 이미지와 칵테일 음악의 청각적 이미지를 하나로 결합한 공감각적 표현임을 잊어서는 안 될 것이다. 가령 김광균(金光均)이 「외인촌」에서 "분수처럼 흩어지는 푸른 종소리"라고 노래할 때의 바로 그 '푸른 종소리'와 같은 표현이다.

피츠제럴드는 『위대한 개츠비』에서 시적 이미지뿐 아니라 상징도 즐겨 사용한다. 앞 장에서 이미 몇 가지 예를 들었지만 '쓰레기 계곡'을 비롯하여 T. J. 에클버그 안과 의사의 광고탑, 작품의 첫 부분과 마지막 부분에 사용하는 초록색 불빛 등이 바로 그것이다. 특히 피츠제럴드는 색깔과 관련한 상징을 즐겨 사용한다. 이 소설에서 흰색은 무려 47번, 노란색은 22번, 푸른색은 22번, 초록색은 17번, 붉은색은 9번, 핑크색은 6번 사용하였다. 사진에 빗대어 말하자면 이 작품은 흑백사진이 아니라 컬러사진에 가깝다.

더구나 피츠제럴드는 사건을 극적으로 전개하기보다는 정적 장면을 묘사하는 데 자못 깊은 관심을 기울인다. 이렇게 장면에 무게를 싣는 기법을 그는 헨리 제임스 같은 선배 작가, 이디스 워튼과 윌러 캐더 같은 동시대 작가들한테서 배웠다. 피츠제럴드는 그들과 마찬가지로 핵심적인 장면을 한데 모아 한 편의 소설로 만들어낸다. 그렇게 『위대한 개츠비』는 모두 아홉 개의 장면으로 구성되어 있다고 할 수 있다.

이처럼 피츠제럴드가 사건의 극적 전개보다는 정적인 장면 묘사에 치중하다 보니 사건은 어쩔 수 없이 연대기적 기술에서 벗어날 수밖에 없다. 그래서 시곗바늘을 따라 사건이 앞으로 나아가기보다는 현재 시점에서 과거 사건을 회상하는 플래시백 수법을 많이 사용한다. 피츠제럴드 연구가 제임스 E. 밀러는 이 작품의 플롯 구성을 다음과 같이 도표로 나타낸 적이 있다.

X, X, X, XCX, X, XBXCX, X, XCXDX, XEXAX,

여기서 'X'는 1924년 늦봄이나 초여름에서 가을까지 뉴욕과 롱아일랜드에서 일어나는 현재 사건을 가리킨다. 'A', 'B', 'C', 'D', 'E'는 1924년 이전에 일어난 과거 사건으로 'A'는 과거 사건 중에서도 가장 오래전에 일어난 것이고, 'E'는 가장 최근에 일어난 사건을 가리킨다. 'A'는 1907년에 일어난 사건이다. 그러므로 이 작품의 사건은 1907년에서 1924년까지 줄잡아 17년 동안 일어난다. 이 도표가 보여주듯이 현재 사건이 진행되는 동안 사이사이에 과거 사건이 삽입되어 있다.

이러한 기법은 자칫 파편적이고 산만하다는 인상을 줄 수도 있다. 그러나 피츠제럴드는 의도적으로 이러한 기법을 시도하였다. 실제로 엘리엇이 "한 줌의 부서진 이미지"로 『황무지』를 구성한 것처럼 피츠제럴드도 『위대한 개츠비』에서 사건을 박진감 있게 앞으로 밀고 나가기보다는 같은 자리에 머문 채 정적인 장면을 묘사하는 데 초점을 맞춘다. 요즈음 '선택과 집중'이라는 용어가 유행가 가사처럼 자주 사람들의 입에 오르내리고 있지만, 피츠제럴드는 이 작품에서 개츠비의 삶과 관련하여 핵심적인 장면을 선택하고 집중적으로 조명하는 방식을 택한다. 적어도 이 점에서 이 소설은 서술 방법에서 같은 해에 출간된 시어도어 드라이저의 『미국의 비극』(1925)과는 사뭇 다르다. 피츠제럴드의 작품이 잘 갈고닦은 보석과 같다면 드라이저의 작품은 차라리 광산에서 막 캐어낸 원광석과 같다.

그러나 『위대한 개츠비』에서 가장 돋보이는 서술 전략이라면 역시 관점이다. 피츠제럴드는 일인칭 서술 화법을 구사하면서도 전통적인 화법과는 조금 다르게 사용한다. 조지프 콘래드에게서 이 서술 기법을 배웠지만, 그는 선배 작가가 『어둠의 핵심』(1899)이나 『로드 짐』(1900) 같은 작품에서 사용한 기법과는 또 다르게 사용한다. 콘래드의 일인칭 화법에서 사건이 주로 서술자의 입을 통해 독자들에게 전달된다면, 피츠제럴드의 일인칭 화법에서 사건은 주로 글을 통해 독자들에게 전달된다. 바꾸어 말해서 청각적 특성이 강한 전자의 작품이 '듣는' 소설이라면, 시각적 특성이 강한 후자는 '읽는' 소설이라고 할 수 있다. 닉 캐러웨이는 이 작품에서 작가로 행세하고 있는 셈이다. 제3장 끝 부분에서 "지금까지 내가 써놓은 것을 읽어보면 몇 주일 간격으로 사흘 밤 동안 일어난 사건들에 내가 완전히 사로잡혀 있는 것 같은 인상을 줄는지 모른다"고 말한다. 이 구절에서도 엿볼 수 있듯이 『위대한 개츠비』는 닉이 지금 집필하고 있는 책에 해당하고, 이 작품을 읽는 독자는 동시에 닉이 집필하고 있는 책을 읽고 있는 셈이다.

또한, 닉 캐러웨이는 서술자이면서도 동시에 작중인물로서 이중적인 역할을 한다. 한편으로는 방관자나 목격자 또는 증인처럼 제이 개츠비와 관련한 사건을 옆에서 지켜보면서 독자들에게 전달한다. 다른 한편으로 그는 한 작중인물로서 사건에 직접 개입하여 사건을 펼치기도 한다. 톰의 뉴욕 아파트에서 닉은 "만화경(萬華鏡)처럼 변화무쌍한 삶에 매혹되기도 하고 혐오감을 느끼기도 하면서 나는 집 안에 있으면서 동시에 집 밖에도 있는 기분이었다"고 말한다. 그의 말대로 닉은 "이야기의 안과 밖"을 자유롭게 드나들며 스토리를 독자들에게 전달한다. 닉과 이러한 일인칭 화자를 흔히 '개입 일인칭 화자' 또는 '참여 관찰자 화자'라고 부른다.

여기서 잠깐 이 소설의 제목을 살펴볼 필요가 있다. '위대한 개츠비'라는 제목 때문에 이 작품을 주로 개츠비의 이야기에 초점을 맞추어 읽지만, 어떤 의미에서는 닉 캐러웨이의 이야기로도 읽을 수 있다. 실제로 이 소설을 닉의 정신적 성장 과정이나 영혼의 개안(開眼)을 다룬 일종의 '빌둥스로만(성장 소설)'으로 읽어도 크게 무리가 없다. 닉은 개츠비를 둘러싼 사건을 통해 삶에서 겉모습과 참모습, 외견과 실재가 서로 얼마나 다른지를 점차 깨달아간다. 그리고 그는 이 진실을 깨달을수록 삶에 더욱 좌절하고 절망을 느낀다.

어찌 되었든 만약 작가가 개츠비와 데이지를 둘러싼 이야기를 일인칭 화자 닉 캐러웨이를 사용하지 않고 단순히 삼인칭 전지적 화법이나 고백체 일인칭 서술 화법으로 전달했다면 지금과는 다른 작품이 되었을 것이다. 그만큼 작품에서 형식이나 기법은 내용이나 주제와는 떼려야 뗄 수 없을 만큼 깊이 관련되어 있다. 또 피츠제럴드가 다른 화법을 사용했더라면 아마 독자들이 이 작품에서 느끼는 정서적 강도도 지금보다 훨씬 떨어질 것이다.

『위대한 개츠비』에서 피츠제럴드가 깊은 관심을 기울이는 문체도 짚고 넘어갈 필요가 있다. 피츠제럴드는 어니스트 헤밍웨이의 하드보일드 스타일이나 윌리엄 포크너의 만연체 스타일과는 다른, 자신만의 독특한 문체를 구사한다. 피츠제럴드는 바로크 건축 같은 포크너의 만연체 문체와 모더니즘 건축 같은 헤밍웨이의 문체 사이에서 절묘한 균형과 조화를 꾀한다. 이왕 건축에 빗대어 두 작가의 작품을 말했으니 피츠제럴드의 작품도 건축에 빗대자면 그의 문체는 모더니즘 건축도 아니고, 그렇다고 고전주의 건축도 아닌 포스트모더니즘 건축에 가깝다고 할 수 있다.

제7장
『위대한 개츠비』의 한국어 번역

국제저작권법의 보호를 받지 않는 외국 작품이 흔히 그러하듯이 F. 스콧 피츠제럴드의 『위대한 개츠비』도 그동안 한국에서 번역판이 우후죽순으로 쏟아져 나왔다. 1996년 베른협약에 가입하기 전에는 여러 출판사에서 해적판 번역서를 마구 출간하였다. 2012년 1월부터 한미 자유무역협정(FTA)이 발효되면서 미국 작가들의 번역 판권은 저자 사후 50년에서 70년으로 늘어났다. 그러나 피츠제럴드는 1940년 마흔네 살의 나이로 일찍 사망했기에 이 새로운 저작권 보호법도 살짝 비켜갈 수 있다.

한 번역평가단의 조사 결과에 따르면, 『위대한 개츠비』는 2004년 기준으로 확인된 번역본만 해도 역자 24명에 판본이 무려 52가지나 된다. 이 조사 결과가 나온 지도 벌써 10년 가까이 되었으니 지금은 숫자가 그보다 훨씬 더 많을 것이다. 물론 이렇게 번역본이 많지만, 대부분 다른 역자가 번역한 것을 자구를 조금 고쳐 윤문하거나 표절해놓았다. 심지어 어떤 번역본은 스페인 문학 전공가의 이름이 역자로 나와 있는 것도 있고, 아예 '편집부 번역'이니 '베스트트랜스 번역'이니 하고 익명으로 나와 있는 것마저 있다.

이렇게 외국 소설이 조금 잘 팔린다 하면 크고 작은 출판사들이 벌 떼처럼 달려들어 번역본을 내놓고 있는 것이 한국 번역 출판계의 슬픈 자화상이다. 그중에서도 『위대한 개츠비』는 길이가 짧은 데다 여러 번 영화로 만들어졌기에 일반 독자들에게 널리 알려져서 이러한 윤문 번역과 표절 번역에 그야말로 안성맞춤이다. 더구나 대형 출판사를 중심으로 '세계문학전집' 출간이 붐을 이루면서 이 작품은 약방의 감초처럼 전집에 꼭 수록되고 있다.

그러나 『위대한 개츠비』를 한국어로 번역하는 작업은 생각보다 그렇게 간단하지 않다. 낱말 한 마디, 구절 하나, 문장 하나가 함축적 의미로 충전되어 있을 뿐 아니라 1920년대 미국 사회와 문화를 거의 그대로 담았기 때문이다. 또한, 온갖 수사법을 구사하고 있어 섣불리 우리말로 옮길 수 없다. 그러므로 이 작품을 번역하는 일은 마치 지뢰밭을 지나가는 것과 같다. 곳곳에 지뢰가 도사리고 있어 자칫 잘못 밟으면 터질 것 같다. 그런데도 국내에서 이 작품의 번역본이 우후죽순처럼 쏟아져 나오는 것을 보면 한편으로는 놀랍기도 하고 다른 한편으로는 걱정이 앞서기도 한다.

한국에서 피츠제럴드의 번역은 동시대 작가 어니스트 헤밍웨이나 윌리엄 포크너와 비교하여 훨씬 뒤에 이루어졌다. 여기에는 여러 까닭이 있을 터이지만, 무엇보다도 그의 낭만적 감수성이 식민지 시대와 한국전쟁을 겪으면서 한국 독자들의 정서에 잘 맞아떨어지지 않았기 때문이다. 『위대한 개츠비』의 한국어 초역은 이 작품이 출간된 지 50년 가까운 세월이 지난 1970년대 초엽에 비로소 나왔다. 그것도 영문학을 전공하는 학자나 전문 번역가가 번역한 것도 아니고 한 시인이 용돈도 벌 겸 취미 삼아 번역한 것이 처음이다. 1972년 정현종(鄭玄宗)이 문예출판사에서 출간한 번역본이 바로 그것이다.

In my younger and more vulnerable years my father gave me some advice that I've been turning over in my mind ever since.

"Whenever you feel like criticizing anyone," he told me, "just remember that all the people in this world haven't had the advantages that you've had."

He didn't say any more, but we've always been unusually communicative in a reserved way, and I understood that he meant a great deal more than that. In consequence, I'm inclined to reserve all judgments, a habit that has opened up many curious natures to me and also made me the victim of not a few veteran bores.

내가 더 어리고 마음의 상처를 입기 쉬웠던 시절, 아버지는 나에게 충고를 해주셨는데, 나는 그 말씀을 그 후 줄곧 마음속에 뇌어오고 있다. "네가 남을 비판하고 싶을 때는 언제든지" 하고 그는 나에게 말했다. "이런 걸 생각하거라, 이 세상의 모든 사람이 네가 가졌었던 그런 유리한 처지에 있지 못했다는 걸 말이야."

그는 더 이상 말이 없었지만, 그러나 우리 부자(父子)는 이상할이만큼 무언중에 의사가 통하고 있었고, 그리고 나는 그의 그런 말 속에 더욱 많은 의미가 들어 있음을 이해했다. 그리하여 나는 모든 판단을 보류하는 버릇을 갖게 되었는데, 그 버릇 때문에 많은 이상한 성격을 가진 사람들이 나에게 가까이 오기 시작했고, 또한 나로 하여금 사람을 괴롭히는 데 능란한, 적지 않은 사람들의 제물이 되게 했다.

—정현종 역, 문예출판사(1972)

위 번역에서 무엇보다 눈에 띄는 것은 원문을 충실하게 우리말로 옮기려다 보니 축역한 흔적이 유난히 많다는 점이다. 가령 첫 문장 "내가 더 어리고"가 그러하다. 한국어 어법에서는 "더 어리고"라는 비교급 표현을 좀처럼 사용하지 않는다. 그냥 "내가 어리고"라고 해도 충분히 그 뜻을 표현할 수 있기 때문이다. 두 번째 단락에서 "네가 가졌었던 그런 유리한 처지"라는 구절도 번역투의 문장이라는 혐의를 벗기 어렵다. 유리한 처지를 '가질' 수는 없기 때문이다. "네가 놓여 있던 유리한 처지"나 "네가 누리던 혜택"이라고 옮기는 쪽이 훨씬 더 한국어답다. "나는 (……) 더욱 많은 의미가 들어 있음을 이해했다"에서도 '이해했다'보다는 '알았다'나 '깨달았다'로 옮기는 쪽이 더 낫다.

위 번역은 한국어 어법의 관점에서 보아도 좋은 번역이라고 하기 어렵다. 정현종은 앞에서는 '충고'라는 낱말을 사용하고 나서 뒤에 와서는 '그 말씀'으로 받는다. 관계대명사 'that'은 '그 말씀'보다는 '그 충고'로 옮기는 것이 적절하다. 또 원문의 "turning over in my mind"를 "마음속에 뇌어오고 있다"로 옮긴 것도 좋은 번역으로 볼 수 없다. '뇌다'는 지나간 일이나 한번 한 말을 여러 차례 거듭 말하는 것을 일컫는 동사로 '되풀이하다'와 가깝다. 위 번역문을 보면 그 충고를 '뇌는(되풀이하는)' 주체가 자칫 화자 닉 캐러웨이가 아닌 그의 아버지로 오해하기 쉽다. 아버지는 화자에게 오직 한 번밖에는 충고해준 적이 없고, 화자는 그 충고를 마음속 깊이 되새기고 있을 뿐이다.

더구나 화자의 아버지를 언급하면서 첫 단락에서는 존댓말("충고를 해주셨는데")을 사용하고 두 번째 단락에서는 반말("나에게 말했다", "말이 없었지만")로 번역하는 것도 거슬린다. "그는 더 이상 말이 없었지만, 그러나 우리 부자는 이상할이만큼 무언중에 의사가 통하고 있었고, 그리고 나는 그의 그런 말 속에 더욱 많은 의미가 들어 있음을 이해했다"에 이르러서는 문제가 더욱 심각하다. '없었지만'이라는 말에 앞의 진술을 부정하는 의미가 이미 들어 있기 때문에 그 뒤에 접속사 '그러나'를 사용하는 것은 군더더기 표현이다. "무언중에 의사가 통하고"라는 표현도 마찬가지이다. 한국어 어법에 '마음이 통한다'는 표현은 있어도 '의사가 통한다'는 표현은 좀처럼 찾아보기 어렵다.

이 점에서는 마지막 문장 "많은 이상한 성격을 가진 사람들이 나에게 가까이 오기 시작했고, 또한 나로 하여금 사람을 괴롭히는 데 능란한, 적지 않은 사람들의 제물이 되게 했다"도 크게 다르지 않다. "많은 이상한 성격을 가진 사람들"은 좋은 번역으로 볼 수 없다. '사람들'을 수식하는 형용사나 형용사구가 세 개나 있어 호흡이 자연스럽지 못하기 때문이다. 이미 앞에서 "네가 가졌었던 그런 유리한 처지"라는 문장의 번역투를 언급했지만, '성격을 가진'보다는 차라리 '성격의 소유자'가 더 낫다. 그러므로 위 표현은 "이상한 성격의 소유자들이 많이"로 옮기는 쪽이 나을 것이다. "나에게 가까이 오기 시작했고"라는 구절도 원문과는 조금 거리가 있다.

마지막 문장의 후반부 "나로 하여금 (……) 제물이 되게 했다"도 번역투 문장이다. '누구를 시키어'를 뜻하는 '하여금'은 고어 '흐야곰'이나 '흐여곰'에서 비롯한 말로 최근에는 좀처럼 사용하지 않는다. 요즈음에는 '~에게'나 '~이' 또는 '~을'로 바꾸는 것이 훨씬 더 자연스럽다. 심지어 최근 법제처에서는 법률 용어를 정비하면서 '하여금'이라는 표현을 다른 조사로 고쳐 사용하였다. 또한, 원문 "the victim of not a few veteran bores"를 "사람을 괴롭히는 데 능란한, 적지 않은 사람들의 제물"로 번역한 것에도 적잖이 무리가 따른다. 언뜻 읽어서는 무슨 뜻인지 금방 알 수 없다. 'veteran bores'란 베테랑급의 지루한 사람들, 즉 사람을 몹시 지루하게 만드는 사람들을 가리키는 표현으로 상대방을 괴롭히는 사람들과는 조금 다르다. 앞에서 이미 지적했듯이 명사를 수식하는 형용사적 표현이 너무 많거나 길어 의미를 전달하는 데 때로 걸림돌이 된다.

내가 아직도 어리고 지금보다 더욱 감정을 해치기 쉬웠던 시절, 아버지는 내게 충고를 해주었는데 그때부터 나는 그 충고를 마음 속으로 자주 뇌어왔었다.

"사람을 비판하고 싶을 때에는 언제나 이 세상 사람들이 모두 너와 똑같은 그런 유리한 처지에 놓여 있지 않다는 것을 잠깐 생각해보란 말이다." 하고 아버지는 말했던 것이다.

아버지는 그 이상 말하지 않았다. 그러나 아버지와 나는 말을 많이 하지 않고서도 남달리 의사가 통하는 사이였으므로, 이 아버지 말에는 그 이상 여러 가지 뜻이 내포되어 있는 것을 나는 알았다. 이 바람에 나는 모든 사물을 잘라서 판단하기를 꺼리는 경향이 생기게 되었지마는, 이 버릇에서 나는 여러 가지 괴상한 성격에 부딪히기도 하고 또 지극히 짓궂은 여러 친구들의 희생이 되기도 하였다.

– 양병탁 역, 을유문화사, 세계문학전집(1974)

영문학 전공자가 『위대한 개츠비』를 처음 번역한 것은 정현종의 번역본이 나온 지 2년 뒤인 1974년이다. 영문학자 양병탁(梁炳鐸)이 『위대한 개츠비』를 번역하여 을유문화사에서 발행한 세계문학전집에 수록하였다. 그러나 그의 번역은 정현종의 번역에서 크게 벗어나지 않는다. 정현종이 "내가 더 어리고"라고 옮긴 것을 양병탁은 좀 더 한국어답게 "내가 아직도 어리고"라고 옮겼다. 그러나 정현종이 "마음의 상처를 입기 쉬웠던 시절"

이라고 옮긴 부분을 양병탁은 "지금보다 더욱 감정을 해치기 쉬웠던 시절"로 오히려 잘못 번역하였다. 또한 "그 충고를 마음속으로 자주 뇌어왔었다"에서 양병탁은 정현종과 마찬가지로 '뇌다'라는 동사를 원문의 뜻과는 조금 다르게 번역하였다.

양병탁의 번역은 두 번째 단락 "사람을 비판하고 싶을 때에는 (……) 잠깐 생각해보란 말이다"에서 좀 더 심각한 문제점이 드러난다. 무엇보다도 '사람을'이라는 말이 문맥에 잘 들어맞지 않는다. '사람을'이라고 옮기면 동물을 비롯한 다른 피조물은 비판해도 좋다는 의미가 함축되어 있어 원문의 뜻과 조금 달라진다. 또한 "잠깐 생각해보란 말이다"에서 '잠깐'도 원문에는 없는 낱말로 과잉 번역에 해당한다. 그런가 하면 화자의 아버지가 즐겨 사용하는 어투인지는 몰라도 '생각해보란 말이다'라는 표현도 자연스럽지 못하다. 그보다는 차라리 '생각해보아라'나 '생각해보려무나' 정도가 무난할 것이다.

부자연스럽고 어색하기는 마지막 문장도 마찬가지이다. "이 바람에 나는 모든 사물을 잘라서 판단하기를 꺼리는 경향이 생기게 되었지마는"에서 화자가 섣불리 판단하기를 꺼리는 대상은 '사물'이 아니라 어디까지나 사람이다. 또 '잘라서 판단하다'는 말도 단정 짓는다는 뜻으로 사용했을 터이지만, 조금 어색하다. 원문 그대로 '판단을 유보하다'고 옮기는 쪽이 훨

씬 더 정확하고 자연스럽다. "경향이 생기게 되었지마는"에서
도 양보보다는 단순한 접속이나 이유로 해석하는 것이 옳다. 즉
"경향(버릇)이 생기게 되었는데"나 "경향(버릇)이 생기게 되어
서" 정도로 옮기는 것이 좋다.

또한 "이 버릇에서 나는 여러 가지 괴상한 성격에 부딪히기
도 하고 또 지극히 짓궂은 여러 친구들의 희생이 되기도 하였
다"는 구절도 어색하다. '이 버릇에서'보다는 '이 버릇 때문에'
로 옮기는 것이 더 나을 것이다. 또한 "여러 가지 괴상한 성격에
부딪히기도 하고"보다는 "여러 괴상한 성격의 소유자들을 만
나게 되고"로 옮겨야 할 것이다. 원문의 'veteran bores'를 '짓궂
은 여러 친구들'로 옮긴 것도 정현종의 "사람을 괴롭히는 데 능
란한 사람들"처럼 좋은 번역으로 보기 어렵다.

내가 지금보다 나이가 어리고 결점이 많았던 시절에 아버님한테서
받았던 충고를 나는 지금까지 마음속으로 되씹어 오고 있다.

"네가 누굴 비난하고 싶을 땐 언제나," 하고 아버님께서는 나에게 말
씀하셨다. "이 세상 사람들은 모두가 네가 가지고 있는 유리한 조건들
을 가지고 있지 않다는 걸 잊지 마라."

아버님께서는 그 이상은 말씀하시지 않았으나 우리 부자(父子)는 서
로 속을 터놓지 않으면서도 이상하게 언제나 마음이 통하는 사이였

다. 그래서 나는 아버님의 충고에는 보다 많은 뜻이 내포돼 있음을 이해했다. 결과인즉 나에겐 모든 판단을 보류하는 경향이 생겼는데, 이러한 버릇으로 말미암아 나는 숱한 괴짜들과 만나게 되었고, 또한 나는 몇몇 아주 능글맞고 따분한 사람들의 피해자가 되기도 했다.

—이가형 역, 삼성문화사, 세계문학전집(1976)

위 인용문은 양병탁과 동시대에 활약한 영문학자 이가형(李佳炯)의 번역이다. 누가 보아도 첫 단락의 "more vulnerable years"는 오역이라고 할 수밖에 없다. 양병탁이 "더욱 감정을 해치기 쉬웠던 시절"로 옮긴 것을 이가형은 "결점이 많았던 시절"로 번역하였다. 이 점에서 이가형의 번역은 양병탁의 번역보다도 한 걸음 더 후퇴하였다. "상처받기 쉬운 시절"과 "결점이 많았던 시절" 사이에는 큰 차이가 있다. 그러나 그다음 구절 "turning over in my mind"에서는 양병탁의 번역보다는 이가형의 번역이 훨씬 낫다. 양병탁은 그 구절을 "마음 속으로 자주 뇌어왔었다"고 반역했지만, 이가형은 "마음속으로 되씹어 오고 있다"로 번역하였다.

그러나 대화로 된 두 번째 단락과 세 번째 단락에 이르러서는 이가형의 번역은 의미 전달이나 가독성에서 모두 양병탁의 번역보다 훨씬 뛰어나다. "우리 부자는 서로 속을 터놓지 않으면서도 이상하게 언제나 마음이 통하는 사이였다"라는 번역도 그러하고, "나는 아버님의 충고에는 보다 많은 뜻이 내포돼 있음을 이해했다"도 그러하다. 또한 "결과인즉 나에겐 모든 판단을 보류하는 경향이 생겼는데, 이러한 버릇으로 말미암아 나는 숱한 괴짜들과 만나게 되었고, 또한 나는 몇몇 아주 능글맞고 따분한 사람들의 피해자가 되기도 했다"라는 번역도 조금 어색하기는 해도 원문에 가깝다. 다만 앞에서 지적했듯이 '이해했다'보다는 '알았다'나 '깨달았다'로 옮기는 것이 좋다. 앞에서는 '경향'이라고 했다가 뒤에서는 '버릇'이라고 했는데 '버릇'으로 통일해 사용하는 것이 좋을 것이다. '나는'이라는 주어를 같은 문장 안에서 되풀이해 사용하는 것도 흠이다. 그런가 하면 'veteran bores'를 "아주 능글맞고 따분한 사람들"로 옮긴 것은 자칫 과잉 번역으로 오해받을 우려가 있다. '능글맞고'라는 형용사를 삭제하고 그냥 '아주 따분한 사람들'로 옮겨야 옳다.

이가형의 번역에서 한 가지 눈여겨볼 것은 화자 닉 캐러웨이의 아버지를 언급하면서는 존경어를 사용한다는 점이다. "아버님한테서 받았던 충고"라든지, "아버님께서는 나에게 말씀하셨다"든지, 또는 "아버님께서는 그 이상은 말씀하시지 않았으나" 하는 번역이 그러하다. 역시 유가 질서의 영향을 받고 자란 세대의 번역답다. 적어도 이 점에서 이가형의 번역은 최근 서구

사고방식에 길든 젊은 번역자들의 번역과는 좋은 대조가 된다.

내가 지금보다 더 어리고 마음이 여린 청년이었을 때, 아버지가 늘 하시던 말씀은, 두고두고 마음속으로 되새겨보곤 한다.

"사람들에 대해 이런저런 평가를 하고 싶을 때는 너의 좋은 면을 다른 사람들도 다 갖고 있는 건 아니라는 것, 이 사실을 잊어서는 안 된다." 라고 말씀하셨다.

아버지는 그 이상 아무 말씀이 없었지만, 아버지와 나는 언제나 말이 없어도 서로의 뜻이 지나치다 싶을 정도로 잘 통했기 때문에, 그런 침묵 속에는 더 깊은 의미가 담겨 있음을 알 수 있었다. 그 때문에 나는 모든 일에 있어서 누군가를 쉽게 평가한다든지 비판하지 않게 되었다. 그리고 이것이 몸에 밴 덕분에 괴팍한 성격을 가진 사람들도 많이 만났고, 능구렁이 같은 귀찮은 존재들 때문에 아주 난처한 적도 있었다.

— 방대수 역, 책만드는집(2001)

무엇보다도 첫 문장의 "내가"라는 일인칭 주어가 눈에 거슬린다. 물론 문장에서 처음 사용되기 때문에 주격 보조사 '는'보다는 주격 조사 '가'를 사용하는 것은 맞다. 그러나 문장의 뒷부분에 "아버지가"라는 또 다른 주격 조사가 쓰이고 있어 어딘지 어색하다. "내가 (……) 아버지가 (……)"라는 문장은 자칫 주어를 혼동할 염려가 있기 때문에 좋은 문장으로 볼 수 없다.

주격 조사나 주격 보조사를 잘못 사용하는 것은 "아버지가 늘 하시던 말씀은"의 '은'도 마찬가지이다. 보조사 '은/는'은 문장 처음에 '이/가'가 사용되고 난 뒤에 사용하게 마련이다. 영어로 말하자면 처음에 부정관사 'a/an'을 사용하고 나서 정관사 'the'를 사용하는 것과 같은 이치이다. 또는 '이/가'가 일반적 진술에 사용하고, '은/는'은 대조적인 진술에 사용하기도 한다. 물론 "말씀은"에서 '은'은 주격 보조사라기보다는 목적격 보조사이다. 그러나 이 경우 "나는 사과는 좋아해"처럼 배타적인 의미가 강하다. "아버지가 늘 하시던 말씀은"이라는 절에서는 아버지의 다른 행동을 모두 배제한 채 오직 '말씀'만을 되새긴다는 뜻이 강조되어 있다.

이보다 더 심각한 문제는 번역 문장이 원문의 뜻과 적잖이 차이가 난다는 데 있다. 번역 문장에서는 내가 아버지의 말씀을 되새겨보는 것이 "지금보다 더 어리고 마음이 여린 청년이었을 때"로 되어 있다. "되새겨보곤 한다"의 주어는 맨 첫머리의 "내가"이기 때문에 그렇게밖에는 달리 해석할 수 없다. 그렇게 해석하다 보니 문법적으로도 "청년이었을 때"라는 과거 시제와 "되새겨보곤 한다"라는 습관적인 현재 행동이 서로 잘 맞아떨어지지 않는다. 원문의 뜻은 1) 내가 지금보다 나이 어린 시절에 아버지가 나에게 충고를 해주셨고, 2) 나는 그 충고를 지금까지도 마음속에 되새기고 있다는 것이다.

또한 "some advice"를 "(아버지가) 늘 하시던 말씀"으로 옮긴 것도 조금 원문과는 거리가 있다. 화자 '나'의 아버지는 나에게 어떤 충고를 한마디 해주었을 뿐, 입버릇처럼 늘 잔소리한 것은 아니다. 세 번째 단락에서도 엿볼 수 있듯이 아버지는 과묵한 편이어서 직접 말을 하지 않고서도 얼마든지 이심전심으로 아들과 통하는 데가 있다. 하물며 '나'에게 똑같은 말을 '늘' 되풀이할 리 만무하다. "vulnerable"이라는 형용사를 "마음이 여린"으로 옮긴 것도 문제라면 문제이다. 앞에서 여러 번 언급했듯이 이 낱말은 "상처받기 쉬운"이라는 뜻이다. 감수성 예민한 사춘기 시절을 생각하면 그 의미가 금방 떠오를 것이다.

나머지 두 단락에서도 방대수의 번역은 의미 전달이나 가독성에서 선배 번역자들의 번역에 크게 미치지 못한다. 예를 들어 "사람들에 대해 이런저런 평가를 하고 싶을 때는 너의 좋은 면을 다른 사람들도 다 갖고 있는 건 아니라는 것, 이 사실을 잊어서는 안 된다"에서 '너의 좋은 면'은 "advantages that you've had"의 번역으로는 그다지 적절하다고 보기 어렵다. "아니라는 것, 이 사실을"에서도 쉼표로 굳이 사용하여 자연스러운 호흡을 방해할 필요가 없을 것이다. "서로의 뜻이 지나치다 싶을 정도로 잘 통했기 때문에"라는 구절도 좋은 번역이 아니다. 화자와 그의 아버지 사이에 '이상할 정도'로 마음이 잘 통한 것이지 '지나치다 싶을 정도로' 잘 통한 것은 아니기 때문이다.

한편 방대수는 대명사를 잘못 이해하기도 한다. 예를 들어 "그런 침묵 속에는 더 깊은 의미가 담겨 있음을 알 수 있었다"는 오역에 가깝다. "he meant a great deal more than that"에서 'that'은 앞뒤 문맥으로 미루어보면 아버지의 '침묵'을 가리키는 말이 아니라 아버지의 '충고'를 가리키는 말이다. 물론 '무언유골(無言有骨)'이라고 말이 없는 침묵으로써도 얼마든지 의미를 전달할 수 있을 것이다. 그러나 위 원문은 화자의 아버지가 화자에게 해준 짧은 한마디 충고 속에는 그 말이 지시하는 것보다 내포하거나 함축하는 뜻이 훨씬 많다는 사실을 말하고 있을 뿐이다.

또한 "나는 모든 일에 있어서 누군가를 쉽게 평가한다든지 비판하지 않게 되었다"도 자칫 장황하게 들린다. '판단을 유보하다'나 '판단을 보류하다'라는 구문을 사용하여 간단하게 표현할 수 있는 것을 굳이 이렇게 장황하게 옮길 필요가 없을 것이다. '그 결과', '그래서', '그러므로' 등으로 옮기면 될 것을 "이것이 몸에 밴 덕분에"라고 옮긴 것도 좋은 번역으로 볼 수 없다. "능구렁이 같은 귀찮은 존재들 때문에 아주 난처한 적도 있었다"도 "(······) made me the victim of not a few veteran bores"의 번역으로 그다지 적절해 보이지 않는다.

지금보다 어리고 민감하던 시절 아버지가 충고를 한마디 했는데 아직도 그 말이 기억난다.

"누군가를 비판하고 싶을 때는 이 점을 기억해두는 게 좋을 거다. 세상의 모든 사람이 다 너처럼 유리한 입장에 서 있지 않다는 것을."

그 이상은 말하지 않았지만 나는 아버지의 말이 훨씬 더 많은 뜻을 함축하고 있다는 걸 알고 있었다. 그런 식으로 우리 부자는 말 한 마디 없이도 서로의 뜻을 이상하리만치 잘 알아차리곤 했다. 그 후로 나는 판단을 미루는 버릇이 생겼는데, 그 때문에 유별난 성격의 소유자들이 툭하면 나에게 접근해왔고, 따분하기로는 둘째가라면 서러울 인간들로부터 적잖은 시달림을 받았다.

– 김영하 역, 문학동네(2009)

위 인용문은 전문 번역가가 아니라 작가인 김영하의 번역이다. 일본에서도 『위대한 개츠비』는 저명한 영문학자 노자키 타카시(野崎孝)가 옮긴 번역본이 있고, '대중 작가'라는 꼬리표가 붙어 다니기는 하지만 세계적으로 널리 알려진 소설가 무라카미 하루키(村上春樹)가 옮긴 번역본이 있다. 그러나 김영하의 번역은 하루키의 번역에는 원문에 대한 충실도로 보나 가독성으로 보나 크게 미치지 못한다.

먼저 첫 문장 "지금보다 어리고 민감하던 시절 아버지가 충고를 한마디 했는데 아직도 그 말이 기억난다"부터 살펴보기로 하자. '민감하던 시절'은 '상처받기 쉬운 시절'과는 조금 의미가 다르다. 또 '그 말이 기억난다'도 "turning over in my mind"의 번역으로서는 그다지 적절하지 않다. 영어 동사 'turn over'란 본디 책장을 넘기거나, 물건을 앞뒤로 뒤집거나, 땅을 갈아엎거나, 어떤 일을 곰곰이 생각하는 동작을 말한다. 그러나 원문의 동사는 단순히 아버지의 충고를 기억하는 것이 아니라 그 충고를 되새기고 음미하고 반추하는 것을 이르는 표현이다.

세 번째 단락의 첫 부분 "그 이상은 말하지 않았지만 나는 아버지의 말이 훨씬 더 많은 뜻을 함축하고 있다는 걸 알고 있었다. 그런 식으로 우리 부자는 말 한 마디 없이도 서로의 뜻을 이상하리만치 잘 알아차리곤 했다"도 그다지 정확한 번역으로 보기 어렵다. 김영하가 "그런 식으로 알아차리곤 했다"로 번역한 구절은 원문에서는 샌드위치처럼 문장의 첫 부분과 뒷부분 사이에 놓여 있다. "He didn't say (……), but (……) , and (……)"의 구문이다. 첫 번째 진술을 한 뒤 그 진술에 제한을 두고 언급하고 나서 다시 말을 잇는 방법이다. 그러므로 "아버지는 그 이상은 말하지 않았지만, 우리 부자는 (……) 이상하리만치 잘 알아차렸다"로 옮기는 쪽이 훨씬 더 정확할 것이다. 또한 "in a reserved way"를 "말 한 마디 없이도"로 옮기는 것도 원문과는 조금 거리가 있다. 'reserved'는 감정이나 의견 따위에 대해 잘 말하지 않거나, 속마음을 좀처럼 드러내지 않거나, 내성적인 태도를 보이는 상태를 가리킨다. 말을 한마디도 입 밖에 내지 않는 것과는 조금 다르다.

이왕 충실도 이야기가 나왔으니 말이지만, 김영하는 "we've always been"에서 'always'를 빼고 그냥 슬쩍 넘어간다. 마찬가지로 "all judgments"에서도 'all'을 빼고 그냥 "판단을 미루는"으로 번역하였다. 번역자는 노예처럼 원문이라는 주인의 말 한 마디 한 마디에 충실히 따를 필요는 없다. 그렇다고 부주의해서건 의도적이건 원문에 있는 표현을 빼놓고 번역하는 것은 좋은 번역 태도라고 할 수 없다. 특히 'always'나 'all' 같은 영어의 쓰임새가 한국어보다 훨씬 다양한 경우에는 더욱 그러하다.

그런가 하면 "victim of not a few veteran bores"라는 원문을 "따분하기로는 둘째가라면 서러울 인간들로부터 적잖은 시달림을 받았다"로 번역하였다. "적잖은 시달림을 받았다"고 하면 시달림을 받은 정도를 나타낼 뿐 따분한 인간들의 수를 가리키는 것은 아니다. 그러므로 "적잖은 시달림을 받았다"보다는 "적

지 않은 사람들한테서 시달림을 받았다"로 옮기는 쪽이 원문에
더 가깝다.

어리고 세상 물정 모른 시절 아버지께서 충고를 한마디 해주셨다. 그
때 이후 나는 그 충고의 의미에 대해 곰곰 생각해보았다.
"누구를 비판하고 싶으면 언제나 세상 사람들이 다 너만큼 혜택을 받
고 산 것은 아니라는 사실을 명심해라."
아버지는 더 이상 말씀하지 않으셨다. 그러나 말이 없이도 아버지와
는 서로 말이 잘 통했고, 나는 아버지의 말씀에 겉으로 보이는 것 이상
의 많은 의미가 있다는 것을 알고 있었다. 그 결과 나에게는 모든 판단
을 유보하는 경향이 생겼는데, 그 습관 때문에 별난 성격을 가진 사람
들이 적잖은 속내를 털어놓기도 했지만, 내가 아주 탁월하게 지루한
사람들의 제물이 되는 경우도 많았다.

-김태우 역, 을유문화사(2011)

위 인용문은 가장 최근에 나온 번역본 가운데 하나라고 할
김태우의 을유세계문학전집 번역본이다. 관계대명사나 접속사
로 연결된 원문의 한 문장을 두 문장으로 나누어 번역한 점이
무엇보다도 눈길을 끈다. 첫 번째 단락과 세 번째 단락이 바로
그러하다. 가독성에 도움을 주기는 하지만, 피츠제럴드 특유의

문체를 스타카토 식으로 끊어서 번역한다고 비판받을 수 있다.

김태우는 첫 단락의 "more vulnerable years"를 "세상 물정 모른 시절"로 번역하였다. '세상 물정 모른'은 'unsophisticated' 의 번역으로는 몰라도 'vulnerable'의 번역으로는 걸맞지 않다. "어리고 세상 물정 모른 시절 아버지께서 충고를 한마디 해주 셨다"에서도 화자를 지칭하는 말이 빠져 있다. 물론 한국어 어 법에서는 문맥에 따라 주어나 목적어를 생략하는 경우가 적지 않지만, 이 작품에서 일인칭 화자 '나'가 아주 중요한 역할을 하 기에 첫 문장에서 "내가 어리고 상처받기 쉬운 시절"이나 "아버 지께서 나에게 충고를"로 번역하는 것이 좋다.

세 번째 단락의 "말이 없이도 아버지와는 서로 말이 잘 통했 고, 나는 아버지의 말씀에 겉으로 보이는 것 이상의 많은 의미 가 있다는 것을 알고 있었다"도 논리적으로 보나 문장의 흐름 으로 보나 조금 어색하다. 어떻게 말이 없이 말이 잘 통할 수가 있을까? "말이 없이도 아버지와는 서로 마음이 잘 통했고"로 옮 기는 것이 더 정확할 것이다. 또 이 문장의 후반부 "아버지의 말 씀에 겉으로 보이는 것 이상의 많은 의미가 있다는 것을 알고 있었다"도 조금 부자연스럽다. 한국어에서는 누군가의 말뜻이 '겉으로 드러나 보인다'고 좀처럼 쓰지 않는다.

더구나 "유보하는 경향이 생겼는데"라는 번역도 어색하기는 마찬가지이다. "~하는 경향이 있다"고는 말해도 "~하는 경향이 생겼다"고는 말하지 않는 것이 한국어 어법이다. 또 "별난 성격을 가진 사람들이 적잖은 속내를 털어놓기도 했지만"도 그렇게 적절한 번역으로 보기 어렵다. "별난 성격의 소유자"라면 몰라도 "별난 성격을 가진 사람들"은 영어 같은 서양어를 서툴게 옮겨놓은 번역투 문장이다. 원문 "opened up many curious natures to me"라는 구절을 "적잖은 속내를 털어 놓기도 했지만"으로 옮긴 것도 그렇게 적절한 번역으로 보기 어렵다. 여기서 'open up'은 '속내를 털어놓다'와는 거리가 있기 때문이다. 물론 이 동사에 '마음을 터놓다'는 뜻이 없는 것은 아니지만, 별난 사람들을 화자 '나'에게 많이 끌어들였다는 뜻이다.

"아주 탁월하게 지루한 사람들의 제물이 되는 경우도 많았다"에서 "탁월하게 지루한 사람들"도 어색하다. 지루하다는 형용사를 수식하는 부사로는 '탁월하게'는 어울리지 않는다. 특별히 시적 효과를 노리기 위한 수사법이 아니라면 '아주'나 '매우' 또는 '몹시'라는 부사를 사용해야 한다. 언어학에서도 그러하지만 번역에서도 연어법(連語法)에 관심을 기울여야 한다. 말도 사람처럼 낯을 가리기 때문에 어떤 낱말들은 서로 잘 어울려도 다른 어떤 낱말들은 좀처럼 서로 어울리지 않는 경우가 있다. 또 'victim'을 축어적으로 '제물'이라고 옮긴 것도 조금 거슬린다.

지금보다 어리고 쉽게 상처받던 시절 아버지는 나에게 충고를 한마디 해 주셨는데, 나는 아직도 그 충고를 마음속 깊이 되새기고 있다. "누구든 남을 비판하고 싶을 때면 언제나 이 점을 명심하여라." 아버지는 이렇게 말씀하셨다. "이 세상 사람이 다 너처럼 유리한 입장에 놓여 있지 않다는 것을 말이다."

아버지는 더 이상은 말씀하지 않으셨지만 우리 부자(父子)는 언제나 이상할 정도로 말 없이도 서로 통하는 데가 있었고, 나는 아버지의 말씀이 그보다 훨씬 많은 뜻을 함축하고 있음을 알고 있었다. 그래서 나는 모든 일에 판단을 유보하는 버릇이 생겼고, 그 때문에 이상한 성격의 소유자들이 자주 나에게 다가오는 바람에 그야말로 지긋지긋한 사람들한테 적잖이 시달려야만 했다.

-김욱동 역, 민음사(2010년 개정판)

이 책의 저자가 직접 번역한 글이다. 2003년에 초판 번역을 출간한 뒤 7년 만에 개정판을 내었다. 이 시리즈의 다른 책에서도 그랬지만, 내 번역에 대해 말하자니 어딘지 쑥스럽기도 하거니와 자아비판을 하는 듯한 느낌이 든다. 다른 번역자들이 "되어오고 있다"(정현종), "되씹어 오고 있다"(이가형), "기억난다"(김영하), "곰곰 생각해보았다"(김태우)라고 번역한 구절을 나는 "마음속 깊이 되새기고 있다"로 번역하였다. 두 번째 단락의 대화

부분에서도 대부분 번역자가 원문의 "he told me"를 생략한 것과 달리 "아버지는 이렇게 말씀하셨다"로 원문 그대로 살려 번역하였다. 한마디로 나는 원문에 충실하게 번역하되. 될 수 있는 대로 가독성을 높이려고 노력하였다. 또한, 이가형처럼 화자닉 캐러웨이가 아버지를 언급할 때 존댓말을 사용하여 번역한 것도 눈에 띄는 대목이다.

그러나 다른 번역자들의 번역과 비교하면서 다시 한 번 읽어보니 고치고 싶은 곳이 한두 군데 눈에 띈다. 가령 어딘지 번역투 냄새가 나는 "이상한 성격의 소유자들" 대신에 그냥 "성격이 유별난 사람들"이나 "성격이 괴팍한 사람들"로 고치고 싶다. 또한, 세 번째 단락의 마지막 문장도 "이상한 성격의 소유자들이 자주 나에게 다가오는 바람에 그야말로 지긋지긋한 사람들한테 적잖이 시달려야만 했다"보다는 원문에 좀 더 가깝게 "(……) 나에게 다가왔고, 또한 (……) 시달려야 했다"로 고칠 것이다. 문장의 두 부분을 원인과 결과의 종속 관계로 번역하기보다는 대등한 관계로 번역하는 쪽이 더 옳을 것이다.

F. 스콧 피츠제럴드 연보

두 살 때(1898)

열 살 때(1906)

1896 9월 24일, F. 스콧 피츠제럴드가 미네소타 주 세인트폴의 로렐 애비뉴에서 태어나다.

1901 1월, 피츠제럴드 가족이 뉴욕 주의 시러큐스로 이사하다.

1908 7월, 피츠제럴드 가족이 버팔로에서 살다가 세인트폴로 돌아가다. 9월, 피츠제럴드가 세인트폴 아카데미에 입학하다.

1909 10월, 첫 작품 「레이먼드 모기지의 신비」가 학교 잡지에 발표되다.

1911 8월, 첫 희곡 작품 「레이지 J.에서 온 아가씨」가 세인트폴에서 공연되다. 9월, 뉴저지 주의 사립학교 뉴먼 스쿨에 입학하다.

1913 9월, 프린스턴 대학교에 입학하다. 이곳에서 뒷날 문학 비평가가 될 에드먼드 윌슨과 시인이 될 존 비숍을 만나다.

1914 가을, 대학 잡지 『프린스턴 타이거』에 글을 기고하기 시작하다. 12월, 희곡 「파이! 파이! 파이파이!」가 처음으로 프린스턴 트라이앵글 클럽에서 공연되다.

1915 1월, 세인트폴에서 첫사랑인 지네브러 킹을 만나다. 4월, 「그림자 월계수」를 『나소 문학잡지』에 처음으로 발표하다. 6월, 첫 단편소설 「시련」(뒷날 「축도」로 개작)을 『나소 문학잡지』에 발표하다. 11월, 프린스턴 대학교 3학년 재학 중 중퇴하다.

1916 9월, 다시 프린스턴 대학교에 복학하다. 12월, 희곡 「안전 우선」이 트라이앵글 클럽에서 공연되다.

1917 10월, 육군 보병 소위로 임관되다. 11월, 캔자스 주의 포트 레븐워스 훈련소에 입소하다. 이때 장편소설 『낭만적 에고이스트』를 집필하기 시작하다.

1918 2월 말, 휴가를 받아 프린스턴 대학교에 돌아와 『낭만적 에고이스트』의 초고를 완성한 뒤 뉴욕 출판사 스크리브너스에 제출하다. 3월, 켄터키 주 루이빌의 캠프 테일로 전속되다. 4월, 조지아 주 캠프 고든으로 다시 전속되다. 6월, 앨라배마 주 먼트가머리 근교 캠프 셰리던으로 전속되다. 7월, 먼트가머리 컨트리클럽 댄스파티에서 젤더 세이어를 처음 만나다. 8월, 찰스 스크

대학 재학 시절(1915)

소위 임관 시절(1917)

스크리브너스의 편집자
맥스웰 퍼킨스

젤더 세이어(1917)

「숲 속의 어린아이들」
원고

『새터데이 이브닝 포스트』

리브너스사가 『낭만적 에고이스트』의 출판을 거절하다. 10월, 반송된 원고를 수정하고 개작하다. 뉴욕 주 롱아일랜드의 캠프 밀스에 전속되어 해외 파병을 기다리던 중 제1차 세계대전이 휴전에 들어가다. 11월 말, 앨라배마 주 캠프 셰리던에 배속되어 J. A. 라이언 장군의 부관으로 근무하다.

1919 2월, 육군에서 제대하다. 젤더와 결혼할 계획으로 뉴욕에 가 배런 콜리어 광고회사에서 근무하다. 봄, 먼트가머리로 젤더를 방문하지만 그녀는 결혼에 소극적인 태도를 취하다. 6월, 젤더가 피츠제럴드와의 약혼을 파기하다. 7~8월, 광고회사를 그만두고 세인트폴로 돌아가 부모와 함께 살면서 『낭만적 에고이스트』를 개작하다. 9월, 『스마트 셋』 잡지에 첫 상업적인 단편소설 「숲 속의 어린아이들」을 발표하다. 스크리브너스 출판사의 편집자 맥스웰 퍼킨스가 『낭만적 에고이스트』를 『낙원의 이쪽』이라는 제목으로 출간하기로 결정하다. 그의 단편소설 「머리와 어깨」가 주간지 『새터데이 이브닝 포스트』에 실리다.

1920 3월, 처녀 장편소설 『낙원의 이쪽』이 출간되다. 4월 3일, 뉴욕의 세인트 패트릭스 성당에서 젤더 세이어와 결혼식을 올리다. 5~9월, 코네티컷 주 웨스트포트에 살면서 두 번째 장편소설 『저주받은 아름다운 사람들』을 집필하기 시작하다. 9월, 첫 단편집 『말괄량이 아가씨들과 철학자들』을 출간하다.

1921 5월~7월, 첫 번째 유럽 여행을 떠나다. 영국을 거쳐 프랑스와 이탈리아를 방문하다. 8월, 세인트폴로 거처를 옮겨 델우드에서 살다. 9월, 두 번째 장편소설 『저주받은 아름다운 사람들』을 『메트로폴리탄 매거진』에 연재하기 시작하다. 10월 26일, 딸 스코티가 태어나다.

1922 3월, 두 번째 장편소설 『저주받은 아름다운 사람들』이 출간되다. 9월, 두 번째 단편집 『재즈 시대의 이야기』가 출간되다. 10월 중순, 1924년 4월까지 롱아일랜드 그레이트넥에서 살다.

1923 4월, 희곡 『채소』가 출간되다.

1924 4월~5월, 프랑스의 파리와 리비에라를 여행하다. 7월, 젤더가 프랑스 비행사 에두아르 조장과 가까워지다. 여름부터 가을까지 『위대한 개츠비』를 집필하다.

1925 4월 10일, 『위대한 개츠비』가 출간되다. 4월 말, 피츠제럴드 부부가 파리로 이주하다. 5월, 파리의 '딩고 바'에서 어니스트 헤밍웨이를 처음 만나다. 여름, 세 번째 장편소설 '프랜시스 밀라키' 본(本)의 『밤은 부드러워』를 구상하다.

1926 2월, 세 번째 단편집 『모든 슬픈 젊은이들』이 출간되다.

『낙원의 이쪽』(1920)

프랑스 체류 시절 F. 스콧 피츠제럴드 가족

파리 체류 시절 헤밍웨이(1924)

로이스 모런(1909~1990)

정신과 치료를 받은
젤더 피츠제럴드(1931)

피츠제럴드가 각본을 쓴 영
화「붉은 머리 여인」(1932)

1927 1월, 캘리포니아 주 할리우드에서 영화 각본을 각색하다. 이곳에서 젊은 여배우 로이스 모런을 처음 만나다.

1930 4~5월, 젤더가 처음으로 정신 질환을 앓기 시작하여 파리 교외 병원과 스위스 병원에 입원하다.

1931 9월, 앨라배마 주 먼트가머리에 체류한 뒤 이곳에 젤더를 남겨둔 채 할리우드 영화사에서 일하다.

1932 2월, 젤더가 신경쇠약증 재발로 메릴랜드 주 볼티모어의 존스홉킨스 대학 병원에 입원하다. 10월, 젤더의 장편소설 『나를 위하여 월츠를 남겨 두오』가 출간되다.

1934 4월, 네 번째 장편소설 『밤은 부드러워』가 출간되다.

1935 3월, 네 번째 단편집 『기상나팔』이 출간되다.

1936 2~4월 『크랙업』 에세이를 『에스콰이어』 잡지에 발표하다.

1937 7월, 빚을 많이 진 채 세 번째로 할리우드에 가다. 이때 영화 칼럼니스트인 셰일러 그레이엄을 만나다.

1938 9월, 딸 스코티가 뉴욕 주의 바서 대학에 입학하다.

1939 3월, 할리우드에서 프리랜서로 일하다. 여름,『마지막 거물의 사랑』을 집필하다.

1940 12월 21일, 할리우드에 있는 셰일러 그레이엄의 아파트에서 심장마비로 사망하다. 메릴랜드 주 록빌 유니언 공동묘지에 묻히다.

1941 10월, 유작『마지막 거물의 사랑』이 에드먼드 윌슨의 편집으로 출간되다.

1945 8월,『크랙업』이 출간되다.

1948 3월 10일, 젤더가 병원에서 일어난 화재로 사망하다.

셰일러 그레이엄
(1904~1988)

록빌 유니언 공동묘지
피츠제럴드 부부의 무덤

참고문헌

I. F. 스콧 피츠제럴드 작품

1. 장편소설

『낙원의 이쪽』(*This Side of Paradise*, 1920)

『저주받은 아름다운 사람들』(*The Beautiful and Damned*, 1922)

『위대한 개츠비』(*The Great Gatsby*, 1925)

『밤은 부드러워』(*Tender Is the Night*, 1934)

『마지막 거물의 사랑』(*The Love of the Last Tycoon: A Western*, 1993)

2. 단편소설집

『말괄량이 아가씨들과 철학자들』(*The Flappers and Philosophers*, 1920)

『재즈 시대의 이야기』(*Tales of the Jazz Age*, 1922)

『모든 슬픈 젊은이들』(*All the Sad Young Men*, 1926)

『기상나팔』(*Taps at Reveille*, 1935)

『패트 호비 이야기』(*The Pat Hobby Stories*, 1962)

『베이질과 조세핀 이야기』(*The Basil and Josephine Stories*, 1973)

『F. 스콧 피츠제럴드 단편집』(*The Short Stories of F. Scott Fitzgerald*, 1989)

II. F. 스콧 피츠제럴드에 관한 단행본 저서

Berman, Ronald. '*The Great Gatsby*' *and the Modern Times*. Urbana: University of Illinois Press, 1994.

______. *Fitzgerald, Hemingway, and the Twenties*. Tuscaloosa: University of Alabama Press, 2001.

Bloom, Harold, ed. *Modern Critical Interpretations of* '*The Great Gatsby*'. New York: Chelsea House, 1986.

Bruccoli, Matthew J. *Some Sort of Epic Grandeur: The Life of F. Scott Fitzgerald*. New York: Harcourt Brace Jovanovich, 1991.

______. *Fitzgerald and Hemingway: A Dangerous Friendship*. New York: Carroll & Graf, 1995.

______, ed. *New Essays on* '*The Great Gatsby*'. Cambridge: Cambridge University Press, 1985.

Callahan, John F. *The Illusion of Nation: Myth and History in the Novels of F. Scott Fitzgerald*. Urbana: University of Illinois Press, 1972.

Fryer, S. B. *Fitzgerald's New Women: Harbingers of Change*. Ann Arbor: UMI Research Press, 1988.

Le Vot, André. *F. Scott Fitzgerald: A Biography*. Trans. William Byron. New York: Doubleday, 1983.

Meyers, Jeffrey. *F. Scott Fitzgerald*. New York: HarperCollins, 1994.

Miller, James, Jr. *F. Scott Fitzgerald: His Art and His Technique*. New York: New York University Press, 1964.

Piper, H. D., ed. *Fitzgerald's* '*The Great Gatsby*' : *The Novel, The Critics, The Background*. New York: Scribners, 1970.

Tate, Mary Jo. *F. Scott Fitzgerald: A Literary Reference to His Life and Work*. New York: Facts on File, 1998.

Tate, Mary J., and Matthew J. Bruccoli. *F. Scott Fitzgerald A to Z: The Essential Reference to His Life*. New York: Facts on File, 1998.

Tredell, Nicholas, ed. *F. Scott Fitzgerald:* '*The Great Gatsby*' : *A Reader's Guide to Essential Criticism*. London: Palgrave Macmillan, 1997.

제 2 부

The Great Gatsby

by

F. SCOTT FITZGERALD

Original Text

Then wear the gold hat, if that will move her;
If you can bounce high, bounce for her too,
Till she cry "Lover, gold-hatted, high-bouncing lover,
I must have you!"

–Thomas Parke d'Invilliers

Chapter I

In my younger and more vulnerable years my father gave me some advice that I've been turning over in my mind ever since.

"Whenever you feel like criticizing anyone," he told me, "just remember that all the people in this world haven't had the advantages that you've had."

He didn't say any more, but we've always been unusually communicative in a reserved way, and I understood that he meant a great deal more than that. In consequence, I'm inclined to reserve all judgments, a habit that has opened up many curious natures to me and also made me the victim of not a few veteran bores. The abnormal mind is quick to detect and attach itself to this quality when it appears in a normal person, and so it came about that in college I was unjustly accused of being a politician, because I was privy to the secret griefs of wild, unknown men. Most of the confidences were unsought—frequently I have feigned sleep, preoccupation, or a hostile levity when I realized by some unmistakable sign that an intimate revelation was quivering on the horizon—for the intimate revelations of young men, or at least the terms in which they express them, are usually plagiaristic and marred by obvious suppressions. Reserving judgments is a matter of infinite hope. I am still a little afraid of missing something if I forget that, as my father snobbishly suggested, and I snobbishly repeat, a sense of the fundamental decencies is parcelled out unequally at birth.

And, after boasting this way of my tolerance, I come to the admission that it has a limit. Conduct may be founded on the hard rock or the wet marshes, but after a certain point I don't care what it's founded on. When I came back from the East last autumn I felt that I wanted the world to be in uniform and at a sort of moral attention forever; I wanted no more riotous excursions with privileged glimpses into the human heart. Only Gatsby, the man who gives his name to this book, was exempt from my reaction—Gatsby, who represented everything for which I have an unaffected scorn. If personality is an unbroken series of successful gestures, then there was something gorgeous about him, some heightened sensitivity to the promises of life, as if he were related to one of those intricate machines that register earthquakes ten thousand miles away. This responsiveness had nothing to do with that flabby impressionability which is dignified under the name of the "creative temperament"—it was an extraordinary gift for hope, a romantic readiness such as I have never found in any other person and which it is not likely I shall ever find again. No—Gatsby turned out all right at the end; it is what preyed on Gatsby, what foul dust floated in the wake of his dreams that temporarily closed out my interest in the abortive sorrows and short-winded elations of men.

My family have been prominent, well-to-do people in this Middle Western city for three generations. The Carraways are something of a clan, and we have a tradition that we're descended from the Dukes of Buccleuch, but the actual founder of my line was my grandfather's brother, who came here in fifty-one, sent a substitute to the Civil War, and started the wholesale hardware business that my father carries on to-day.

I never saw this great-uncle, but I'm supposed to look like him—with special reference to the rather hard-boiled painting that hangs in Father's office. I graduated from New Haven in 1915, just a quarter of a century after my father, and a little later I participated in that delayed Teutonic migration known as the Great War. I enjoyed the counter-raid so thoroughly that I came back restless. Instead of being the warm centre of the world, the Middle West now seemed like the ragged edge of the universe—so I decided to go East and learn the bond business. Everybody I knew was in the bond business, so I supposed it could support one more single man. All my aunts and uncles talked it over as if they were choosing a prep school for me, and finally said "Why—ye-es" with very grave, hesitant faces. Father agreed to finance me for a year, and after various delays I came East, permanently, I thought, in the spring of twenty-two.

The practical thing was to find rooms in the city, but it was a warm season, and I had just left a country of wide lawns and friendly trees, so when a young man at the office suggested that we take a house together in a commuting town, it sounded like a great idea. He found the house, a weather-beaten cardboard bungalow at eighty a month, but at the last minute the firm ordered him to Washington, and I went out to the country alone. I had a dog, at least I had him for a few days until he ran away, and an old Dodge and a Finnish woman, who made my bed and cooked breakfast and muttered Finnish wisdom to herself over the electric stove.

It was lonely for a day or so until one morning some man, more recently arrived than I, stopped me on the road.

"How do you get to West Egg village?" he asked helplessly.

I told him. And as I walked on I was lonely no longer. I was a guide, a pathfinder, an original settler. He had casually conferred on me the freedom of the neighborhood.

And so with the sunshine and the great bursts of leaves growing on the trees—just as things grow in fast movies—I had that familiar conviction that life was beginning over again with the summer.

There was so much to read, for one thing, and so much fine health to be pulled down out of the young breath-giving air. I bought a dozen volumes on banking and credit and investment securities, and they stood on my shelf in red and gold like new money from the mint, promising to unfold the shining secrets that only Midas and Morgan and Mæcenas knew. And I had the high intention of reading many other books besides. I was rather literary in college—one year I wrote a series of very solemn and obvious editorials for the "Yale News"—and now I was going to bring back all such things into my life and become again that most limited of all specialists, the "well-rounded man." This isn't just an epigram—life is much more successfully looked at from a single window, after all.

It was a matter of chance that I should have rented a house in one of the strangest communities in North America. It was on that slender riotous island which extends itself due east of New York and where there are, among other natural curiosities, two unusual formations of land. Twenty miles from the city a pair of enormous eggs, identical in contour and separated only by a courtesy bay, jut out into the most domesticated body of salt water in the Western hemisphere, the great wet barnyard of Long Island Sound. they are not perfect ovals—like the egg in the Columbus story, they are both crushed flat at the contact end—but their physical resemblance must be a source of perpetual wonder to the gulls that fly overhead. to the wingless a more arresting phenomenon is their dissimilarity in every particular except shape and size.

I lived at West Egg, the—well, the less fashionable of the two, though this is a most superficial tag to express the bizarre and not a little sinister contrast between them. my house was at the very tip of the egg, only fifty yards from the Sound, and squeezed between two huge places that rented for twelve or fifteen thousand a season. the one on my right was a colossal affair by any standard—it was a factual imitation of some Hôtel de Ville in Normandy, with a tower on one side, spanking new under a thin beard of raw ivy, and a marble swimming pool, and more than forty acres of lawn and garden. It was Gatsby's mansion. Or rather, as I didn't know Mr. Gatsby, it was a mansion inhabited by a gentleman of that name. My own house was an eyesore, but it was a small eyesore, and it had been overlooked, so I had a view of the water, a partial view of my neighbor's lawn, and the consoling proximity of millionaires—all for eighty dollars a month.

Across the courtesy bay the white palaces of fashionable East Egg glittered along the water, and the history of the summer really begins on the evening I drove over there to have dinner with the Tom Buchanans. Daisy was my second cousin once removed, and I'd known Tom in college. And just after the war I spent two days with them in Chicago.

Her husband, among various physical accomplishments, had been one of the most powerful ends that ever played football at New Haven—a national figure in a way, one of those men who reach such an acute limited excellence at twenty-one that everything afterward savors of anti-climax. His family were enormously wealthy—even in college his freedom with money was a matter for reproach—but now he'd left Chicago and come East in a fashion that rather took your breath away: for instance he'd brought down a string of polo ponies from Lake Forest. It was hard to realize that a man in my own generation was wealthy enough to do that.

Why they came East I don't know. They had spent a year in France for no particular reason, and then drifted here and there unrestfully wherever people played polo and were rich together. This was a permanent move, said Daisy over the telephone, but I didn't believe it—I had no sight into Daisy's heart, but I felt that Tom would drift on forever seeking, a little wistfully, for the dramatic turbulence of some irrecoverable football game.

And so it happened that on a warm windy evening I drove over to East Egg to see two old friends whom I scarcely knew at all. Their house was even more elaborate than I expected, a cheerful red-and-white Georgian Colonial mansion overlooking the bay. The lawn started at the beach and ran toward the front door for a quarter of a mile, jumping over sun-dials and brick walks and burning gardens—finally when it reached the house drifting up the side in bright vines as though from the momentum of its run. The front was broken by a line of French windows, glowing now with reflected gold and wide open to the warm windy afternoon, and Tom Buchanan in riding clothes was standing with his legs apart on the front porch.

He had changed since his New Haven years. Now he was a sturdy, straw-haired man of thirty with a rather hard mouth and a supercilious manner. Two shining arrogant eyes had established dominance over his face and gave him the appearance of always leaning aggressively forward. Not even the effeminate swank of his riding clothes could hide the enormous power of that body—he seemed to fill those glistening boots until he strained the top lacing, and you could see a great pack of muscle shifting when his shoulder moved under his thin coat. It was a body capable of enormous leverage—a cruel body.

His speaking voice, a gruff husky tenor, added to the impression of fractiousness he conveyed. There was a touch of paternal contempt in it, even toward people he liked—and there were men at New Haven who had hated his guts.

"Now, don't think my opinion on these matters is final," he seemed to say, "just because I'm stronger and more of a man than you are." We were in the same Senior Society, and while we were never intimate I always had the impression that he approved of me and wanted me to like him with some harsh, defiant wistfulness of his own.

We talked for a few minutes on the sunny porch.

"I've got a nice place here," he said, his eyes flashing about restlessly.

Turning me around by one arm, he moved a broad flat hand along the front vista, including in its sweep a sunken Italian garden, a half acre of deep, pungent roses, and a snub-nosed motor boat that bumped the tide off shore.

"It belonged to Demaine, the oil man." He turned me around again, politely and abruptly. "We'll go inside."

We walked through a high hallway into a bright rosy-colored space, fragilely bound into the house by French windows at either end. The windows were ajar and gleaming white against the fresh grass outside that seemed to grow a little way into the house. A breeze blew through the room, blew curtains in at one end and out the other like pale flags, twisting them up toward the frosted wedding-cake of the ceiling—and then rippled over the wine-colored rug, making a shadow on it as wind does on the sea.

The only completely stationary object in the room was an enormous couch on which two young women were buoyed up as though upon an anchored balloon. They were both in white, and their dresses were rippling and fluttering as if they had just been blown back in after a short flight around the house. I must have stood for a few moments listening to the whip and snap of the curtains and the groan of a picture on the wall. Then there was a boom as Tom Buchanan shut the rear windows and the caught wind died out about the room, and the curtains and the rugs and the two young women ballooned slowly to the floor.

The younger of the two was a stranger to me. She was extended full length at her end of the divan, completely motionless, and with her chin raised a little, as if she were balancing something on it which was quite likely to fall. If she saw me out of the corner of her eyes she gave no hint of it—indeed, I was almost surprised into murmuring an apology for having disturbed her by coming in.

The other girl, Daisy, made an attempt to rise—she leaned slightly forward with a conscientious expression—then she laughed, an absurd, charming little laugh, and I laughed too and came forward into the room.

"I'm p-paralyzed with happiness."

She laughed again, as if she said something very witty, and held my hand for a moment, looking up into my face, promising that there was no one in the world she so much wanted to see. That was a way she had. She hinted in a murmur that the surname of the balancing girl was Baker. (I've heard it said that Daisy's murmur was only to make people lean toward her; an irrelevant criticism that made it no less charming.)

At any rate, Miss Baker's lips fluttered, she nodded at me almost imperceptibly, and then quickly tipped her head back again—the object she was balancing had obviously tottered a little and given her something of a fright. Again a sort of apology arose to my lips. Almost any exhibition of complete self-sufficiency draws a stunned tribute from me.

I looked back at my cousin, who began to ask me questions in her low, thrilling voice. It was the kind of voice that the ear follows up and down, as if each speech is an arrangement of notes that will never be played again. Her face was sad and lovely with bright things in it, bright eyes and a bright passionate mouth—but there was an excitement in her voice that men who had cared for her found difficult to forget: a singing compulsion, a whispered "Listen," a promise that she had done gay, exciting things just a while since and that there were gay, exciting things hovering in the next hour.

I told her how I had stopped off in Chicago for a day on my way east and how a dozen people had sent their love through me.

"Do they miss me?" she cried ecstatically.

"The whole town is desolate. All the cars have the left rear wheel painted black as a mourning wreath, and there's a persistent wail all night along the North Shore."

"How gorgeous! Let's go back, Tom. tomorrow!" Then she added irrelevantly: "You ought to see the baby."

"I'd like to."

"She's asleep. She's two years old. Haven't you ever seen her?"

"Never."

"Well, you ought to see her. She's—"

Tom Buchanan, who had been hovering restlessly about the room, stopped and rested his hand on my shoulder.

"What you doing, Nick?"

"I'm a bond man."

"Who with?"

I told him.

"Never heard of them," he remarked decisively.

This annoyed me.

"You will," I answered shortly. "You will if you stay in the East."

"Oh, I'll stay in the East, don't you worry," he said, glancing at Daisy and then back at me, as if he were alert for something more. "I'd be a God Damn fool to live anywhere else."

At this point Miss Baker said "Absolutely!" with such suddenness that I started—it was the first word she uttered since I came into the room. Evidently it surprised her as much as it did me, for she yawned and with a series of rapid, deft movements stood up into the room.

"I'm stiff," she complained, "I've been lying on that sofa for as long as I can remember."

"Don't look at me," Daisy retorted, "I've been trying to get you to New York all afternoon."

"No thanks," said Miss Baker to the four cocktails just in from the pantry, "I'm absolutely in training."

Her host looked at her incredulously.

"You are!" He took down his drink as if it were a drop in the bottom of a glass. "How you ever get anything done is beyond me."

I looked at Miss Baker, wondering what it was she "got done." I enjoyed looking at her. She was a slender, small-breasted girl, with an erect carriage, which she accentuated by throwing her body backward at the shoulders like a young cadet. Her gray sun-strained eyes looked back at me with polite reciprocal curiosity out of a wan, charming, discontented face. It occurred to me now that I had seen her, or a picture of her, somewhere before.

"You live in West Egg," she remarked contemptuously. "I know somebody there."

"I don't know a single—"

"You must know Gatsby."

"Gatsby?" demanded Daisy. "What Gatsby?"

Before I could reply that he was my neighbor dinner was announced; wedging his tense arm imperatively under mine, Tom Buchanan compelled me from the room as though he were moving a checker to another square.

Slenderly, languidly, their hands set lightly on their hips, the two young women preceded us out onto a rosy-colored porch open toward the sunset where four candles flickered on the table in the diminished wind.

"Why *candles*?" objected Daisy, frowning. She snapped them out with her fingers. "In two weeks it'll be the longest day in the year." She looked at us all radiantly. "Do you always watch for the longest day of the year and then miss it? I always watch for the longest day in the year and then miss it."

"We ought to plan something," yawned Miss Baker, sitting down at the table as if she were getting into bed.

"All right," said Daisy. "What'll we plan?" She turned to me helplessly. "What do people plan?"

Before I could answer her eyes fastened with an awed expression on her little finger.

"Look!" she complained; "I hurt it."

We all looked—the knuckle was black and blue.

"You did it, Tom," she said accusingly. "I know you didn't mean to, but you did do it. That's what I get for marrying a brute of a man, a great, big, hulking physical specimen of a—"

"I hate that word hulking," objected Tom crossly, "even in kidding."

"Hulking," insisted Daisy.

Sometimes she and Miss Baker talked at once, unobtrusively and with a bantering inconsequence that was never quite chatter, that was as cool as their white dresses and their impersonal eyes in the absence of all desire. They were here—and they accepted Tom and me, making only a polite pleasant effort to entertain or to be entertained. They knew that presently dinner would be over and a little later the evening too would be over and casually put away. It was sharply different from the West, where an evening was hurried from phase to phase toward its close, in a continually disappointed anticipation or else in sheer nervous dread of the moment itself.

"You make me feel uncivilized, Daisy," I confessed on my second glass of corky but rather impressive claret. "Can't you talk about crops or something?"

I meant nothing in particular by this remark, but it was taken up in an unexpected way.

"Civilization's going to pieces," broke out Tom violently. "I've gotten to be a terrible pessimist about things. Have you read 'The Rise of the Coloured Empires' by this man Goddard?"

"Why, no," I answered, rather surprised by his tone.

"Well, it's a fine book, and everybody ought to read it. The idea is if we don't look out the white race will be—will be utterly submerged. It's all scientific stuff; it's been proved."

"Tom's getting very profound," said Daisy, with an expression of unthoughtful sadness. "He reads deep books with long words in them. What was that word we—"

"Well, these books are all scientific," insisted Tom, glancing at her impatiently. "This fellow has worked out the whole thing. It's up to us, who are the dominant race, to watch out or these other races will have control of things."

"We've got to beat them down," whispered Daisy, winking ferociously toward the fervent sun.

"You ought to live in California—" began Miss Baker, but Tom interrupted her by shifting heavily in his chair.

"This idea is that we're Nordics. I am, and you are, and you are, and—" After an infinitesimal hesitation he included Daisy with a slight nod, and she winked at me again. "—And we've produced all the things that go to make civilization—oh, science and art, and all that. Do you see?"

There was something pathetic in his concentration, as if his complacency, more acute than of old, was not enough to him any more. When, almost immediately, the telephone rang inside and the butler left the porch Daisy seized upon the momentary interruption and leaned toward me.

"I'll tell you a family secret," she whispered enthusiastically. "It's about the butler's nose. Do you want to hear about the butler's nose?"

"That's why I came over to-night."

"Well, he wasn't always a butler; he used to be the silver polisher for some people in New York that had a silver service for two hundred people. He had to polish it from morning till night, until finally it began to affect his nose—"

"Things went from bad to worse," suggested Miss Baker.

"Yes. Things went from bad to worse, until finally he had to give up his position."

For a moment the last sunshine fell with romantic affection upon her glowing face; her voice compelled me forward breathlessly as I listened—then the glow faded, each light deserting her with lingering regret, like children leaving a pleasant street at dusk.

The butler came back and murmured something close to Tom's ear, whereupon Tom frowned, pushed back his chair, and without a word went inside. As if his absence quickened something within her, Daisy leaned forward again, her voice glowing and singing.

"I love to see you at my table, Nick. You remind me of a—of a rose, an absolute rose. Doesn't he?" She turned to Miss Baker for confirmation. "An absolute rose?"

This was untrue. I am not even faintly like a rose. She was only extemporizing, but a stirring warmth flowed from her, as if her heart was trying to come out to you concealed in one of those breathless, thrilling words. Then suddenly she threw her napkin on the table and excused herself and went into the house.

Miss Baker and I exchanged a short glance consciously devoid of meaning. I was about to speak when she sat up alertly and said "Sh!" in a warning voice. A subdued impassioned murmur was audible in the room beyond, and Miss Baker leaned forward unashamed, trying to hear. The murmur trembled on the verge of coherence, sank down, mounted excitedly, and then ceased altogether.

"This Mr. Gatsby you spoke of is my neighbor—" I said.

"Don't talk. I want to hear what happens."

"Is something happening?" I inquired innocently.

"You mean to say you don't know?" said Miss Baker, honestly surprised. "I thought everybody knew."

"I don't."

"Why—" she said hesitantly, "Tom's got some woman in New York."

"Got some woman?" I repeated blankly.

Miss Baker nodded.

"She might have the decency not to telephone him at dinner time. Don't you think?"

Almost before I had grasped her meaning there was the flutter of a dress and the crunch of leather boots, and Tom and Daisy were back at the table.

"It couldn't be helped!" cried Daisy with tense gaiety.

She sat down, glanced searchingly at Miss Baker and then at me, and continued: "I looked outdoors for a minute, and it's very romantic outdoors. There's a bird on the lawn that I think must be a nightingale come over on the Cunard or White Star Line. He's singing away—" her voice sang "—It's romantic, isn't it, Tom?"

"Very romantic," he said, and then miserably to me: "If it's light enough after dinner, I want to take you down to the stables."

The telephone rang inside, startlingly, and as Daisy shook her head decisively at Tom the subject of the stables, in fact all subjects, vanished into air. Among the broken fragments of the last five minutes at table I remember the candles being lit again, pointlessly, and I was conscious of wanting to look squarely at every one, and yet to avoid all eyes. I couldn't guess what Daisy and Tom were thinking, but I doubt if even Miss Baker, who seemed to have mastered a certain hardy scepticism, was able utterly to put this fifth guest's shrill metallic urgency out of mind. To a certain temperament the situation might have seemed intriguing—my own instinct was to telephone immediately for the police.

The horses, needless to say, were not mentioned again. Tom and Miss Baker, with several feet of twilight between them, strolled back into the library, as if to a vigil beside a perfectly tangible body, while, trying to look pleasantly interested and a little deaf, I followed Daisy around a chain of connecting verandas to the porch in front. In its deep gloom we sat down side by side on a wicker settee.

Daisy took her face in her hands as if feeling its lovely shape, and her eyes moved gradually out into the velvet dusk. I saw that turbulent emotions possessed her, so I asked what I thought would be some sedative questions about her little girl.

"We don't know each other very well, Nick," she said suddenly. "Even if we are cousins. You didn't come to my wedding."

"I wasn't back from the war."

"That's true." She hesitated. "Well, I've had a very bad time, Nick, and I'm pretty cynical about everything."

Evidently she had reason to be. I waited but she didn't say any more, and after a moment I returned rather feebly to the subject of her daughter.

"I suppose she talks, and—eats, and everything."

"Oh, yes." She looked at me absently. "Listen, Nick; let me tell you what I said when she was born. Would you like to hear?"

"Very much."

"It'll show you how I've gotten to feel about—things. Well, she was less than an hour old and Tom was God knows where. I woke up out of the ether with an utterly abandoned feeling, and asked the nurse right away if it was a boy or a girl. She told me it was a girl, and so I turned my head away and wept. 'all right,' I said, 'I'm glad it's a girl. And I hope she'll be a fool—that's the best thing a girl can be in this world, a beautiful little fool."

"You see I think everything's terrible anyhow," she went on in a convinced way. "Everybody thinks so—the most advanced people. And I know I've been everywhere and seen everything and done everything." Her eyes flashed around her in a defiant way, rather like Tom's, and she laughed with thrilling scorn. "Sophisticated—God, I'm sophisticated!"

The instant her voice broke off, ceasing to compel my attention, my belief, I felt the basic insincerity of what she had said. It made me uneasy, as though the whole evening had been a trick of some sort to exact a contributory emotion from me. I waited, and sure enough, in a moment she looked at me with an absolute smirk on her lovely face, as if she had asserted her membership in a rather distinguished secret society to which she and Tom belonged.

Inside, the crimson room bloomed with light. Tom and Miss Baker sat at either end of the long couch and she read aloud to him from the "Saturday Evening Post."—the words, murmurous and uninflected, running together in a soothing tune. The lamp-light, bright on his boots and dull on the autumn-leaf yellow of her hair, glinted along the paper as she turned a page with a flutter of slender muscles in her arms.

When we came in she held us silent for a moment with a lifted hand.

"To be continued," she said, tossing the magazine on the table, "in our very next issue."

Her body asserted itself with a restless movement of her knee, and she stood up.

"Ten o'clock," she remarked, apparently finding the time on the ceiling. "Time for this good girl to go to bed."

"Jordan's going to play in the tournament tomorrow," explained Daisy, "over at Westchester."

"Oh—you're Jordan Baker."

I knew now why her face was familiar—its pleasing contemptuous expression had looked out at me from many rotogravure pictures of the sporting life at Asheville and Hot Springs and Palm Beach. I had heard some story of her too, a critical, unpleasant story, but what it was I had forgotten long ago.

"Good night," she said softly. "Wake me at eight, won't you."

"If you'll get up."

"I will. Good night, Mr. Carraway. See you anon."

"Of course you will," confirmed Daisy. "In fact I think I'll arrange a marriage. Come over often, Nick, and I'll sort of—oh—fling you together. You know—lock you up accidentally in linen closets and push you out to sea in a boat, and all that sort of thing—"

"Good night," called Miss Baker from the stairs. "I haven't heard a word."

"She's a nice girl," said Tom after a moment. "They oughtn't to let her run around the country this way."

"Who oughtn't to?" inquired Daisy coldly.

"Her family."

"Her family is one aunt about a thousand years old. Besides, Nick's going to look after her, aren't you, Nick? She's going to spend lots of week-ends out here this summer. I think the home influence will be very good for her."

Daisy and Tom looked at each other for a moment in silence.

"Is she from New York?" I asked quickly.

"From Louisville. Our white girlhood was passed together there. Our beautiful white—"

"Did you give Nick a little heart to heart talk on the veranda?" demanded Tom suddenly.

"Did I?" She looked at me. "I can't seem to remember, but I think we talked about the Nordic race. Yes, I'm sure we did. It sort of crept up on us and first thing you know—"

"Don't believe everything you hear, Nick," he advised me.

I said lightly that I had heard nothing at all, and a few minutes later I got up to go home. They came to the door with me and stood side by side in a cheerful square of light. As I started my motor Daisy peremptorily called "Wait!"

"I forgot to ask you something, and it's important. We heard you were engaged to a girl out West."

"That's right," corroborated Tom kindly. "We heard that you were engaged."

"It's libel. I'm too poor."

"But we heard it," insisted Daisy, surprising me by opening up again in a flower-like way. "We heard it from three people, so it must be true."

Of course, I knew what they were referring to, but I wasn't even vaguely engaged. The fact that gossip had published the banns was one of the reasons I had come East. You can't stop going with an old friend on account of rumors, and on the other hand I had no intention of being rumored into marriage.

Their interest rather touched me and made them less remotely rich—nevertheless, I was confused and a little disgusted as I drove away. It seemed to me that the thing for Daisy to do was to rush out of the house, child in arms—but apparently there were no such intentions in her head. As for Tom, the fact that he "had some woman in New York" was really less surprising than that he had been depressed by a book. Something was making him nibble at the edge of stale ideas as if his sturdy physical egotism no longer nourished his peremptory heart.

Already it was deep summer on roadhouse roofs and in front of wayside garages, where new red gas-pumps sat out in pools of light, and when I reached my estate at West Egg I ran the car under its shed and sat for a while on an abandoned grass roller in the yard. The wind had blown off, leaving a loud, bright night, with wings beating in the trees and a persistent organ sound as the full bellows of the earth blew the frogs full of life. The silhouette of a moving cat wavered across the moonlight, and turning my head to watch it, I saw that I was not alone—fifty feet away a figure had emerged from the shadow of my neighbor's mansion and was standing with his hands in his pockets regarding the silver pepper of the stars. Something in his leisurely movements and the secure position of his feet upon the lawn suggested that it was Mr. Gatsby himself, come out to determine what share was his of our local heavens.

I decided to call to him. Miss Baker had mentioned him at dinner, and that would do for an introduction. But I didn't call to him, for he gave a sudden intimation that he was content to be alone—he stretched out his arms toward the dark water in a curious way, and, far as I was from him, I could have sworn he was trembling. Involuntarily I glanced seaward—and distinguished nothing except a single green light, minute and far away, that might have been the end of a dock. When I looked once more for Gatsby he had vanished, and I was alone again in the unquiet darkness.

Chapter II

About half way between West Egg and New York the motor road hastily joins the railroad and runs beside it for a quarter of a mile, so as to shrink away from a certain desolate area of land. This is a valley of ashes—a fantastic farm where ashes grow like wheat into ridges and hills and grotesque gardens; where ashes take the forms of houses and chimneys and rising smoke and, finally, with a transcendent effort, of men who move dimly and already crumbling through the powdery air. Occasionally a line of grey cars crawls along an invisible track, gives out a ghastly creak, and comes to rest, and immediately the ash-grey men swarm up with leaden spades and stir up an impenetrable cloud, which screens their obscure operations from your sight.

But above the gray land and the spasms of bleak dust which drift endlessly over it, you perceive, after a moment, the eyes of Doctor T. J. Eckleburg. The eyes of Doctor T. J. Eckleburg are blue and gigantic—their irises are one yard high. They look out of no face, but, instead, from a pair of enormous yellow spectacles which pass over a nonexistent nose. Evidently some wild wag of an oculist set them there to fatten his practice in the borough of Queens, and then sank down himself into eternal blindness, or forgot them and moved away. But his eyes, dimmed a little by many paintless days, under sun and rain, brood on over the solemn dumping ground.

The valley of ashes is bounded on one side by a small foul river, and, when the drawbridge is up to let barges through, the passengers on waiting trains can stare at the dismal scene for as long as half an hour. There is always a halt there of at least a minute, and it was because of this that I first met Tom Buchanan's mistress.

The fact that he had one was insisted upon wherever he was known. His acquaintances resented the fact that he turned up in popular restaurants with her and, leaving her at a table, sauntered about, chatting with whomsoever he knew. Though I was curious to see her, I had no desire to meet her—but I did. I went up to New York with Tom on the train one afternoon, and when we stopped by the ashheaps he jumped to his feet and, taking hold of my elbow, literally forced me from the car.

"We're getting off," he insisted. "I want you to meet my girl."

I think he'd tanked up a good deal at luncheon, and his determination to have my company bordered on violence. The supercilious assumption was that on Sunday afternoon I had nothing better to do.

I followed him over a low whitewashed railroad fence, and we walked back a hundred yards along the road under Doctor Eckleburg's persistent stare. The only building in sight was a small block of yellow brick sitting on the edge of the waste land, a sort of compact Main Street ministering to it, and contiguous to absolutely nothing. One of the three shops it contained was for rent and another was an all-night restaurant, approached by a trail of ashes; the third was a garage—Repairs. GEORGE B. WILSON. Cars Bought and Sold.—and I followed Tom inside.

The interior was unprosperous and bare; the only car visible was the dust-covered wreck of a Ford which crouched in a dim corner. It had occurred to me that this shadow of a garage must be a blind, and that sumptuous and romantic apartments were concealed overhead, when the proprietor himself appeared in the door of an office, wiping his hands on a piece of waste. He was a blond, spiritless man, anaemic, and faintly handsome. When he saw us a damp gleam of hope sprang into his light blue eyes.

"Hello, Wilson, old man," said Tom, slapping him jovially on the shoulder. "How's business?"

"I can't complain," answered Wilson unconvincingly. "When are you going to sell me that car?"

"Next week; I've got my man working on it now."

"Works pretty slow, don't he?"

"No, he doesn't," said Tom coldly. "And if you feel that way about it, maybe I'd better sell it somewhere else after all."

"I don't mean that," explained Wilson quickly. "I just meant—"

His voice faded off and Tom glanced impatiently around the garage. Then I heard footsteps on a stairs, and in a moment the thickish figure of a woman blocked out the light from the office door. She was in the middle thirties, and faintly stout, but she carried her surplus flesh sensuously as some women can. Her face, above a spotted dress of dark blue crêpe-de-chine, contained no facet or gleam of beauty, but there was

an immediately perceptible vitality about her as if the nerves of her body
were continually smouldering. She smiled slowly and, walking through
her husband as if he were a ghost, shook hands with Tom, looking him
flush in the eye. Then she wet her lips, and without turning around spoke
to her husband in a soft, coarse voice:

"Get some chairs, why don't you, so somebody can sit down."

"Oh, sure," agreed Wilson hurriedly, and went toward the little
office, mingling immediately with the cement color of the walls. A white
ashen dust veiled his dark suit and his pale hair as it veiled everything in
the vicinity—except his wife, who moved close to Tom.

"I want to see you," said Tom intently. "Get on the next train."

"All right."

"I'll meet you by the news-stand on the lower level."

She nodded and moved away from him just as George Wilson
emerged with two chairs from his office door.

We waited for her down the road and out of sight. It was a few days
before the Fourth of July, and a gray, scrawny Italian child was setting
torpedoes in a row along the railroad track.

"Terrible place, isn't it," said Tom, exchanging a frown with Doctor
Eckleburg.

"Awful."

"It does her good to get away."

"Doesn't her husband object?"

"Wilson? He thinks she goes to see her sister in New York. He's so
dumb he doesn't know he's alive."

So Tom Buchanan and his girl and I went up together to New
York—or not quite together, for Mrs. Wilson sat discreetly in another
car. Tom deferred that much to the sensibilities of those East Eggers who
might be on the train.

She had changed her dress to a brown figured muslin, which
stretched tight over her rather wide hips as Tom helped her to the platform
in New York. At the news-stand she bought a copy of "Town Tattle" and a
moving-picture magazine, and in the station drug-store some cold cream
and a small flask of perfume. Upstairs, in the solemn echoing drive she let
four taxicabs drive away before she selected a new one, lavender-colored
with gray upholstery, and in this we slid out from the mass of the station
into the glowing sunshine. But immediately she turned sharply from the
window and, leaning forward, tapped on the front glass.

"I want to get one of those dogs," she said earnestly. "I want to get one for the apartment. They're nice to have—a dog."

We backed up to a gray old man who bore an absurd resemblance to John D. Rockefeller. In a basket swung from his neck cowered a dozen very recent puppies of an indeterminate breed.

"What kind are they?" asked Mrs. Wilson eagerly, as he came to the taxi window.

"All kinds. What kind do you want, lady?"

"I'd like to get one of those police dogs; I don't suppose you got that kind?"

The man peered doubtfully into the basket, plunged in his hand and drew one up, wriggling, by the back of the neck.

"That's no police dog," said Tom.

"No, it's not exactly a police dog," said the man with disappointment in his voice. "It's more of an Airedale." He passed his hand over the brown wash-rag of a back. "Look at that coat. Some coat. That's a dog that'll never bother you with catching cold."

"I think it's cute," said Mrs. Wilson enthusiastically. "How much is it?"

"That dog?" He looked at it admiringly. "That dog will cost you ten dollars."

The airedale—undoubtedly there was an Airedale concerned in it somewhere, though its feet were startlingly white—changed hands and settled down into Mrs. Wilson's lap, where she fondled the weather-proof coat with rapture.

"Is it a boy or a girl?" she asked delicately.

"That dog? That dog's a boy."

"It's a bitch," said Tom decisively. "Here's your money. Go and buy ten more dogs with it."

We drove over to Fifth Avenue, so warm and soft, almost pastoral, on the summer Sunday afternoon that I wouldn't have been surprised to see a great flock of white sheep turn the corner.

"Hold on," I said, "I have to leave you here."

"No, you don't," interposed Tom quickly.

"Myrtle'll be hurt if you don't come up to the apartment. Won't you, Myrtle?"

"Come on," she urged. "I'll telephone my sister Catherine. She's said to be very beautiful by people who ought to know."

"Well, I'd like to, but——"

We went on, cutting back again over the Park toward the West

Hundreds. At 158th Street the cab stopped at one slice in a long white cake of apartment-houses. Throwing a regal homecoming glance around the neighborhood, Mrs. Wilson gathered up her dog and her other purchases, and went haughtily in.

"I'm going to have the McKees come up," she announced as we rose in the elevator. "And, of course, I got to call up my sister, too."

The apartment was on the top floor—a small living-room, a small dining-room, a small bedroom, and a bath. The living-room was crowded to the doors with a set of tapestried furniture entirely too large for it, so that to move about was to stumble continually over scenes of ladies swinging in the gardens of Versailles. The only picture was an over-enlarged photograph, apparently a hen sitting on a blurred rock. Looked at from a distance, however, the hen resolved itself into a bonnet, and the countenance of a stout old lady beamed down into the room. Several old copies of "Town Tattle" lay on the table together with a copy of "Simon Called Peter" and some of the small scandal magazines of Broadway. Mrs. Wilson was first concerned with the dog. A reluctant elevator boy went for a box full of straw and some milk, to which he added on his own initiative a tin of large, hard dog biscuits—one of which decomposed apathetically in the saucer of milk all afternoon. Meanwhile Tom brought out a bottle of whiskey from a locked bureau door.

I have been drunk just twice in my life, and the second time was that afternoon; so everything that happened has a dim, hazy cast over it, although until after eight o'clock the apartment was full of cheerful sun. Sitting on Tom's lap Mrs. Wilson called up several people on the telephone; then there were no cigarettes, and I went out to buy some at the drugstore on the corner. When I came back they had disappeared, so I sat down discreetly in the living-room and read a chapter of "Simon Called Peter"—either it was terrible stuff or the whiskey distorted things, because it didn't make any sense to me.

Just as Tom and Myrtle—after the first drink Mrs. Wilson and I called each other by our first names—reappeared, company commenced to arrive at the apartment door.

The sister, Catherine, was a slender, worldly girl of about thirty, with a solid, sticky bob of red hair, and a complexion powdered milky white. Her eyebrows had been plucked and then drawn on again at a more rakish angle, but the efforts of nature toward the restoration of the old alignment gave a blurred air to her face. When she moved about there was an incessant clicking as innumerable pottery bracelets jingled up and down upon her arms. She came in with such a proprietary haste, and looked around so possessively at the furniture that I wondered if she lived here. But when I asked her she laughed immoderately, repeated my question aloud, and told me she lived with a girl friend at a hotel.

Mr. McKee was a pale, feminine man from the flat below. He had just shaved, for there was a white spot of lather on his cheekbone, and he was most respectful in his greeting to every one in the room. He informed me that he was in the "artistic game," and I gathered later that he was a photographer and had made the dim enlargement of Mrs. Wilson's mother which hovered like an ectoplasm on the wall. His wife was shrill, languid, handsome, and horrible. She told me with pride that her husband had photographed her a hundred and twenty-seven times since they had been married.

Mrs. Wilson had changed her costume some time before, and was now attired in an elaborate afternoon dress of cream-colored chiffon, which gave out a continual rustle as she swept about the room. With the influence of the dress her personality had also undergone a change. The intense vitality that had been so remarkable in the garage was converted into impressive hauteur. Her laughter, her gestures, her assertions became more violently affected moment by moment, and as she expanded the room grew smaller around her, until she seemed to be revolving on a noisy, creaking pivot through the smoky air.

"My dear," she told her sister in a high, mincing shout, "most of these fellas will cheat you every time. All they think of is money. I had a woman up here last week to look at my feet, and when she gave me the bill you'd of thought she had my appendicitis out."

"What was the name of the woman?" asked Mrs. McKee.

"Mrs. Eberhardt. She goes around looking at people's feet in their own homes."

"I like your dress," remarked Mrs. McKee, "I think it's adorable."

Mrs. Wilson rejected the compliment by raising her eyebrow in disdain.

"It's just a crazy old thing," she said. "I just slip it on sometimes when I don't care what I look like."

"But it looks wonderful on you, if you know what I mean," pursued Mrs. McKee. "If Chester could only get you in that pose I think he could make something of it."

We all looked in silence at Mrs. Wilson, who removed a strand of hair from over her eyes and looked back at us with a brilliant smile. Mr. McKee regarded her intently with his head on one side, and then moved his hand back and forth slowly in front of his face.

"I should change the light," he said after a moment. "I'd like to bring out the modelling of the features. And I'd try to get hold of all the back hair."

"I wouldn't think of changing the light," cried Mrs. McKee. "I think it's—"

Her husband said "Sh!" and we all looked at the subject again, whereupon Tom Buchanan yawned audibly and got to his feet.

"You McKees have something to drink," he said. "Get some more ice and mineral water, Myrtle, before everybody goes to sleep."

"I told that boy about the ice." Myrtle raised her eyebrows in despair at the shiftlessness of the lower orders. "These people! You have to keep after them all the time."

She looked at me and laughed pointlessly. Then she flounced over to the dog, kissed it with ecstasy, and swept into the kitchen, implying that a dozen chefs awaited her orders there.

"I've done some nice things out on Long Island," asserted Mr. McKee.

Tom looked at him blankly.

"Two of them we have framed downstairs."

"Two what?" demanded Tom.

"Two studies. One of them I call 'Montauk Point—the Gulls,' and the other I call 'Montauk Point—the Sea.'"

The sister Catherine sat down beside me on the couch.

"Do you live down on Long Island, too?" she inquired.

"I live at West Egg."

"Really? I was down there at a party about a month ago. At a man named Gatsby's. Do you know him?"

"I live next door to him."

"Well, they say he's a nephew or a cousin of Kaiser Wilhelm's. That's where all his money comes from."

"Really?"

She nodded.

"I'm scared of him. I'd hate to have him get anything on me."

This absorbing information about my neighbor was interrupted by Mrs. McKee's pointing suddenly at Catherine:

"Chester, I think you could do something with her," she broke out, but Mr. McKee only nodded in a bored way, and turned his attention to Tom.

"I'd like to do more work on Long Island, if I could get the entry. All I ask is that they should give me a start."

"Ask Myrtle," said Tom, breaking into a short shout of laughter as Mrs. Wilson entered with a tray. "She'll give you a letter of introduction, won't you Myrtle?"

"Do what?" she asked, startled.

"You'll give McKee a letter of introduction to your husband, so he can do some studies of him." His lips moved silently for a moment as he invented. "'George B. Wilson at the Gasoline Pump,' or something like that."

Catherine leaned close to me and whispered in my ear: "Neither of them can stand the person they're married to."

"Can't they?"

"Can't *stand* them." She looked at Myrtle and then at Tom. "What I say is, why go on living with them if they can't stand them? If I was them I'd get a divorce and get married to each other right away."

"Doesn't she like Wilson either?"

The answer to this was unexpected. It came from Myrtle, who had overheard the question, and it was violent and obscene.

"You see," cried Catherine triumphantly. She lowered her voice again. "It's really his wife that's keeping them apart. She's a Catholic, and they don't believe in divorce."

Daisy was not a Catholic, and I was a little shocked at the elaborateness of the lie.

"When they do get married," continued Catherine, "they're going West to live for a while until it blows over."

"It'd be more discreet to go to Europe."

"Oh, do you like Europe?" she exclaimed surprisingly. "I just got back from Monte Carlo."

"Really."

"Just last year. I went over there with another girl." "Stay long?"

"No, we just went to Monte Carlo and back. We went by way of Marseilles. We had over twelve hundred dollars when we started, but we got gypped out of it all in two days in the private rooms. We had an awful time getting back, I can tell you. God, how I hated that town!"

The late afternoon sky bloomed in the window for a moment like the blue honey of the Mediterranean—then the shrill voice of Mrs. McKee called me back into the room.

"I almost made a mistake, too," she declared vigorously. "I almost married a little kyke who'd been after me for years. I knew he was below me. Everybody kept saying to me: 'Lucille, that man's way below you!' But if I hadn't met Chester, he'd of got me sure."

"Yes, but listen," said Myrtle Wilson, nodding her head up and down, "at least you didn't marry him."

"I know I didn't."

"Well, I married him," said Myrtle, ambiguously. "And that's the difference between your case and mine."

"Why did you, Myrtle?" demanded Catherine. "Nobody forced you to."

Myrtle considered.

"I married him because I thought he was a gentleman," she said finally. "I thought he knew something about breeding, but he wasn't fit to lick my shoe."

"You were crazy about him for a while," said Catherine.

"Crazy about him!" cried Myrtle incredulously. "Who said I was crazy about him? I never was any more crazy about him than I was about that man there."

She pointed suddenly at me, and every one looked at me accusingly. I tried to show by my expression that I had played no part in her past.

"The only crazy I was was when I married him. I knew right away I made a mistake. He borrowed somebody's best suit to get married in, and never even told me about it, and the man came after it one day when he was out. She looked around to see who was listening. 'Oh, is that your suit?' I said. 'this is the first I ever heard about it.' But I gave it to him and then I lay down and cried to beat the band all afternoon."

"She really ought to get away from him," resumed Catherine to me. "They've been living over that garage for eleven years. And tom's the first sweetie she ever had."

The bottle of whiskey—a second one—was now in constant demand by all present, excepting Catherine, who "felt just as good on nothing at all." Tom rang for the janitor and sent him for some celebrated sandwiches, which were a complete supper in themselves. I wanted to get out and walk southward toward the park through the soft twilight, but each time I tried to go I became entangled in some wild, strident argument which pulled me back, as if with ropes, into my chair. Yet high over the city our line of yellow windows must have contributed their share of human secrecy to the casual watcher in the darkening streets, and I was him too, looking up and wondering. I was within and without, simultaneously enchanted and repelled by the inexhaustible variety of life.

Myrtle pulled her chair close to mine, and suddenly her warm breath poured over me the story of her first meeting with Tom.

"It was on the two little seats facing each other that are always the last ones left on the train. I was going up to New York to see my sister and spend the night. He had on a dress suit and patent leather shoes, and I couldn't keep my eyes off him, but every time he looked at me I had to pretend to be looking at the advertisement over his head. When we came into the station he was next to me, and his white shirt-front pressed against my arm, and so I told him I'd have to call a policeman, but he knew I lied. I was so excited that when I got into a taxi with him I didn't hardly know I wasn't getting into a subway train. All I kept thinking about, over and over, was 'You can't live forever; you can't live forever.'"

She turned to Mrs. McKee and the room rang full of her artificial laughter.

"My dear," she cried, "I'm going to give you this dress as soon as I'm through with it. I've got to get another one tomorrow. I'm going to make a list of all the things I've got to get. A massage and a wave, and a collar for the dog, and one of those cute little ash trays where you touch a spring, and a wreath with a black silk bow for mother's grave that'll last all summer. I got to write down a list so I won't forget all the things I got to do."

It was nine o'clock—almost immediately afterward I looked at my watch and found it was ten. Mr. McKee was asleep on a chair with his fists clenched in his lap, like a photograph of a man of action. Taking out my handkerchief I wiped from his cheek the remains of the spot of dried lather that had worried me all the afternoon.

The little dog was sitting on the table looking with blind eyes through the smoke, and from time to time groaning faintly. People disappeared, reappeared, made plans to go somewhere, and then lost each other, searched for each other, found each other a few feet away. Some time toward midnight Tom Buchanan and Mrs. Wilson stood face to face discussing, in impassioned voices, whether Mrs. Wilson had any right to mention Daisy's name.

"Daisy! Daisy! Daisy!" shouted Mrs. Wilson. "I'll say it whenever I want to! Daisy! Dai—"

Making a short deft movement, Tom Buchanan broke her nose with his open hand.

Then there were bloody towels upon the bathroom floor, and women's voices scolding, and high over the confusion a long broken wail of pain. Mr. McKee awoke from his doze and started in a daze toward the door. When he had gone half way he turned around and stared at the scene—his wife and Catherine scolding and consoling as they stumbled here and there among the crowded furniture with articles of aid, and the despairing figure on the couch, bleeding fluently, and trying to spread a copy of "Town Tattle" over the tapestry scenes of Versailles. Then Mr. McKee turned and continued on out the door. Taking my hat from the chandelier, I followed.

"Come to lunch some day," he suggested, as we groaned down in the elevator.

"Where?"

"Anywhere."

"Keep your hands off the lever," snapped the elevator boy.

"I beg your pardon," said Mr. McKee with dignity, "I didn't know I was touching it."

"All right," I agreed, "I'll be glad to."

…I was standing beside his bed and he was sitting up between the sheets, clad in his underwear, with a great portfolio in his hands.

"Beauty and the Beas… Loneliness… Old Grocery Horse… Brook'n Bridge…."

Then I was lying half asleep in the cold lower level of the Pennsylvania Station, staring at the morning "Tribune" and waiting for the four o'clock train.

Chapter III

There was music from my neighbor's house through the summer nights. In his blue gardens men and girls came and went like moths among the whisperings and the champagne and the stars. At high tide in the afternoon I watched his guests diving from the tower of his raft, or taking the sun on the hot sand of his beach while his two motor boats slit the waters of the Sound, drawing aquaplanes over cataracts of foam. On week-ends his Rolls-Royce became an omnibus, bearing parties to and from the city between nine in the morning and long past midnight, while his station wagon scampered like a brisk yellow bug to meet all trains. And on Mondays eight servants, including an extra gardener, toiled all day with mops and scrubbing-brushes and hammers and garden shears, repairing the ravages of the night before.

Every Friday five crates of oranges and lemons arrived from a fruiterer in New York—every Monday these same oranges and lemons left his back door in a pyramid of pulpless halves. There was a machine in the kitchen which could extract the juice of two hundred oranges in half an hour if a little button was pressed two hundred times by a butler's thumb.

At least once a fortnight a corps of caterers came down with several hundred feet of canvas and enough colored lights to make a Christmas tree of Gatsby's enormous garden. On buffet tables, garnished with glistening hors-d'oeuvre, spiced baked hams crowded against salads of harlequin designs and pastry pigs and turkeys bewitched to a dark gold. In the main hall a bar with a real brass rail was set up, and stocked with gins and liquors and with cordials so long forgotten that most of his female guests were too young to know one from another.

By seven o'clock the orchestra has arrived—no thin five-piece affair, but a whole pitful of oboes and trombones and saxophones and viols and cornets and piccolos, and low and high drums. The last swimmers have come in from the beach now and are dressing upstairs; the cars from New York are parked five deep in the drive, and already the halls and salons and verandas are gaudy with primary colors, and hair bobbed in strange new ways, and shawls beyond the dreams of Castile. The bar is in full swing, and floating rounds of cocktails permeate the garden outside, until the air is alive with chatter and laughter, and casual innuendo and introductions forgotten on the spot, and enthusiastic meetings between women who never knew each other's names.

The lights grow brighter as the earth lurches away from the sun, and now the orchestra is playing yellow cocktail music, and the opera of voices pitches a key higher. Laughter is easier minute by minute, spilled with prodigality, tipped out at a cheerful word. The groups change more swiftly, swell with new arrivals, dissolve and form in the same breath—already there are wanderers, confident girls who weave here and there among the stouter and more stable, become for a sharp, joyous moment the centre of a group, and then, excited with triumph, glide on through the sea-change of faces and voices and color under the constantly changing light.

Suddenly one of the gypsies, in trembling opal, seizes a cocktail out of the air, dumps it down for courage and, moving her hands like Frisco, dances out alone on the canvas platform. A momentary hush; the orchestra leader varies his rhythm obligingly for her, and there is a burst of chatter as the erroneous news goes around that she is Gilda Gray's understudy from the "Follies." The party has begun.

I believe that on the first night I went to Gatsby's house I was one of the few guests who had actually been invited. People were not invited—they went there. They got into automobiles which bore them out to Long Island, and somehow they ended up at Gatsby's door. Once there they were introduced by somebody who knew Gatsby, and after that they conducted themselves according to the rules of behavior associated with amusement parks. Sometimes they came and went without having met Gatsby at all, came for the party with a simplicity of heart that was its own ticket of admission.

I had been actually invited. A chauffeur in a uniform of robin's-egg blue crossed my lawn early that Saturday morning with a surprisingly formal note from his employer—the honor would be entirely Gatsby's, it said, if I would attend his "little party." that night. He had seen me several times, and had intended to call on me long before, but a peculiar combination of circumstances had prevented it—signed Jay Gatsby, in a majestic hand.

Dressed up in white flannels I went over to his lawn a little after seven, and wandered around rather ill-at-ease among swirls and eddies of people I didn't know—though here and there was a face I had noticed on the commuting train. I was immediately struck by the number of young Englishmen dotted about; all well dressed, all looking a little hungry, and all talking in low, earnest voices to solid and prosperous Americans. I was sure that they were all selling something: bonds or insurance or automobiles. They were at least agonizingly aware of the easy money in the vicinity and convinced that it was theirs for a few words in the right key.

As soon as I arrived I made an attempt to find my host, but the two or three people of whom I asked his whereabouts stared at me in such an amazed way, and denied so vehemently any knowledge of his movements, that I slunk off in the direction of the cocktail table—the only place in the garden where a single man could linger without looking purposeless and alone.

I was on my way to get roaring drunk from sheer embarrassment when Jordan Baker came out of the house and stood at the head of the marble steps, leaning a little backward and looking with contemptuous interest down into the garden.

Welcome or not, I found it necessary to attach myself to someone before I should begin to address cordial remarks to the passers-by.

"Hello!" I roared, advancing toward her. My voice seemed unnaturally loud across the garden.

"I thought you might be here," she responded absently as I came up. "I remembered you lived next door to—"

She held my hand impersonally, as a promise that she'd take care of me in a minute, and gave ear to two girls in twin yellow dresses, who stopped at the foot of the steps.

"Hello!" they cried together. "Sorry you didn't win."

That was for the golf tournament. She had lost in the finals the week before.

"You don't know who we are," said one of the girls in yellow, "but we met you here about a month ago."

"You've dyed your hair since then," remarked Jordan, and I started, but the girls had moved casually on and her remark was addressed to the premature moon, produced like the supper, no doubt, out of a caterer's basket. With Jordan's slender golden arm resting in mine, we descended the steps and sauntered about the garden. A tray of cocktails floated at us through the twilight, and we sat down at a table with the two girls in yellow and three men, each one introduced to us as Mr. Mumble.

"Do you come to these parties often?" inquired Jordan of the girl beside her.

"The last one was the one I met you at," answered the girl, in an alert confident voice. She turned to her companion: "Wasn't it for you, Lucille?"

It was for Lucille, too.

"I like to come," Lucille said. "I never care what I do, so I always have a good time. When I was here last I tore my gown on a chair, and he asked me my name and address—inside of a week I got a package from Croirier's with a new evening gown in it."

"Did you keep it?" asked Jordan.

"Sure I did. I was going to wear it tonight, but it was too big in the bust and had to be altered. It was gas blue with lavender beads. Two hundred and sixty-five dollars."

"There's something funny about a fellow that'll do a thing like that," said the other girl eagerly. "He doesn't want any trouble with anybody."

"Who doesn't?" I inquired.

"Gatsby. Somebody told me—"

The two girls and Jordan leaned together confidentially.

"Somebody told me they thought he killed a man once."

A thrill passed over all of us. The three Mr. Mumbles bent forward and listened eagerly.

"I don't think it's so much that," argued Lucille sceptically; "it's more that he was a German spy during the war."

One of the men nodded in confirmation.

"I heard that from a man who knew all about him, grew up with him in Germany," he assured us positively.

"Oh, no," said the first girl, "it couldn't be that, because he was in the American army during the war." As our credulity switched back to her she leaned forward with enthusiasm. "You look at him sometimes when he thinks nobody's looking at him. I'll bet he killed a man."

She narrowed her eyes and shivered. Lucille shivered. We all turned and looked around for Gatsby. It was testimony to the romantic speculation he inspired that there were whispers about him from those who found little that it was necessary to whisper about in this world.

The first supper—there would be another one after midnight—was now being served, and Jordan invited me to join her own party, who were spread around a table on the other side of the garden. There were three married couples and Jordan's escort, a persistent undergraduate given to violent innuendo, and obviously under the impression that sooner or later Jordan was going to yield him up her person to a greater or lesser degree. Instead of rambling, this party had preserved a dignified homogeneity, and assumed to itself the function of representing the staid nobility of the country-side—East Egg condescending to West Egg, and carefully on guard against its spectroscopic gayety.

"Let's get out," whispered Jordan, after a somehow wasteful and inappropriate half hour. "This is much too polite for me."

We got up, and she explained that we were going to find the host—I had never met him, she said, and it was making me uneasy. The undergraduate nodded in a cynical, melancholy way.

The bar, where we glanced first, was crowded, but Gatsby was not there. She couldn't find him from the top of the steps, and he wasn't on the veranda. On a chance we tried an important-looking door, and walked into a high Gothic library, panelled with carved English oak, and probably transported complete from some ruin overseas.

A stout, middle-aged man, with enormous owl-eyed spectacles, was sitting somewhat drunk on the edge of a great table, staring with unsteady concentration at the shelves of books. As we entered he wheeled excitedly around and examined Jordan from head to foot.

"What do you think?" he demanded impetuously.

"About what?" He waved his hand toward the book-shelves.

"About that. As a matter of fact you needn't bother to ascertain. I ascertained. They're real."

"The books?"

He nodded.

"Absolutely real—have pages and everything. I thought they'd be a nice durable cardboard. Matter of fact, they're absolutely real. Pages and—Here! Lemme show you."

Taking our scepticism for granted, he rushed to the bookcases and returned with Volume One of the "Stoddard Lectures."

"See!" he cried triumphantly. "It's a bona-fide piece of printed matter. It fooled me. This fella's a regular Belasco. It's a triumph. What thoroughness! What realism! Knew when to stop, too—didn't cut the pages. But what do you want? What do you expect?"

He snatched the book from me and replaced it hastily on its shelf, muttering that if one brick was removed the whole library was liable to collapse.

"Who brought you?" he demanded. "Or did you just come? I was brought. Most people were brought."

Jordan looked at him alertly, cheerfully, without answering.

"I was brought by a woman named Roosevelt," he continued. "Mrs. Claud Roosevelt. Do you know her? I met her somewhere last night. I've been drunk for about a week now, and I thought it might sober me up to sit in a library."

"Has it?"

"A little bit, I think. I can't tell yet. I've only been here an hour. Did I tell you about the books? They're real. They're—"

"You told us." We shook hands with him gravely and went back outdoors.

There was dancing now on the canvas in the garden; old men pushing young girls backward in eternal graceless circles, superior couples holding each other tortuously, fashionably, and keeping in the corners—and a great number of single girls dancing individualistically or relieving the orchestra for a moment of the burden of the banjo or the traps. By midnight the hilarity had increased. A celebrated tenor had sung in Italian, and a notorious contralto had sung in jazz, and between the numbers people were doing "stunts" all over the garden, while happy, vacuous bursts of laughter rose toward the summer sky. A pair of stage twins, who turned out to be the girls in yellow, did a baby act in costume, and champagne was served in glasses bigger than finger-bowls. The moon had risen higher, and floating in the Sound was a triangle of silver scales, trembling a little to the stiff, tinny drip of the banjoes on the lawn.

I was still with Jordan Baker. We were sitting at a table with a man of about my age and a rowdy little girl, who gave way upon the slightest provocation to uncontrollable laughter. I was enjoying myself now. I had taken two finger-bowls of champagne, and the scene had changed before my eyes into something significant, elemental, and profound.

At a lull in the entertainment the man looked at me and smiled.

"Your face is familiar," he said, politely. "Weren't you in the Third Division during the war?"

"Why, yes. I was in the Ninth Machine-Gun Battalion."

"I was in the Seventh Infantry until June nineteen-eighteen. I knew I'd seen you somewhere before."

We talked for a moment about some wet, gray little villages in France. Evidently he lived in this vicinity, for he told me that he had just bought a hydroplane, and was going to try it out in the morning.

"Want to go with me, old sport? Just near the shore along the Sound."

"What time?"

"Any time that suits you best."

It was on the tip of my tongue to ask his name when Jordan looked around and smiled.

"Having a gay time now?" she inquired.

"Much better." I turned again to my new acquaintance. "This is an unusual party for me. I haven't even seen the host. I live over there—" I waved my hand at the invisible hedge in the distance, "and this man Gatsby sent over his chauffeur with an invitation." For a moment he looked at me as if he failed to understand.

"I'm Gatsby," he said suddenly.

"What!" I exclaimed. "Oh, I beg your pardon."

"I thought you knew, old sport. I'm afraid I'm not a very good host."

He smiled understandingly—much more than understandingly. It was one of those rare smiles with a quality of eternal reassurance in it, that you may come across four or five times in life. It faced—or seemed to face—the whole external world for an instant, and then concentrated on you with an irresistible prejudice in your favor. It understood you just so far as you wanted to be understood, believed in you as you would like to believe in yourself, and assured you that it had precisely the impression of you that, at your best, you hoped to convey. Precisely at that point it vanished—and I was looking at an elegant young rough-neck, a year or two over thirty, whose elaborate formality of speech just missed being absurd. Some time before he introduced himself I'd got a strong impression that he was picking his words with care.

Almost at the moment when Mr. Gatsby identified himself, a butler hurried toward him with the information that Chicago was calling him on the wire. He excused himself with a small bow that included each of us in turn.

"If you want anything just ask for it, old sport," he urged me. "Excuse me. I will rejoin you later."

When he was gone I turned immediately to Jordan—constrained to assure her of my surprise. I had expected that Mr. Gatsby would be a florid and corpulent person in his middle years.

"Who is he?" I demanded. "Do you know?"

"He's just a man named Gatsby."

"Where is he from, I mean? And what does he do?"

"Now you're started on the subject," she answered with a wan smile. "Well,—he told me once he was an Oxford man." A dim background started to take shape behind him, but at her next remark it faded away.

"However, I don't believe it."

"Why not?" "I don't know," she insisted, "I just don't think he went there."

Something in her tone reminded me of the other girl's "I think he killed a man," and had the effect of stimulating my curiosity. I would have accepted without question the information that Gatsby sprang from the swamps of Louisiana or from the lower East Side of New York. That was comprehensible. But young men didn't—at least in my provincial inexperience I believed they didn't—drift coolly out of nowhere and buy a palace on Long Island Sound.

"Anyhow, he gives large parties," said Jordan, changing the subject with an urban distaste for the concrete. "And I like large parties. They're so intimate. At small parties there isn't any privacy."

There was the boom of a bass drum, and the voice of the orchestra leader rang out suddenly above the echolalia of the garden.

"Ladies and gentlemen," he cried. "At the request of Mr. Gatsby we are going to play for you Mr. Vladimir Tostoff's latest work, which attracted so much attention at Carnegie Hall last May. If you read the papers, you know there was a big sensation." He smiled with jovial condescension, and added: "Some sensation!" Whereupon everybody laughed.

"The piece is known," he concluded lustily, "as 'Vladimir Tostoff's Jazz History of the World.'"

The nature of Mr. Tostoff's composition eluded me, because just as it began my eyes fell on Gatsby, standing alone on the marble steps and looking from one group to another with approving eyes. His tanned skin was drawn attractively tight on his face and his short hair looked as though it were trimmed every day. I could see nothing sinister about him. I wondered if the fact that he was not drinking helped to set him off from his guests, for it seemed to me that he grew more correct as the fraternal hilarity increased. When the "Jazz History of the World" was over, girls were putting their heads on men's shoulders in a puppyish, convivial way, girls were swooning backward playfully into men's arms, even into groups, knowing that someone would arrest their falls—but no one swooned backward on Gatsby, and no French bob touched Gatsby's shoulder, and no singing quartets were formed with Gatsby's head for one link.

"I beg your pardon."

Gatsby's butler was suddenly standing beside us.

"Miss Baker?" he inquired. "I beg your pardon, but Mr. Gatsby would like to speak to you alone."

"With me?" she exclaimed in surprise.

"Yes, madame."

She got up slowly, raising her eyebrows at me in astonishment, and followed the butler toward the house. I noticed that she wore her evening-dress, all her dresses, like sports clothes—there was a jauntiness about her movements as if she had first learned to walk upon golf courses on clean, crisp mornings.

I was alone and it was almost two. For some time confused and intriguing sounds had issued from a long, many-windowed room which overhung the terrace. Eluding Jordan's undergraduate, who was now engaged in an obstetrical conversation with two chorus girls, and who implored me to join him, I went inside.

The large room was full of people. One of the girls in yellow was playing the piano, and beside her stood a tall, red-haired young lady from a famous chorus, engaged in song. She had drunk a quantity of champagne, and during the course of her song she had decided, ineptly, that everything was very, very sad—she was not only singing, she was weeping too. Whenever there was a pause in the song she filled it with gasping, broken sobs, and then took up the lyric again in a quavering soprano. The tears coursed down her cheeks—not freely, however, for when they came into contact with her heavily beaded eyelashes they assumed an inky color, and pursued the rest of their way in slow black rivulets. A humorous suggestion was made that she sing the notes on her face, whereupon she threw up her hands, sank into a chair, and went off into a deep vinous sleep.

"She had a fight with a man who says he's her husband," explained a girl at my elbow.

I looked around. Most of the remaining women were now having fights with men said to be their husbands. Even Jordan's party, the quartet from East Egg, were rent asunder by dissension. One of the men was talking with curious intensity to a young actress, and his wife, after attempting to laugh at the situation in a dignified and indifferent way, broke down entirely and resorted to flank attacks—at intervals she appeared suddenly at his side like an angry diamond and hissed "You promised!" into his ear.

The reluctance to go home was not confined to wayward men. The hall was at present occupied by two deplorably sober men and their highly indignant wives. The wives were sympathizing with each other in slightly raised voices.

"Whenever he sees I'm having a good time he wants to go home."

"Never heard anything so selfish in my life."

"We're always the first ones to leave."

"So are we."

"Well, we're almost the last tonight," said one of the men sheepishly. "The orchestra left half an hour ago."

In spite of the wives' agreement that such malevolence was beyond credibility, the dispute ended in a short struggle, and both wives were lifted, kicking into the night.

As I waited for my hat in the hall the door of the library opened and Jordan Baker and Gatsby came out together. He was saying some last word to her, but the eagerness in his manner tightened abruptly into formality as several people approached him to say goodbye.

Jordan's party were calling impatiently to her from the porch, but she lingered for a moment to shake hands.

"I've just heard the most amazing thing," she whispered. "How long were we in there?"

"Why,—about an hour."

"It was—simply amazing," she repeated abstractedly. "But I swore I wouldn't tell it and here I am tantalizing you." She yawned gracefully in my face: "Please come and see me. . . Phone book. . . Under the name of Mrs. Sigourney Howard. . . My aunt. . . ." She was hurrying off as she talked—her brown hand waved a jaunty salute as she melted into her party at the door.

Rather ashamed that on my first appearance I had stayed so late, I joined the last of Gatsby's guests, who were clustered around him. I wanted to explain that I'd hunted for him early in the evening and to apologize for not having known him in the garden.

"Don't mention it," he enjoined me eagerly. "Don't give it another thought, old sport." The familiar expression held no more familiarity than the hand which reassuringly brushed my shoulder. "And don't forget we're going up in the hydroplane tomorrow morning, at nine o'clock."

Then the butler, behind his shoulder:

"Philadelphia wants you on the phone, sir."

"All right, in a minute. Tell them I'll be right there. . . . Good night."

"Good night."

"Good night." He smiled—and suddenly there seemed to be a pleasant significance in having been among the last to go, as if he had desired it so all the time. "Good night, old sport... good night."

But as I walked down the steps I saw that the evening was not quite over. Fifty feet from the door a dozen headlights illuminated a bizarre and tumultuous scene. In the ditch beside the road, right side up, but violently shorn of one wheel, rested a new coupé which had left Gatsby's drive not two minutes before. The sharp jut of a wall accounted for the detachment of the wheel, which was now getting considerable attention from half a dozen curious chauffeurs. However, as they had left their cars blocking the road, a harsh, discordant din from those in the rear had been audible for some time, and added to the already violent confusion of the scene.

A man in a long duster had dismounted from the wreck and now stood in the middle of the road, looking from the car to the tire and from the tire to the observers in a pleasant, puzzled way.

"See!" he explained. "It went in the ditch."

The fact was infinitely astonishing to him—and I recognized first the unusual quality of wonder, and then the man—it was the late patron of Gatsby's library.

"How'd it happen?"

He shrugged his shoulders.

"I know nothing whatever about mechanics," he said decisively.

"But how did it happen? Did you run into the wall?"

"Don't ask me," said Owl Eyes, washing his hands of the whole matter. "I know very little about driving—next to nothing. It happened, and that's all I know."

"Well, if you're a poor driver you oughtn't to try driving at night."

"But I wasn't even trying," he explained indignantly, "I wasn't even trying."

An awed hush fell upon the bystanders.

"Do you want to commit suicide?"

"You're lucky it was just a wheel! A bad driver and not even *trying*!"

"You don't understand," explained the criminal. "I wasn't driving. There's another man in the car."

The shock that followed this declaration found voice in a sustained "Ah-h-h!" as the door of the coupé swung slowly open. The crowd—it was now a crowd—stepped back involuntarily, and when the door had opened wide there was a ghostly pause. Then, very gradually, part by part, a pale, dangling individual stepped out of the wreck, pawing tentatively at the ground with a large uncertain dancing shoe.

Blinded by the glare of the headlights and confused by the incessant groaning of the horns, the apparition stood swaying for a moment before he perceived the man in the duster.

"Wha's matter?" he inquired calmly. "Did we run outa gas?"

"Look!"

Half a dozen fingers pointed at the amputated wheel—he stared at it for a moment, and then looked upward as though he suspected that it had dropped from the sky.

"It came off," someone explained.

He nodded.

"At first I din' notice we'd stopped."

A pause. Then, taking a long breath and straightening his shoulders, he remarked in a determined voice:

"Wonder'ff tell me where there's a gas'line station?"

At least a dozen men, some of them little better off than he was, explained to him that wheel and car were no longer joined by any physical bond.

"Back out," he suggested after a moment. "Put her in reverse."

"But the wheel's off!"

He hesitated.

"No harm in trying," he said.

The caterwauling horns had reached a crescendo and I turned away and cut across the lawn toward home. I glanced back once. A wafer of a moon was shining over Gatsby's house, making the night fine as before, and surviving the laughter and the sound of his still glowing garden. A sudden emptiness seemed to flow now from the windows and the great doors, endowing with complete isolation the figure of the host, who stood on the porch, his hand up in a formal gesture of farewell.

Reading over what I have written so far, I see I have given the impression that the events of three nights several weeks apart were all that absorbed me. On the contrary, they were merely casual events in a crowded summer, and, until much later, they absorbed me infinitely less than my personal affairs.

Most of the time I worked. In the early morning the sun threw my shadow westward as I hurried down the white chasms of lower New York to the Probity Trust. I knew the other clerks and young bondsalesmen by their first names, and lunched with them in dark, crowded restaurants on little pig sausages and mashed potatoes and coffee. I even had a short affair with a girl who lived in Jersey City and worked in the accounting department, but her brother began throwing mean looks in my direction, so when she went on her vacation in July I let it blow quietly away.

I took dinner usually at the Yale Club—for some reason it was the gloomiest event of my day—and then I went up-stairs to the library and studied investments and securities for a conscientious hour. There were generally a few rioters around, but they never came into the library, so it was a good place to work. After that, if the night was mellow, I strolled down Madison Avenue past the old Murray Hill Hotel, and over Thirty-third Street to the Pennsylvania Station.

I began to like New York, the racy, adventurous feel of it at night, and the satisfaction that the constant flicker of men and women and machines gives to the restless eye. I liked to walk up Fifth Avenue and pick out romantic women from the crowd and imagine that in a few minutes I was going to enter into their lives, and no one would ever know or disapprove. Sometimes, in my mind, I followed them to their apartments on the corners of hidden streets, and they turned and smiled back at me before they faded through a door into warm darkness. At the enchanted metropolitan twilight I felt a haunting loneliness sometimes, and felt it in others—poor young clerks who loitered in front of windows waiting until it was time for a solitary restaurant dinner—young clerks in the dusk, wasting the most poignant moments of night and life.

Again at eight o'clock, when the dark lanes of the Forties were five deep with throbbing taxi cabs, bound for the theatre district, I felt a sinking in my heart. Forms leaned together in the taxis as they waited, and voices sang, and there was laughter from unheard jokes, and lighted cigarettes outlined unintelligible gestures inside. Imagining that I, too, was hurrying toward gayety and sharing their intimate excitement, I wished them well.

For a while I lost sight of Jordan Baker, and then in midsummer I found her again. At first I was flattered to go places with her, because she was a golf champion, and every one knew her name. Then it was something more. I wasn't actually in love, but I felt a sort of tender curiosity. The bored haughty face that she turned to the world concealed something—most affectations conceal something eventually, even though they don't in the beginning—and one day I found what it was. When we were on a house party together up in Warwick, she left a borrowed car out in the rain with the top down, and then lied about it—and suddenly I remembered the story about her that had eluded me that night at Daisy's. At her first big golf tournament there was a row that nearly reached the newspapers—a suggestion that she had moved her ball from a bad lie in the semi-final round. The thing approached the proportions of a scandal—then died away. A caddy retracted his statement, and the only other witness admitted that he might have been mistaken. The incident and the name had remained together in my mind.

Jordan Baker instinctively avoided clever, shrewd men, and now I saw that this was because she felt safer on a plane where any divergence from a code would be thought impossible. She was incurably dishonest. She wasn't able to endure being at a disadvantage and, given this unwillingness, I suppose she had begun dealing in subterfuges when she was very young in order to keep that cool, insolent smile turned to the world and yet satisfy the demands of her hard, jaunty body.

It made no difference to me. Dishonesty in a woman is a thing you never blame deeply—I was casually sorry, and then I forgot. It was on that same house party that we had a curious conversation about driving a car. It started because she passed so close to some workmen that our fender flicked a button on one man's coat.

"You're a rotten driver," I protested. "Either you ought to be more careful, or you oughtn't to drive at all."

"I am careful."

"No, you're not."

"Well, other people are," she said lightly.

"What's that got to do with it?"

"They'll keep out of my way," she insisted. "It takes two to make an accident."

"Suppose you met somebody just as careless as yourself."

"I hope I never will," she answered. "I hate careless people. That's why I like you."

Her grey, sun-strained eyes stared straight ahead, but she had deliberately shifted our relations, and for a moment I thought I loved her. But I am slow thinking and full of interior rules that act as brakes on my desires, and I knew that first I had to get myself definitely out of that tangle back home. I'd been writing letters once a week and signing them "Love, Nick," and all I could think of was how, when that certain girl played tennis, a faint mustache of perspiration appeared on her upper lip. Nevertheless there was a vague understanding that had to be tactfully broken off before I was free.

Everyone suspects himself of at least one of the cardinal virtues, and this is mine: I am one of the few honest people that I have ever known.

Chapter IV

On Sunday morning while church bells rang in the villages alongshore, the world and its mistress returned to Gatsby's house and twinkled hilariously on his lawn.

"He's a bootlegger," said the young ladies, moving somewhere between his cocktails and his flowers. "One time he killed a man who had found out that he was nephew to Von Hindenburg and second cousin to the devil. Reach me a rose, honey, and pour me a last drop into that there crystal glass."

Once I wrote down on the empty spaces of a time-table the names of those who came to Gatsby's house that summer. It is an old time-table now, disintegrating at its folds, and headed "This schedule in effect July 5th, 1922." But I can still read the gray names, and they will give you a better impression than my generalities of those who accepted Gatsby's hospitality and paid him the subtle tribute of knowing nothing whatever about him.

From East Egg, then, came the Chester Beckers and the Leeches, and a man named Bunsen, whom I knew at Yale, and Doctor Webster Civet, who was drowned last summer up in Maine. And the Hornbeams and the Willie Voltaires, and a whole clan named Blackbuck, who always gathered in a corner and flipped up their noses like goats at whosoever came near. And the Ismays and the Chrysties (or rather Hubert Auerbach and Mr. Chrystie's wife), and Edgar Beaver, whose hair, they say, turned cotton-white one winter afternoon for no good reason at all.

Clarence Endive was from East Egg, as I remember. He came only once, in white knickerbockers, and had a fight with a bum named Etty in the garden. From farther out on the Island came the Cheadles and the O. R. P. Schraeders, and the Stonewall Jackson Abrams of Georgia, and the Fishguards and the Ripley Snells. Snell was there three days before he went to the penitentiary, so drunk out on the gravel drive that Mrs.

Ulysses Swett's automobile ran over his right hand. The Dancies came, too, and S. B. Whitebait, who was well over sixty, and Maurice A. Flink, and the Hammerheads, and Beluga the tobacco importer, and Beluga's girls.

From West Egg came the Poles and the Mulreadys and Cecil Roebuck and Cecil Schoen and Gulick the state senator and Newton Orchid, who controlled Films Par Excellence, and Eckhaust and Clyde Cohen and Don S. Schwartze (the son) and Arthur McCarty, all connected with the movies in one way or another. And the Catlips and the Bembergs and G. Earl Muldoon, brother to that Muldoon who afterward strangled his wife. Da Fontano the promoter came there, and Ed Legros and James B. ("Rotgut.") Ferret and the De Jongs and Ernest Lilly—they came to gamble, and when Ferret wandered into the garden it meant he was cleaned out and Associated Traction would have to fluctuate profitably next day.

A man named Klipspringer was there so often and so long that he became known as "the boarder."—I doubt if he had any other home. Of theatrical people there were Gus Waize and Horace O'Donavan and Lester Meyer and George Duckweed and Francis Bull. Also from New York were the Chromes and the Backhyssons and the Dennickers and Russel Betty and the Corrigans and the Kellehers and the Dewars and the Scullys and S. W. Belcher and the Smirkes and the young Quinns, divorced now, and Henry L. Palmetto, who killed himself by jumping in front of a subway train in Times Square.

Benny McClenahan arrived always with four girls. They were never quite the same ones in physical person, but they were so identical one with another that it inevitably seemed they had been there before. I have forgotten their names—Jaqueline, I think, or else Consuela, or Gloria or Judy or June, and their last names were either the melodious names of flowers and months or the sterner ones of the great American capitalists whose cousins, if pressed, they would confess themselves to be.

In addition to all these I can remember that Faustina O'Brien came there at least once and the Baedeker girls and young Brewer, who had his nose shot off in the war, and Mr. Albrucksburger and Miss Haag, his fiancee, and Ardita Fitz-Peters and Mr. P. Jewett, once head of the American Legion, and Miss Claudia Hip, with a man reputed to be her chauffeur, and a prince of something, whom we called Duke, and whose name, if I ever knew it, I have forgotten.

All these people came to Gatsby's house in the summer.

At nine o'clock, one morning late in July, Gatsby's gorgeous car lurched up the rocky drive to my door and gave out a burst of melody from its three-noted horn. It was the first time he had called on me, though I had gone to two of his parties, mounted in his hydroplane, and, at his urgent invitation, made frequent use of his beach.

"Good morning, old sport. You're having lunch with me today and I thought we'd ride up together."

He was balancing himself on the dashboard of his car with that resourcefulness of movement that is so peculiarly American—that comes, I suppose, with the absence of lifting work or rigid sitting in youth and, even more, with the formless grace of our nervous, sporadic games. This quality was continually breaking through his punctilious manner in the shape of restlessness. He was never quite still; there was always a tapping foot somewhere or the impatient opening and closing of a hand.

He saw me looking with admiration at his car.

"It's pretty, isn't it, old sport?" He jumped off to give me a better view. "Haven't you ever seen it before?"

I'd seen it. Everybody had seen it. It was a rich cream color, bright with nickel, swollen here and there in its monstrous length with triumphant hat-boxes and supper-boxes and tool-boxes, and terraced with a labyrinth of wind-shields that mirrored a dozen suns. Sitting down behind many layers of glass in a sort of green leather conservatory, we started to town.

I had talked with him perhaps half a dozen times in the past month and found, to my disappointment, that he had little to say: So my first impression, that he was a person of some undefined consequence, had gradually faded and he had become simply the proprietor of an elaborate road-house next door.

And then came that disconcerting ride. We hadn't reached West Egg Village before Gatsby began leaving his elegant sentences unfinished and slapping himself indecisively on the knee of his caramel-colored suit.

"Look here, old sport," he broke out surprisingly. "What's your opinion of me, anyhow?"

A little overwhelmed, I began the generalized evasions which that question deserves.

"Well, I'm going to tell you something about my life," he interrupted. "I don't want you to get a wrong idea of me from all these stories you hear."

So he was aware of the bizarre accusations that flavored conversation in his halls.

"I'll tell you God's truth." His right hand suddenly ordered divine retribution to stand by. "I am the son of some wealthy people in the Middle West—all dead now. I was brought up in America but educated at Oxford, because all my ancestors have been educated there for many years. It is a family tradition."

He looked at me sideways—and I knew why Jordan Baker had believed he was lying. He hurried the phrase "educated at Oxford," or swallowed it, or choked on it, as though it had bothered him before. And with this doubt, his whole statement fell to pieces, and I wondered if there wasn't something a little sinister about him, after all.

"What part of the Middle West?" I inquired casually.

"San Francisco."

"I see."

"My family all died and I came into a good deal of money."

His voice was solemn, as if the memory of that sudden extinction of a clan still haunted him. For a moment I suspected that he was pulling my leg, but a glance at him convinced me otherwise.

"After that I lived like a young rajah in all the capitals of Europe—Paris, Venice, Rome—collecting jewels, chiefly rubies, hunting big game, painting a little, things for myself only, and trying to forget something very sad that had happened to me long ago."

With an effort I managed to restrain my incredulous laughter. The very phrases were worn so threadbare that they evoked no image except that of a turbaned "character" leaking sawdust at every pore as he pursued a tiger through the Bois de Boulogne.

"Then came the war, old sport. It was a great relief, and I tried very hard to die, but I seemed to bear an enchanted life. I accepted a commission as first lieutenant when it began. In the Argonne Forest I took two machine-gun detachments so far forward that there was a half mile gap on either side of us where the infantry couldn't advance. We stayed there two days and two nights, a hundred and thirty men with sixteen Lewis guns, and when the infantry came up at last they found the insignia of three German divisions among the piles of dead. I was promoted to be a major, and every Allied government gave me a decoration—even Montenegro, little Montenegro down on the Adriatic Sea!"

Little Montenegro! He lifted up the words and nodded at them—with his smile. The smile comprehended Montenegro's troubled history and sympathized with the brave struggles of the Montenegrin people. It appreciated fully the chain of national circumstances which had elicited this tribute from Montenegro's warm little heart. My incredulity was submerged in fascination now; it was like skimming hastily through a dozen magazines.

He reached in his pocket, and a piece of metal, slung on a ribbon, fell into my palm.

"That's the one from Montenegro."

To my astonishment, the thing had an authentic look. *Orderi di Danilo*, ran the circular legend, *Montenegro, Nicolas Rex.*

"Turn it."

Major Jay Gatsby, I read, *For Valour Extraordinary.*

"Here's another thing I always carry. A souvenir of Oxford days. It was taken in Trinity Quad—the man on my left is now the Earl of Doncaster."

It was a photograph of half a dozen young men in blazers loafing in an archway through which were visible a host of spires. There was Gatsby, looking a little, not much, younger—with a cricket bat in his hand.

Then it was all true. I saw the skins of tigers flaming in his palace on the Grand Canal; I saw him opening a chest of rubies to ease, with their crimson-lighted depths, the gnawings of his broken heart.

"I'm going to make a big request of you today," he said, pocketing his souvenirs with satisfaction, "so I thought you ought to know something about me. I didn't want you to think I was just some nobody. You see, I usually find myself among strangers because I drift here and there trying to forget the sad thing that happened to me." He hesitated. "You'll hear about it this afternoon."

"At lunch?"

"No, this afternoon. I happened to find out that you're taking Miss Baker to tea."

"Do you mean you're in love with Miss Baker?"

"No, old sport, I'm not. But Miss Baker has kindly consented to speak to you about this matter."

I hadn't the faintest idea what "this matter" was, but I was more annoyed than interested. I hadn't asked Jordan to tea in order to discuss Mr. Jay Gatsby. I was sure the request would be something utterly fantastic, and for a moment I was sorry I'd ever set foot upon his overpopulated lawn.

He wouldn't say another word. His correctness grew on him as we neared the city. We passed Port Roosevelt, where there was a glimpse of red-belted ocean-going ships, and sped along a cobbled slum lined with the dark, undeserted saloons of the faded-gilt nineteen-hundreds. Then the valley of ashes opened out on both sides of us, and I had a glimpse of Mrs. Wilson straining at the garage pump with panting vitality as we went by.

With fenders spread like wings we scattered light through half Long Island City—only half, for as we twisted among the pillars of the elevated. I heard the familiar "jug—jug—spat!" of a motorcycle, and a frantic policeman rode alongside.

"All right, old sport," called Gatsby. We slowed down. Taking a white card from his wallet, he waved it before the man's eyes.

"Right you are," agreed the policeman, tipping his cap. "Know you next time, Mr. Gatsby. Excuse me!"

"What was that?" I inquired. "The picture of Oxford?"

"I was able to do the commissioner a favor once, and he sends me a Christmas card every year."

Over the great bridge, with the sunlight through the girders making a constant flicker upon the moving cars, with the city rising up across the river in white heaps and sugar lumps all built with a wish out of non-olfactory money. The city seen from the Queensboro Bridge is always the city seen for the first time, in its first wild promise of all the mystery and the beauty in the world.

A dead man passed us in a hearse heaped with blooms, followed by two carriages with drawn blinds, and by more cheerful carriages for friends. The friends looked out at us with the tragic eyes and short upper lips of south-eastern Europe, and I was glad that the sight of Gatsby's splendid car was included in their sombre holiday. As we crossed Blackwell's Island a limousine passed us, driven by a white chauffeur, in which sat three modish negroes, two bucks and a girl. I laughed aloud as the yolks of their eyeballs rolled toward us in haughty rivalry.

"Anything can happen now that we've slid over this bridge," I thought; "anything at all...."

Even Gatsby could happen, without any particular wonder.

Roaring noon. In a well-fanned Forty-second Street cellar I met Gatsby for lunch. Blinking away the brightness of the street outside, my eyes picked him out obscurely in the anteroom, talking to another man.

"Mr. Carraway, this is my friend Mr. Wolfshiem."

A small, flat-nosed Jew raised his large head and regarded me with two fine growths of hair which luxuriated in either nostril. After a moment I discovered his tiny eyes in the half-darkness.

"—So I took one look at him—" said Mr. Wolfshiem, shaking my hand earnestly, "—and what do you think I did?"

"What?" I inquired politely.

But evidently he was not addressing me, for he dropped my hand and covered Gatsby with his expressive nose.

"I handed the money to Katspaugh and I said: 'all right, Katspaugh, don't pay him a penny till he shuts his mouth.' He shut it then and there."

Gatsby took an arm of each of us and moved forward into the restaurant, whereupon Mr. Wolfshiem swallowed a new sentence he was starting and lapsed into a somnambulatory abstraction.

"Highballs?" asked the headwaiter.

"This is a nice restaurant here," said Mr. Wolfshiem, looking at the Presbyterian nymphs on the ceiling. "But I like across the street better!"

"Yes, highballs," agreed Gatsby, and then to Mr. Wolfshiem: "It's too hot over there."

"Hot and small—yes," said Mr. Wolfsheim, "but full of memories."

"What place is that?" I asked.

"The old Metropole.

"The old Metropole," brooded Mr. Wolfshiem gloomily. "Filled with faces dead and gone. Filled with friends gone now forever. I can't forget so long as I live the night they shot Rosy Rosenthal there. It was six of us at the table, and Rosy had eat and drunk a lot all evening. When it was almost morning the waiter came up to him with a funny look and says somebody wants to speak to him outside. 'all right,' says Rosy, and begins to get up, and I pulled him down in his chair.

"Let the bastards come in here if they want you, Rosy, but don't you, so help me, move outside this room.'

"It was four o'clock in the morning then, and if we'd of raised the blinds we'd of seen daylight."

"Did he go?" I asked innocently.

"Sure he went,"—Mr. Wolfsheim's nose flashed at me indignantly—"He turned around in the door and says, 'Don't let that waiter take away my coffee!' Then he went out on the sidewalk, and they shot him three times in his full belly and drove away."

"Four of them were electrocuted," I said, remembering.

"Five, with Becker." His nostrils turned to me in an interested way. "I understand you're looking for a business gonnegtion."

The juxtaposition of these two remarks was startling. Gatsby answered for me:

"Oh, no," he exclaimed, "this isn't the man!"

"No?" Mr. Wolfshiem seemed disappointed.

"This is just a friend. I told you we'd talk about that some other time."

"I beg your pardon," said Mr. Wolfshiem, "I had a wrong man."

A succulent hash arrived, and Mr. Wolfshiem, forgetting the more sentimental atmosphere of the old Metropole, began to eat with ferocious delicacy. His eyes, meanwhile, roved very slowly all around the room—he completed the arc by turning to inspect the people directly behind. I think that, except for my presence, he would have taken one short glance beneath our own table.

"Look here, old sport," said Gatsby, leaning toward me, "I'm afraid I made you a little angry this morning in the car."

There was the smile again, but this time I held out against it.

"I don't like mysteries," I answered. "And I don't understand why you won't come out frankly and tell me what you want. Why has it all got to come through Miss Baker?"

"Oh, it's nothing underhand," he assured me. "Miss Baker's a great sportswoman, you know, and she'd never do anything that wasn't all right."

Suddenly he looked at his watch, jumped up, and hurried from the room, leaving me with Mr. Wolfshiem at the table.

"He has to telephone," said Mr. Wolfshiem, following him with his eyes. "Fine fellow, isn't he? Handsome to look at and a perfect gentleman."

"Yes."

"He's an Oggsford man."

"Oh!"

"He went to Oggsford College in England. You know Oggsford College?"

"I've heard of it."

"It's one of the most famous colleges in the world."

"Have you known Gatsby for a long time?" I inquired.

"Several years," he answered in a gratified way. "I made the pleasure of his acquaintance just after the war. But I knew I had discovered a man of fine breeding after I talked with him an hour. I said to myself: 'There's the kind of man you'd like to take home and introduce to your mother and sister.'" He paused. "I see you're looking at my cuff buttons."

I hadn't been looking at them, but I did now. They were composed of oddly familiar pieces of ivory.

"Finest specimens of human molars," he informed me.

"Well!" I inspected them. "That's a very interesting idea."

"Yeah." He flipped his sleeves up under his coat. "Yeah, Gatsby's very careful about women. He would never so much as look at a friend's wife."

When the subject of this instinctive trust returned to the table and sat down Mr. Wolfshiem drank his coffee with a jerk and got to his feet.

"I have enjoyed my lunch," he said, "and I'm going to run off from you two young men before I outstay my welcome."

"Don't hurry, Meyer," said Gatsby, without enthusiasm. Mr. Wolfshiem raised his hand in a sort of benediction.

"You're very polite, but I belong to another generation," he announced solemnly. "You sit here and discuss your sports and your young ladies and your—" He supplied an imaginary noun with another wave of his hand—"As for me, I am fifty years old, and I won't impose myself on you any longer."

As he shook hands and turned away his tragic nose was trembling. I wondered if I had said anything to offend him.

"He becomes very sentimental sometimes," explained Gatsby. "This is one of his sentimental days. He's quite a character around New York—a denizen of Broadway."

"Who is he, anyhow—an actor?"

"No."

"A dentist?"

"Meyer Wolfshiem? No, he's a gambler." Gatsby hesitated, then added coolly: "He's the man who fixed the World's Series back in 1919."

"Fixed the World's Series?" I repeated.

The idea staggered me. I remembered, of course, that the World's Series had been fixed in 1919, but if I had thought of it at all I would have thought of it as a thing that merely happened, the end of some inevitable chain. It never occurred to me that one man could start to play with the faith of fifty million people—with the single-mindedness of a burglar blowing a safe.

"How did he happen to do that?" I asked after a minute.

"He just saw the opportunity."

"Why isn't he in jail?"

"They can't get him, old sport. He's a smart man."

I insisted on paying the check. As the waiter brought my change I caught sight of Tom Buchanan across the crowded room.

"Come along with me for a minute," I said. "I've got to say hello to someone."

When he saw us Tom jumped up and took half a dozen steps in our direction.

"Where've you been?" he demanded eagerly. "Daisy's furious because you haven't called up."

"This is Mr. Gatsby, Mr. Buchanan."

They shook hands briefly, and a strained, unfamiliar look of embarrassment came over Gatsby's face.

"How've you been, anyhow?" demanded Tom of me. "How'd you happen to come up this far to eat?"

"I've been having lunch with Mr. Gatsby—"

I turned toward Mr. Gatsby, but he was no longer there.

One October day in nineteen-seventeen—

(said Jordan Baker that afternoon, sitting up very straight on a straight chair in the tea-garden at the Plaza Hotel.)

—I was walking along from one place to another, half on the sidewalks and half on the lawns. I was happier on the lawns because I had on shoes from England with rubber nobs on the soles that bit into the soft ground. I had on a new plaid skirt also that blew a little in the wind, and whenever this happened the red, white, and blue banners in front of all the houses stretched out stiff and said tut-tut-tut-tut, in a disapproving way.

The largest of the banners and the largest of the lawns belonged to Daisy Fay's house. She was just eighteen, two years older than me, and by far the most popular of all the young girls in Louisville. She dressed in white, and had a little white roadster, and all day long the telephone rang in her house and excited young officers from Camp Taylor demanded the privilege of monopolizing her that night. "Anyways, for an hour!"

When I came opposite her house that morning her white roadster was beside the curb, and she was sitting in it with a lieutenant I had never seen before. They were so engrossed in each other that she didn't see me until I was five feet away.

"Hello, Jordan," she called unexpectedly. "Please come here."

I was flattered that she wanted to speak to me, because of all the older girls I admired her most. She asked me if I was going to the

Red Cross and make bandages. I was. Well, then, would I tell them that she couldn't come that day? The officer looked at Daisy while she was speaking, in a way that every young girl wants to be looked at sometime, and because it seemed romantic to me I have remembered the incident ever since. His name was Jay Gatsby, and I didn't lay eyes on him again for over four years—even after I'd met him on Long Island I didn't realize it was the same man.

That was nineteen-seventeen. By the next year I had a few beaux myself, and I began to play in tournaments, so I didn't see Daisy very often. She went with a slightly older crowd—when she went with anyone at all. Wild rumors were circulating about her—how her mother had found her packing her bag one winter night to go to New York and say good-by to a soldier who was going overseas. She was effectually prevented, but she wasn't on speaking terms with her family for several weeks. After that she didn't play around with the soldiers any more, but only with a few flat-footed, short-sighted young men in town, who couldn't get into the army at all.

By the next autumn she was gay again, gay as ever. She had a début after the Armistice, and in February she was presumably engaged to a man from New Orleans. In June she married Tom Buchanan of Chicago, with more pomp and circumstance than Louisville ever knew before. He came down with a hundred people in four private cars, and hired a whole floor of the Seelbach Hotel, and the day before the wedding he gave her a string of pearls valued at three hundred and fifty thousand dollars.

I was a bridesmaid. I came into her room half an hour before the bridal dinner, and found her lying on her bed as lovely as the June night in her flowered dress—and as drunk as a monkey. she had a bottle of Sauterne in one hand and a letter in the other.

"'Gratulate me," she muttered. "Never had a drink before, but oh how I do enjoy it."

"What's the matter, Daisy?"

I was scared, I can tell you; I'd never seen a girl like that before.

"Here, dearis." She groped around in a waste-basket she had with her on the bed and pulled out the string of pearls. "Take 'em down-stairs and give 'em back to whoever they belong to. Tell 'em all Daisy's change' her mine. Say 'Daisy's change' her mine!'."

She began to cry—she cried and cried. I rushed out and found her mother's maid, and we locked the door and got her into a cold bath. She wouldn't let go of the letter. She took it into the tub with her and squeezed it up into a wet ball, and only let me leave it in the soap-dish when she saw that it was coming to pieces like snow.

But she didn't say another word. We gave her spirits of ammonia and put ice on her forehead and hooked her back into her dress, and half an hour later, when we walked out of the room, the pearls were around her neck and the incident was over. Next day at five o'clock she married Tom Buchanan without so much as a shiver, and started off on a three months' trip to the South Seas.

I saw them in Santa Barbara when they came back, and I thought I'd never seen a girl so mad about her husband. If he left the room for a minute she'd look around uneasily, and say: "Where's Tom gone?" and wear the most abstracted expression until she saw him coming in the door. She used to sit on the sand with his head in her lap by the hour, rubbing her fingers over his eyes and looking at him with unfathomable delight. It was touching to see them together—it made you laugh in a hushed, fascinated way. That was in August. A week after I left Santa Barbara Tom ran into a wagon on the Ventura road one night, and ripped a front wheel off his car. The girl who was with him got into the papers, too, because her arm was broken—she was one of the chambermaids in the Santa Barbara Hotel.

The next April Daisy had her little girl, and they went to France for a year. I saw them one spring in Cannes, and later in Deauville, and then they came back to Chicago to settle down. Daisy was popular in Chicago, as you know. They moved with a fast crowd, all of them young and rich and wild, but she came out with an absolutely perfect reputation. Perhaps because she doesn't drink. It's a great advantage not to drink among hard-drinking people. You can hold your tongue, and, moreover, you can time any little irregularity of your own so that everybody else is so blind that they don't see or care. Perhaps Daisy never went in for amour at all—and yet there's something in that voice of hers. . . .

Well, about six weeks ago, she heard the name Gatsby for the first time in years. It was when I asked you—do you remember?—if you knew Gatsby in West Egg. After you had gone home she came into my room and woke me up, and said: "What Gatsby?" and when I described him—I was half asleep—she said in the strangest voice that it must be the man she used to know. It wasn't until then that I connected this Gatsby with the officer in her white car.

When Jordan Baker had finished telling all this we had left the Plaza for half an hour and were driving in a victoria through Central Park. The sun had gone down behind the tall apartments of the movie stars in the West Fifties, and the clear voices of little girls, already gathered like crickets on the grass, rose through the hot twilight:

> *I'm the Sheik of Araby.*
> *Your love belongs to me.*
> *At night when you're asleep,*
> *Into your tent I'll creep—*

"It was a strange coincidence," I said.

"But it wasn't a coincidence at all."

"Why not?"

"Gatsby bought that house so that Daisy would be just across the bay."

Then it had not been merely the stars to which he had aspired on that June night. He came alive to me, delivered suddenly from the womb of his purposeless splendor.

"He wants to know—" continued Jordan, "—if you'll invite Daisy to your house some afternoon and then let him come over."

The modesty of the demand shook me. He had waited five years and bought a mansion where he dispensed starlight to casual moths—so that he could "come over" some afternoon to a stranger's garden.

"Did I have to know all this before he could ask such a little thing?"

"He's afraid, he's waited so long. He thought you might be offended. You see, he's a regular tough underneath it all."

Something worried me.

"Why didn't he ask you to arrange a meeting?"

"He wants her to see his house," she explained. "And your house is right next door."

"Oh!"

"I think he half expected her to wander into one of his parties, some night," went on Jordan, "but she never did. Then he began asking people casually if they knew her, and I was the first one he found. It was that night he sent for me at his dance, and you should have heard the elaborate way he worked up to it. Of course, I immediately suggested a luncheon in New York—and I thought he'd go mad:

"'I don't want to do anything out of the way!' he kept saying. 'I want to see her right next door.'

"When I said you were a particular friend of Tom's, he started to abandon the whole idea. He doesn't know very much about Tom, though he says he's read a Chicago paper for years just on the chance of catching a glimpse of Daisy's name."

It was dark now, and as we dipped under a little bridge I put my arm around Jordan's golden shoulder and drew her toward me and asked her to dinner. Suddenly I wasn't thinking of Daisy and Gatsby any more, but of this clean, hard, limited person, who dealt in universal scepticism, and who leaned back jauntily just within the circle of my arm. A phrase began to beat in my ears with a sort of heady excitement: "There are only the pursued, the pursuing, the busy and the tired."

"And Daisy ought to have something in her life," murmured Jordan to me.

"Does she want to see Gatsby?"

"She's not to know about it. Gatsby doesn't want her to know. You're just supposed to invite her to tea."

We passed a barrier of dark trees, and then the façade of Fifty-ninth Street, a block of delicate pale light, beamed down into the Park. Unlike Gatsby and Tom Buchanan, I had no girl whose disembodied face floated along the dark cornices and blinding signs, and so I drew up the girl beside me, tightening my arms. Her wan, scornful mouth smiled, and so I drew her up again closer, this time to my face.

Chapter V

When I came home to West Egg that night I was afraid for a moment that my house was on fire. Two o'clock and the whole corner of the peninsula was blazing with light, which fell unreal on the shrubbery and made thin elongating glints upon the roadside wires. Turning a corner, I saw that it was Gatsby's house, lit from tower to cellar.

At first I thought it was another party, a wild rout that had resolved itself into "hide-and-go-seek" or "sardines-in-the-box" with all the house thrown open to the game. But there wasn't a sound. Only wind in the trees, which blew the wires and made the lights go off and on again as if the house had winked into the darkness. As my taxi groaned away I saw Gatsby walking toward me across his lawn.

"Your place looks like the World's Fair," I said.

"Does it?" He turned his eyes toward it absently. "I have been glancing into some of the rooms. Let's go to Coney Island, old sport. In my car."

"It's too late."

"Well, suppose we take a plunge in the swimming pool? I haven't made use of it all summer."

"I've got to go to bed."

"All right."

He waited, looking at me with suppressed eagerness.

"I talked with Miss Baker," I said after a moment. "I'm going to call up Daisy tomorrow and invite her over here to tea."

"Oh, that's all right," he said carelessly. "I don't want to put you to any trouble."

"What day would suit you?"

"What day would suit you?" he corrected me quickly. "I don't want to put you to any trouble, you see."

"How about the day after tomorrow?" He considered for a moment.

Then, with reluctance:

"I want to get the grass cut," he said.

We both looked at the grass—there was a sharp line where my ragged lawn ended and the darker, well-kept expanse of his began. I suspected that he meant my grass.

"There's another little thing," he said uncertainly, and hesitated.

"Would you rather put it off for a few days?" I asked.

"Oh, it isn't about that. At least—" He fumbled with a series of beginnings. "Why, I thought—why, look here, old sport, you don't make much money, do you?"

"Not very much."

This seemed to reassure him and he continued more confidently.

"I thought you didn't, if you'll pardon my—You see, I carry on a little business on the side, a sort of a side line, you understand. And I thought that if you don't make very much—You're selling bonds, aren't you, old sport?"

"Trying to."

"Well, this would interest you. It wouldn't take up much of your time and you might pick up a nice bit of money. It happens to be a rather confidential sort of thing."

I realize now that under different circumstances that conversation might have been one of the crises of my life. But, because the offer was obviously and tactlessly for a service to be rendered, I had no choice except to cut him off there.

"I've got my hands full," I said. "I'm much obliged but I couldn't take on any more work."

"You wouldn't have to do any business with Wolfshiem." Evidently he thought that I was shying away from the "gonnegtion" mentioned at lunch, but I assured him he was wrong. He waited a moment longer, hoping I'd begin a conversation, but I was too absorbed to be responsive, so he went unwillingly home.

The evening had made me light-headed and happy; I think I walked into a deep sleep as I entered my front door. So I didn't know whether or not Gatsby went to Coney Island, or for how many hours he "glanced into rooms" while his house blazed gaudily on. I called up Daisy from the office next morning, and invited her to come to tea.

"Don't bring Tom," I warned her.

"What?"

"Don't bring Tom."

"Who is 'Tom'?" she asked innocently.

The day agreed upon was pouring rain. At eleven o'clock a man in a raincoat, dragging a lawn-mower, tapped at my front door and said that Mr. Gatsby had sent him over to cut my grass. This reminded me that I had forgotten to tell my Finn to come back, so I drove into West Egg Village to search for her among soggy, whitewashed alleys and to buy some cups and lemons and flowers.

The flowers were unnecessary, for at two o'clock a greenhouse arrived from Gatsby's, with innumerable receptacles to contain it. An hour later the front door opened nervously, and Gatsby, in a white flannel suit, silver shirt, and gold-colored tie, hurried in. He was pale, and there were dark signs of sleeplessness beneath his eyes.

"Is everything all right?" he asked immediately.

"The grass looks fine, if that's what you mean."

"What grass?" he inquired blankly. "Oh, the grass in the yard." He looked out the window at it, but, judging from his expression, I don't believe he saw a thing.

"Looks very good," he remarked vaguely. "One of the papers said they thought the rain would stop about four. I think it was 'The Journal.' Have you got everything you need in the shape of—of tea?"

I took him into the pantry, where he looked a little reproachfully at the Finn. Together we scrutinized the twelve lemon cakes from the delicatessen shop.

"Will they do?" I asked.

"Of course, of course! They're fine!" and he added hollowly, ". . .old sport."

The rain cooled about half past three to a damp mist, through which occasional thin drops swam like dew. Gatsby looked with vacant eyes through a copy of Clay's "Economics," starting at the Finnish tread that shook the kitchen floor, and peering toward the bleared windows from time to time as if a series of invisible but alarming happenings were taking place outside. Finally he got up and informed me, in an uncertain voice, that he was going home.

"Why's that?"

"Nobody's coming to tea. It's too late!" He looked at his watch as if there was some pressing demand on his time elsewhere. "I can't wait all day."

"Don't be silly; it's just two minutes to four."

He sat down miserably, as if I had pushed him, and simultaneously there was the sound of a motor turning into my lane. We both jumped up, and, a little harrowed myself, I went out into the yard.

Under the dripping bare lilac trees a large open car was coming up the drive. It stopped. Daisy's face, tipped sideways beneath a three-cornered lavender hat, looked out at me with a bright ecstatic smile.

"Is this absolutely where you live, my dearest one?"

The exhilarating ripple of her voice was a wild tonic in the rain. I had to follow the sound of it for a moment, up and down, with my ear alone, before any words came through. A damp streak of hair lay like a dash of blue paint across her cheek, and her hand was wet with glistening drops as I took it to help her from the car.

"Are you in love with me," she said low in my ear, "or why did I have to come alone?"

"That's the secret of Castle Rackrent. Tell your chauffeur to go far away and spend an hour."

"Come back in an hour, Ferdie." Then in a grave murmur: "His name is Ferdie."

"Does the gasoline affect his nose?"

"I don't think so," she said innocently. "Why?"

We went in. To my overwhelming surprise the living room was deserted.

"Well, that's funny," I exclaimed.

"What's funny?"

She turned her head as there was a light dignified knocking at the front door. I went out and opened it. Gatsby, pale as death, with his hands plunged like weights in his coat pockets, was standing in a puddle of water glaring tragically into my eyes.

With his hands still in his coat pockets he stalked by me into the hall, turned sharply as if he were on a wire, and disappeared into the living room. It wasn't a bit funny. Aware of the loud beating of my own heart I pulled the door to against the increasing rain.

For half a minute there wasn't a sound. Then from the living room I heard a sort of choking murmur and part of a laugh, followed by Daisy's voice on a clear artificial note.

"I certainly am awfully glad to see you again."

A pause; it endured horribly. I had nothing to do in the hall, so I went into the room.

Gatsby, his hands still in his pockets, was reclining against the mantelpiece in a strained counterfeit of perfect ease, even of boredom. His head leaned back so far that it rested against the face of a defunct mantelpiece clock, and from this position his distraught eyes stared down at Daisy, who was sitting, frightened but graceful, on the edge of a stiff chair.

"We've met before," muttered Gatsby. His eyes glanced momentarily at me, and his lips parted with an abortive attempt at a laugh. Luckily the clock took this moment to tilt dangerously at the pressure of his head, whereupon he turned and caught it with trembling fingers, and set it back in place. Then he sat down, rigidly, his elbow on the arm of the sofa and his chin in his hand.

"I'm sorry about the clock," he said.

My own face had now assumed a deep tropical burn. I couldn't muster up a single commonplace out of the thousand in my head.

"It's an old clock," I told them idiotically.

I think we all believed for a moment that it had smashed in pieces on the floor.

"We haven't met for many years," said Daisy, her voice as matter-of-fact as it could ever be.

"Five years next November."

The automatic quality of Gatsby's answer set us all back at least another minute. I had them both on their feet with the desperate suggestion that they help me make tea in the kitchen when the demoniac Finn brought it in on a tray.

Amid the welcome confusion of cups and cakes a certain physical decency established itself. Gatsby got himself into a shadow and, while Daisy and I talked, looked conscientiously from one to the other of us with tense, unhappy eyes. However, as calmness wasn't an end in itself, I made an excuse at the first possible moment and got to my feet.

"Where are you going?" demanded Gatsby in immediate alarm.

"I'll be back."

"I've got to speak to you about something before you go."

He followed me wildly into the kitchen, closed the door, and whispered "Oh, God!" in a miserable way.

"What's the matter?"

"This is a terrible mistake," he said, shaking his head from side to side, "a terrible, terrible mistake."

"You're just embarrassed, that's all," and luckily I added: "Daisy's embarrassed too."

"She's embarrassed?" he repeated incredulously.

"Just as much as you are."

"Don't talk so loud."

"You're acting like a little boy," I broke out impatiently. "Not only that, but you're rude. Daisy's sitting in there all alone."

He raised his hand to stop my words, looked at me with unforgettable reproach, and, opening the door cautiously, went back into the other room.

I walked out the back way—just as Gatsby had when he had made his nervous circuit of the house half an hour before—and ran for a huge black knotted tree, whose massed leaves made a fabric against the rain. Once more it was pouring, and my irregular lawn, well-shaved by Gatsby's gardener, abounded in small, muddy swamps and prehistoric marshes. There was nothing to look at from under the tree except Gatsby's enormous house, so I stared at it, like Kant at his church steeple, for half an hour. A brewer had built it early in the "period" craze, a decade before, ad there was a story that he'd agreed to pay five years' taxes on all the neighboring cottages if the owners would have their roofs thatched with straw. Perhaps their refusal took the heart out of his plan to Found a Family—he went into an immediate decline. His children sold his house with the black wreath still on the door. Americans, while occasionally willing to be serfs, have always been obstinate about being peasantry.

After half an hour, the sun shone again, and the grocer's automobile rounded Gatsby's drive with the raw material for his servants' dinner—I felt sure he wouldn't eat a spoonful. A maid began opening the upper windows of his house, appeared momentarily in each, and, leaning from a large central bay, spat meditatively into the garden. It was time I went back. While the rain continued it had seemed like the murmur of their voices, rising and swelling a little now and then with gusts of emotion. But in the new silence I felt that silence had fallen within the house too.

I went in—after making every possible noise in the kitchen, short of pushing over the stove—but I don't believe they heard a sound. They were sitting at either end of the couch, looking at each other as if some question had been asked, or was in the air, and every vestige of embarrassment was gone. Daisy's face was smeared with tears, and when I came in she jumped up and began wiping at it with her handkerchief before a mirror. But there was a change in Gatsby that was simply confounding. He literally glowed; without a word or a gesture of exultation a new well-being radiated from him and filled the little room.

"Oh, hello, old sport," he said, as if he hadn't seen me for years. I thought for a moment he was going to shake hands.

"It's stopped raining."

"Has it?" When he realized what I was talking about, that there were twinkle-bells of sunshine in the room, he smiled like a weather man, like an ecstatic patron of recurrent light, and repeated the news to Daisy. "What do you think of that? It's stopped raining."

"I'm glad, Jay." Her throat, full of aching, grieving beauty, told only of her unexpected joy.

"I want you and Daisy to come over to my house," he said, "I'd like to show her around."

"You're sure you want me to come?"

"Absolutely, old sport."

Daisy went upstairs to wash her face—too late I thought with humiliation of my towels—while Gatsby and I waited on the lawn.

"My house looks well, doesn't it?" he demanded. "See how the whole front of it catches the light."

I agreed that it was splendid.

"Yes." His eyes went over it, every arched door and square tower. "It took me just three years to earn the money that bought it."

"I thought you inherited your money."

"I did, old sport," he said automatically, "but I lost most of it in the big panic—the panic of the war."

I think he hardly knew what he was saying, for when I asked him what business he was in he answered, "That's my affair," before he realized that it wasn't the appropriate reply.

"Oh, I've been in several things," he corrected himself. "I was in the drug business and then I was in the oil business. But I'm not in either one now." He looked at me with more attention. "Do you mean you've been thinking over what I proposed the other night?"

Before I could answer, Daisy came out of the house and two rows of brass buttons on her dress gleamed in the sunlight.

"That huge place there?" she cried pointing.

"Do you like it?"

"I love it, but I don't see how you live there all alone."

"I keep it always full of interesting people, night and day. People who do interesting things. Celebrated people."

Instead of taking the short cut along the Sound we went down the road and entered by the big postern. With enchanting murmurs Daisy admired this aspect or that of the feudal silhouette against the sky, admired the gardens, the sparkling odor of jonquils and the frothy odor of hawthorn and plum blossoms and the pale gold odor of kiss-me-at-the-gate. It was strange to reach the marble steps and find no stir of bright dresses in and out the door and hear no sound but bird voices in the trees.

And inside, as we wandered through Marie Antoinette music rooms and Restoration salons, I felt that there were guests concealed behind every couch and table, under orders to be breathlessly silent until we had passed through. As Gatsby closed the door of "the Merton College Library" I could have sworn I heard the owl-eyed man break into ghostly laughter.

We went upstairs, through period bedrooms swathed in rose and lavender silk and vivid with new flowers, through dressing rooms and poolrooms, and bathrooms with sunken baths—intruding into one chamber where a dishevelled man in pajamas was doing liver exercises on the floor. It was Mr. Klipspringer, the "boarder." I had seen him wandering hungrily about the beach that morning. Finally we came to Gatsby's own apartment, a bedroom and a bath, and an Adam study, where we sat down and drank a glass of some Chartreuse he took from a cupboard in the wall.

He hadn't once ceased looking at Daisy, and I think he revalued everything in his house according to the measure of response it drew from her well-loved eyes. Sometimes, too, he stared around at his possessions in a dazed way, as though in her actual and astounding presence none of it was any longer real. Once he nearly toppled down a flight of stairs.

His bedroom was the simplest room of all—except where the dresser was garnished with a toilet set of pure dull gold. Daisy took the brush with delight, and smoothed her hair, whereupon Gatsby sat down and shaded his eyes and began to laugh.

"It's the funniest thing, old sport," he said hilariously. "I can't—When I try to—"

He had passed visibly through two states and was entering upon a third. After his embarrassment and his unreasoning joy he was consumed with wonder at her presence. He had been full of the idea so long, dreamed it right through to the end, waited with his teeth set, so to speak, at an inconceivable pitch of intensity. Now, in the reaction, he was running down like an overwound clock.

Recovering himself in a minute he opened for us two hulking patent cabinets which held his massed suits and dressing gowns and ties, and his shirts, piled like bricks in stacks a dozen high.

"I've got a man in England who buys me clothes. He sends over a selection of things at the beginning of each season, spring and fall."

He took out a pile of shirts and began throwing them, one by one, before us, shirts of sheer linen and thick silk and fine flannel, which lost their folds as they fell and covered the table in many-colored disarray. While we admired he brought more and the soft rich heap mounted higher—shirts with stripes and scrolls and plaids in coral and apple-green and lavender and faint orange, and monograms of Indian blue. Suddenly, with a strained sound, Daisy bent her head into the shirts and began to cry stormily.

"They're such beautiful shirts," she sobbed, her voice muffled in the thick folds. "It makes me sad because I've never seen such—such beautiful shirts before."

After the house, we were to see the grounds and the swimming-pool, and the hydroplane and the midsummer flowers—but outside Gatsby's window it began to rain again, so we stood in a row looking at the corrugated surface of the Sound.

"If it wasn't for the mist we could see your home across the bay," said Gatsby. "You always have a green light that burns all night at the end of your dock."

Daisy put her arm through his abruptly, but he seemed absorbed in what he had just said. Possibly it had occurred to him that the colossal significance of that light had now vanished forever. Compared to the great distance that had separated him from Daisy it had seemed very near to her, almost touching her. It had seemed as close as a star to the moon. Now it was again a green light on a dock. His count of enchanted objects had diminished by one.

I began to walk about the room, examining various indefinite objects in the half darkness. A large photograph of an elderly man in yachting costume attracted me, hung on the wall over his desk.

"Who's this?"

"That? That's Mr. Dan Cody, old sport."

The name sounded faintly familiar.

"He's dead now. He used to be my best friend years ago."

There was a small picture of Gatsby, also in yachting costume, on the bureau—Gatsby with his head thrown back defiantly—taken apparently when he was about eighteen.

"I adore it," exclaimed Daisy. "The pompadour! You never told me you had a pompadour—or a yacht."

"Look at this," said Gatsby quickly. "Here's a lot of clippings—about you."

They stood side by side examining it. I was going to ask to see the rubies when the phone rang, and Gatsby took up the receiver.

"Yes... well, I can't talk now... I can't talk now, old sport.... I said a small town... he must know what a small town is.... Well, he's no use to us if Detroit is his idea of a small town...."

He rang off.

"Come here quick!" cried Daisy at the window.

The rain was still falling, but the darkness had parted in the west, and there was a pink and golden billow of foamy clouds above the sea.

"Look at that," she whispered, and then after a moment: "I'd like to just get one of those pink clouds and put you in it and push you around."

I tried to go then, but they wouldn't hear of it; perhaps my presence made them feel more satisfactorily alone.

"I know what we'll do," said Gatsby, "we'll have Klipspringer play the piano."

He went out of the room calling "Ewing!" and returned in a few minutes accompanied by an embarrassed, slightly worn young man, with shell-rimmed glasses and scanty blond hair. He was now decently clothed in a "sport-shirt," open at the neck, sneakers, and duck trousers of a nebulous hue.

"Did we interrupt your exercises?" inquired Daisy politely.

"I was asleep," cried Mr. Klipspringer, in a spasm of embarrassment. "That is, I'd been asleep. Then I got up...."

"Klipspringer plays the piano," said Gatsby, cutting him off. "Don't you, Ewing, old sport?"

"I don't play well. I don't—I hardly play at all. I'm all out of prac—"

"We'll go downstairs," interrupted Gatsby. He flipped a switch. The grey windows disappeared as the house glowed full of light.

In the music room Gatsby turned on a solitary lamp beside the piano. He lit Daisy's cigarette from a trembling match, and sat down with her on a couch far across the room, where there was no light save what the gleaming floor bounced in from the hall.

When Klipspringer had played "The Love Nest" he turned around on the bench and searched unhappily for Gatsby in the gloom.

"I'm all out of practice, you see. I told you I couldn't play. I'm all out of prac—"

"Don't talk so much, old sport," commanded Gatsby. "Play!"

> *In the morning,*
> *In the evening,*
> *Ain't we got fun—*

Outside the wind was loud and there was a faint flow of thunder along the Sound. All the lights were going on in West Egg now; the electric trains, men-carrying, were plunging home through the rain from New York. It was the hour of a profound human change, and excitement was generating on the air.

> *One thing's sure and nothing's surer*
> *The rich get richer and the poor get—children.*
> *In the meantime,*
> *In between time—*

As I went over to say goodby I saw that the expression of bewilderment had come back into Gatsby's face, as though a faint doubt had occurred to him as to the quality of his present happiness. Almost five years! There must have been moments even that afternoon when Daisy tumbled short of his dreams—not through her own fault, but because of the colossal vitality of his illusion. It had gone beyond her, beyond everything. He had thrown himself into it with a creative passion, adding to it all the time, decking it out with every bright feather that drifted his way. No amount of fire or freshness can challenge what a man will store up in his ghostly heart.

As I watched him he adjusted himself a little, visibly. His hand took hold of hers, and as she said something low in his ear he turned toward her with a rush of emotion. I think that voice held him most, with its fluctuating, feverish warmth, because it couldn't be over-dreamed—that voice was a deathless song.

They had forgotten me, but Daisy glanced up and held out her hand; Gatsby didn't know me now at all. I looked once more at them and they looked back at me, remotely, possessed by intense life. Then I went out of the room and down the marble steps into the rain, leaving them there together.

Chapter VI

About this time an ambitious young reporter from New York arrived one morning at Gatsby's door and asked him if he had anything to say.

"Anything to say about what?" inquired Gatsby politely.

"Why—any statement to give out."

It transpired after a confused five minutes that the man had heard Gatsby's name around his office in a connection which he either wouldn't reveal or didn't fully understand. This was his day off and with laudable initiative he had hurried out "to see."

It was a random shot, and yet the reporter's instinct was right. Gatsby's notoriety, spread about by the hundreds who had accepted his hospitality and so become authorities on his past, had increased all summer until he fell just short of being news. Contemporary legends such as the "underground pipe-line to Canada" attached themselves to him, and there was one persistent story that he didn't live in a house at all, but in a boat that looked like a house and was moved secretly up and down the Long Island shore. Just why these inventions were a source of satisfaction to James Gatz of North Dakota, isn't easy to say.

James Gatz—that was really, or at least legally, his name. He had changed it at the age of seventeen and at the specific moment that witnessed the beginning of his career—when he saw Dan Cody's yacht drop anchor over the most insidious flat on Lake Superior. It was James Gatz who had been loafing along the beach that afternoon in a torn green jersey and a pair of canvas pants, but it was already Jay Gatsby who borrowed a rowboat, pulled out to the Tuolomee, and informed Cody that a wind might catch him and break him up in half an hour.

I suppose he'd had the name ready for a long time, even then. His parents were shiftless and unsuccessful farm people—his imagination had never really accepted them as his parents at all. The truth was that Jay Gatsby of West Egg, Long Island, sprang from his Platonic conception of himself. He was a son of God—a phrase which, if it means anything, means just that—and he must be about His Father's business, the service of a vast, vulgar, and meretricious beauty. So he invented just the sort of Jay Gatsby that a seventeen-year-old boy would be likely to invent, and to this conception he was faithful to the end.

For over a year he had been beating his way along the south shore of Lake Superior as a clam digger and a salmon fisher or in any other capacity that brought him food and bed. His brown, hardening body lived naturally through the half-fierce, half-lazy work of the bracing days. He knew women early, and since they spoiled him he became contemptuous of them, of young virgins because they were ignorant, of the others because they were hysterical about things which in his overwhelming self-absorbtion he took for granted.

But his heart was in a constant, turbulent riot. The most grotesque and fantastic conceits haunted him in his bed at night. A universe of ineffable gaudiness spun itself out in his brain while the clock ticked on the wash-stand and the moon soaked with wet light his tangled clothes upon the floor. Each night he added to the pattern of his fancies until drowsiness closed down upon some vivid scene with an oblivious embrace. For a while these reveries provided an outlet for his imagination; they were a satisfactory hint of the unreality of reality, a promise that the rock of the world was founded securely on a fairy's wing.

An instinct toward his future glory had led him, some months before, to the small Lutheran college of St. Olaf in southern Minnesota. He stayed there two weeks, dismayed at its ferocious indifference to the drums of his destiny, to destiny itself, and despising the janitor's work with which he was to pay his way through. Then he drifted back to Lake Superior, and he was still searching for something to do on the day that Dan Cody's yacht dropped anchor in the shallows alongshore.

Cody was fifty years old then, a product of the Nevada silver fields, of the Yukon, of every rush for metal since seventy-five. The transactions in Montana copper that made him many times a millionaire found him physically robust but on the verge of soft-mindedness, and, suspecting this, an infinite number of women tried to separate him from his money. The none too savory ramifications by which Ella Kaye, the newspaper woman, played Madame de Maintenon to his weakness and sent him to sea in a yacht, were common knowledge to the turgid sub-journalism of 1902. He had been coasting along all too hospitable shores for five years when he turned up as James Gatz's destiny at Little Girl Bay.

To the young Gatz, resting on his oars and looking up at the railed deck, the yacht represented all the beauty and glamour in the world. I suppose he smiled at Cody—he had probably discovered that people liked him when he smiled. At any rate Cody asked him a few questions (one of them elicited the brand new name) and found that he was quick and extravagantly ambitious. A few days later he took him to Duluth and bought him a blue coat, six pair of white duck trousers, and a yachting cap. And when the Tuolomee left for the West Indies and the Barbary Coast Gatsby left too.

He was employed in a vague personal capacity—while he remained with Cody he was in turn steward, mate, skipper, secretary, and even jailor, for Dan Cody sober knew what lavish doings Dan Cody drunk might soon be about, and he provided for such contingencies by reposing more and more trust in Gatsby. The arrangement lasted five years, during which the boat went three times around the Continent. It might have lasted indefinitely except for the fact that Ella Kaye came on board one night in Boston and a week later Dan Cody inhospitably died.

I remember the portrait of him up in Gatsby's bedroom, a gray, florid man with a hard, empty face—the pioneer debauchee, who during one phase of American life brought back to the Eastern seaboard the savage violence of the frontier brothel and saloon. It was indirectly due to Cody that Gatsby drank so little. Sometimes in the course of gay parties women used to rub champagne into his hair; for himself he formed the habit of letting liquor alone.

And it was from Cody that he inherited money—a legacy of twenty-five thousand dollars. He didn't get it. He never understood the legal device that was used against him, but what remained of the millions went intact to Ella Kaye. He was left with his singularly appropriate education; the vague contour of Jay Gatsby had filled out to the substantiality of a man.

He told me all this very much later, but I've put it down here with the idea of exploding those first wild rumors about his antecedents, which weren't even faintly true. Moreover he told it to me at a time of confusion, when I had reached the point of believing everything and nothing about him. So I take advantage of this short halt, while Gatsby, so to speak, caught his breath, to clear this set of misconceptions away.

It was a halt, too, in my association with his affairs. For several weeks I didn't see him or hear his voice on the phone—mostly I was in

New York, trotting around with Jordan and trying to ingratiate myself with her senile aunt—but finally I went over to his house one Sunday afternoon. I hadn't been there two minutes when somebody brought Tom Buchanan in for a drink. I was startled, naturally, but the really surprising thing was that it hadn't happened before.

They were a party of three on horseback—Tom and a man named Sloane and a pretty woman in a brown riding-habit, who had been there previously.

"I'm delighted to see you," said Gatsby, standing on his porch. "I'm delighted that you dropped in."

As though they cared!

"Sit right down. Have a cigarette or a cigar." He walked around the room quickly, ringing bells. "I'll have something to drink for you in just a minute."

He was profoundly affected by the fact that Tom was there. But he would be uneasy anyhow until he had given them something, realizing in a vague way that that was all they came for. Mr. Sloane wanted nothing. A lemonade? No, thanks. A little champagne? Nothing at all, thanks. . . . I'm sorry—

"Did you have a nice ride?"

"Very good roads around here."

"I suppose the automobiles—"

"Yeah."

Moved by an irresistible impulse, Gatsby turned to Tom, who had accepted the introduction as a stranger.

"I believe we've met somewhere before, Mr. Buchanan."

"Oh, yes," said Tom, gruffly polite, but obviously not remembering. "So we did. I remember very well."

"About two weeks ago."

"That's right. You were with Nick here."

"I know your wife," continued Gatsby, almost aggressively.

"That so?"

Tom turned to me.

"You live near here, Nick?"

"Next door."

"That so?"

Mr. Sloane didn't enter into the conversation, but lounged back haughtily in his chair; the woman said nothing either—until unexpectedly, after two highballs, she became cordial.

"We'll all come over to your next party, Mr. Gatsby," she suggested. "What do you say?"

"Certainly. I'd be delighted to have you."

"Be ver' nice," said Mr. Sloane, without gratitude. "Well—think ought to be starting home."

"Please don't hurry," Gatsby urged them. He had control of himself now, and he wanted to see more of Tom. "Why don't you—why don't you stay for supper? I wouldn't be surprised if some other people dropped in from New York."

"You come to supper with me," said the lady enthusiastically. "Both of you."

This included me. Mr. Sloane got to his feet.

"Come along," he said—but to her only.

"I mean it," she insisted. "I'd love to have you. Lots of room."

Gatsby looked at me questioningly. He wanted to go, and he didn't see that Mr. Sloane had determined he shouldn't.

"I'm afraid I won't be able to," I said.

"Well, you come," she urged, concentrating on Gatsby.

Mr. Sloane murmured something close to her ear.

"We won't be late if we start now," she insisted aloud.

"I haven't got a horse," said Gatsby. "I used to ride in the army, but I've never bought a horse. I'll have to follow you in my car. Excuse me for just a minute."

The rest of us walked out on the porch, where Sloane and the lady began an impassioned conversation aside.

"My God, I believe the man's coming," said Tom. "Doesn't he know she doesn't want him?"

"She says she does want him."

"She has a big dinner party and he won't know a soul there." He frowned. "I wonder where in the devil he met Daisy. By God, I may be old-fashioned in my ideas, but women run around too much these days to suit me. They meet all kinds of crazy fish."

Suddenly Mr. Sloane and the lady walked down the steps and mounted their horses.

"Come on," said Mr. Sloane to Tom, "we're late. We've got to go." And then to me: "Tell him we couldn't wait, will you?"

Tom and I shook hands, the rest of us exchanged a cool nod, and they trotted quickly down the drive, disappearing under the August foliage just as Gatsby, with hat and light overcoat in hand, came out the front door.

Tom was evidently perturbed at Daisy's running around alone, for on the following Saturday night he came with her to Gatsby's party. Perhaps his presence gave the evening its peculiar quality of oppressiveness—it stands out in my memory from Gatsby's other parties that summer. There were the same people, or at least the same sort of people, the same profusion of champagne, the same many-colored, many-keyed commotion, but I felt an unpleasantness in the air, a pervading harshness that hadn't been there before. Or perhaps I had merely grown used to it, grown to accept West Egg as a world complete in itself, with its own standards and its own great figures, second to nothing because it had no consciousness of being so, and now I was looking at it again, through Daisy's eyes. It is invariably saddening to look through new eyes at things upon which you have expended your own powers of adjustment.

They arrived at twilight, and, as we strolled out among the sparkling hundreds, Daisy's voice was playing murmurous tricks in her throat.

"These things excite me so," she whispered. "If you want to kiss me any time during the evening, Nick, just let me know and I'll be glad to arrange it for you. Just mention my name. Or present a green card. I'm giving out green—"

"Look around," suggested Gatsby.

"I'm looking around. I'm having a marvelous—"

"You must see the faces of many people you've heard about."

Tom's arrogant eyes roamed the crowd.

"We don't go around very much," he said. "In fact, I was just thinking I don't know a soul here."

"Perhaps you know that lady." Gatsby indicated a gorgeous, scarcely human orchid of a woman who sat in state under a white plum tree. Tom and Daisy stared, with that peculiarly unreal feeling that accompanies the recognition of a hitherto ghostly celebrity of the movies.

"She's lovely," said Daisy.

"The man bending over her is her director."

He took them ceremoniously from group to group:

"Mrs. Buchanan. . . and Mr. Buchanan—" After an instant's hesitation he added: "the polo player."

"Oh no," objected Tom quickly, "not me."

But evidently the sound of it pleased Gatsby, for Tom remained "the polo player" for the rest of the evening.

"I've never met so many celebrities!" Daisy exclaimed. "I liked that man—what was his name?—with the sort of blue nose."

Gatsby identified him, adding that he was a small producer.

"Well, I like him anyhow."

"I'd a little rather not be the polo player," said Tom pleasantly, "I'd rather look at all these famous people in—in oblivion."

Daisy and Gatsby danced. I remember being surprised by his graceful, conservative fox-trot—I had never seen him dance before. Then they sauntered over to my house and sat on the steps for half an hour, while at her request I remained watchfully in the garden. "In case there's a fire or a flood," she explained, "or any act of God."

Tom appeared from his oblivion as we were sitting down to supper together. "Do you mind if I eat with some people over here?" he said. "A fellow's getting off some funny stuff."

"Go ahead," answered Daisy genially, "and if you want to take down any addresses here's my little gold pencil." . . . she looked around after a moment and told me the girl was "common but pretty," and I knew that except for the half hour she'd been alone with Gatsby she wasn't having a good time.

We were at a particularly tipsy table. That was my fault—Gatsby had been called to the phone, and I'd enjoyed these same people only two weeks before. But what had amused me then turned septic on the air now.

"How do you feel, Miss Baedeker?"

The girl addressed was trying, unsuccessfully, to slump against my shoulder. At this inquiry she sat up and opened her eyes.

"Wha?"

A massive and lethargic woman, who had been urging Daisy to play golf with her at the local club tomorrow, spoke up in Miss Baedeker's defence:

"Oh, she's all right now. When she's had five or six cocktails she always starts screaming like that. I tell her she ought to leave it alone."

"I do leave it alone," affirmed the accused hollowly.

"We heard you yelling, so I said to Doc Civet here: 'There's somebody that needs your help, Doc.'"

"She's much obliged, I'm sure," said another friend, without gratitude. "But you got her dress all wet when you stuck her head in the pool."

"Anything I hate is to get my head stuck in a pool," mumbled Miss Baedeker. "They almost drowned me once over in New Jersey."

"Then you ought to leave it alone," countered Doctor Civet.

"Speak for yourself!" cried Miss Baedeker violently. "Your hand shakes. I wouldn't let you operate on me!"

It was like that. Almost the last thing I remember was standing with Daisy and watching the moving picture director and his Star. They were still under the white plum tree and their faces were touching except for a pale, thin ray of moonlight between. It occurred to me that he had been very slowly bending toward her all evening to attain this proximity, and even while I watched I saw him stoop one ultimate degree and kiss at her cheek.

"I like her," said Daisy, "I think she's lovely."

But the rest offended her—and inarguably, because it wasn't a gesture but an emotion. She was appalled by West Egg, this unprecedented "place" that Broadway had begotten upon a Long Island fishing village—appalled by its raw vigor that chafed under the old euphemisms and by the too obtrusive fate that herded its inhabitants along a short cut from nothing to nothing. She saw something awful in the very simplicity she failed to understand.

I sat on the front steps with them while they waited for their car. It was dark here in front; only the bright door sent ten square feet of light volleying out into the soft black morning. Sometimes a shadow moved against a dressing-room blind above, gave way to another shadow, an indefinite procession of shadows, who rouged and powdered in an invisible glass.

"Who is this Gatsby anyhow?" demanded Tom suddenly. "Some big bootlegger?"

"Where'd you hear that?" I inquired.

"I didn't hear it. I imagined it. A lot of these newly rich people are just big bootleggers, you know."

"Not Gatsby," I said shortly.

He was silent for a moment. The pebbles of the drive crunched under his feet.

"Well, he certainly must have strained himself to get this menagerie together."

A breeze stirred the gray haze of Daisy's fur collar.

"At least they're more interesting than the people we know," she said with an effort.

"You didn't look so interested."

"Well, I was."

Tom laughed and turned to me.

"Did you notice Daisy's face when that girl asked her to put her under a cold shower?"

Daisy began to sing with the music in a husky, rhythmic whisper, bringing out a meaning in each word that it had never had before and would never have again. When the melody rose, her voice broke up sweetly, following it, in a way contralto voices have, and each change tipped out a little of her warm human magic upon the air.

"Lots of people come who haven't been invited," she said suddenly. "That girl hadn't been invited. They simply force their way in and he's too polite to object."

"I'd like to know who he is and what he does," insisted Tom. "And I think I'll make a point of finding out."

"I can tell you right now," she answered. "He owned some drug-stores, a lot of drug stores. He built them up himself."

The dilatory limousine came rolling up the drive.

"Good night, Nick," said Daisy.

Her glance left me and sought the lighted top of the steps, where "Three o'Clock in the Morning," a neat, sad little waltz of that year, was drifting out the open door. After all, in the very casualness of Gatsby's party there were romantic possibilities totally absent from her world. What was it up there in the song that seemed to be calling her back inside? What would happen now in the dim, incalculable hours? Perhaps some unbelievable guest would arrive, a person infinitely rare and to be marvelled at, some authentically radiant young girl who with one fresh glance at Gatsby, one moment of magical encounter, would blot out those five years of unwavering devotion.

I stayed late that night, Gatsby asked me to wait until he was free, and I lingered in the garden until the inevitable swimming party had run up, chilled and exalted, from the black beach, until the lights were extinguished in the guest rooms overhead. When he came down the steps at last the tanned skin was drawn unusually tight on his face, and his eyes were bright and tired.

"She didn't like it," he said immediately.

"Of course she did."

"She didn't like it," he insisted. "She didn't have a good time."

He was silent, and I guessed at his unutterable depression.

"I feel far away from her," he said. "It's hard to make her understand."

"You mean about the dance?"

"The dance?" He dismissed all the dances he had given with a snap of his fingers. "Old sport, the dance is unimportant."

He wanted nothing less of Daisy than that she should go to Tom and say: "I never loved you." After she had obliterated three years with that sentence they could decide upon the more practical measures to be taken. One of them was that, after she was free, they were to go back to Louisville and be married from her house—just as if it were five years ago.

"And she doesn't understand," he said despairingly. "She used to be able to understand. We'd sit for hours—"

He broke off and began to walk up and down a desolate path of fruit rinds and discarded favors and crushed flowers.

"I wouldn't ask too much of her," I ventured. "You can't repeat the past."

"Can't repeat the past?" he cried incredulously. "Why of course you can!"

He looked around him wildly, as if the past were lurking here in the shadow of his house, just out of reach of his hand.

"I'm going to fix everything just the way it was before," he said, nodding determinedly. "She'll see."

He talked a lot about the past, and I gathered that he wanted to recover something, some idea of himself perhaps, that had gone into loving Daisy. His life had been confused and disordered since then, but if he could once return to a certain starting place and go over it all slowly, he could find out what that thing was. . . .

. . . One autumn night, five years before, they had been walking down the street when the leaves were falling, and they came to a place where there were no trees and the sidewalk was white with moonlight. They stopped here and turned toward each other. Now it was a cool night with that mysterious excitement in it which comes at the two changes of the year. The quiet lights in the houses were humming out into the darkness and there was a stir and bustle among the stars. Out of the corner of his eye Gatsby saw that the blocks of the sidewalk really formed a ladder and mounted to a secret place above the trees—he could climb to it, if he climbed alone, and once there he could suck on the pap of life, gulp down the incomparable milk of wonder.

His heart beat faster and faster as Daisy's white face came up to his own. He knew that when he kissed this girl, and forever wed his unutterable visions to her perishable breath, his mind would never romp again like the mind of God. So he waited, listening for a moment longer to the tuning fork that had been struck upon a star. Then he kissed her. At his lips' touch she blossomed for him like a flower and the incarnation was complete.

Through all he said, even through his appalling sentimentality, I was reminded of something—an elusive rhythm, a fragment of lost words, that I had heard somewhere a long time ago. For a moment a phrase tried to take shape in my mouth and my lips parted like a dumb man's, as though there was more struggling upon them than a wisp of startled air. But they made no sound, and what I had almost remembered was uncommunicable forever.

Chapter VII

It was when curiosity about Gatsby was at its highest that the lights in his house failed to go on one Saturday night—and, as obscurely as it had begun, his career as Trimalchio was over.

Only gradually did I become aware that the automobiles which turned expectantly into his drive stayed for just a minute and then drove sulkily away. Wondering if he were sick I went over to find out—an unfamiliar butler with a villainous face squinted at me suspiciously from the open door.

"Is Mr. Gatsby sick?"

"Nope." After a pause he added "sir" in a dilatory, grudging way.

"I hadn't seen him around, and I was rather worried. Tell him Mr. Carraway came over."

"Who?" he demanded rudely.

"Carraway."

"Carraway. All right, I'll tell him." Abruptly he slammed the door.

My Finn informed me that Gatsby had dismissed every servant in his house a week ago and replaced them with half a dozen others, who never went into West Egg Village to be bribed by the tradesmen, but ordered moderate supplies over the telephone. The grocery boy reported that the kitchen looked like a pigsty, and the general opinion in the village was that the new people weren't servants at all.

Next day Gatsby called me on the phone.

"Going away?" I inquired.

"No, old sport."

"I hear you fired all your servants."

"I wanted somebody who wouldn't gossip. Daisy comes over quite often—in the afternoons."

So the whole caravansary had fallen in like a card house at the disapproval in her eyes.

"They're some people Wolfshiem wanted to do something for. They're all brothers and sisters. They used to run a small hotel."

"I see."

He was calling up at Daisy's request—would I come to lunch at her house tomorrow? Miss Baker would be there. Half an hour later Daisy herself telephoned and seemed relieved to find that I was coming. Something was up. And yet I couldn't believe that they would choose this occasion for a scene—especially for the rather harrowing scene that Gatsby had outlined in the garden.

The next day was broiling, almost the last, certainly the warmest, of the summer. As my train emerged from the tunnel into sunlight, only the hot whistles of the National Biscuit Company broke the simmering hush at noon. The straw seats of the car hovered on the edge of combustion; the woman next to me perspired delicately for a while into her white shirtwaist, and then, as her newspaper dampened under her fingers, lapsed despairingly into deep heat with a desolate cry. Her pocket-book slapped to the floor.

"Oh, my!" she gasped.

I picked it up with a weary bend and handed it back to her, holding it at arm's length and by the extreme tip of the corners to indicate that I had no designs upon it—but every one near by, including the woman, suspected me just the same.

"Hot!" said the conductor to familiar faces. "Some weather!… Hot!… Hot!… Hot!…. Is it hot enough for you? Is it hot? Is it….?"

My commutation ticket came back to me with a dark stain from his hand. That anyone should care in this heat whose flushed lips he kissed, whose head made damp the pajama pocket over his heart!

…Through the hall of the Buchanans' house blew a faint wind, carrying the sound of the telephone bell out to Gatsby and me as we waited at the door.

"The master's body!" roared the butler into the mouthpiece. "I'm sorry, madame, but we can't furnish it—it's far too hot to touch this noon!"

What he really said was: "Yes… yes… I'll see."

He set down the receiver and came toward us, glistening slightly, to take our stiff straw hats.

"Madame expects you in the salon!" he cried, needlessly indicating the direction. In this heat every extra gesture was an affront to the common store of life.

The room, shadowed well with awnings, was dark and cool. Daisy and Jordan lay upon an enormous couch, like silver idols weighing down their own white dresses against the singing breeze of the fans.

"We can't move," they said together.

Jordan's fingers, powdered white over their tan, rested for a moment in mine.

"And Mr. Thomas Buchanan, the athlete?" I inquired.

Simultaneously I heard his voice, gruff, muffled, husky, at the hall telephone.

Gatsby stood in the centre of the crimson carpet and gazed around with fascinated eyes. Daisy watched him and laughed, her sweet, exciting laugh; a tiny gust of powder rose from her bosom into the air.

"The rumor is," whispered Jordan, "that that's Tom's girl on the telephone."

We were silent. The voice in the hall rose high with annoyance. "Very well, then, I won't sell you the car at all. . . . I'm under no obligations to you at all. . . and as for your bothering me about it at lunch time, I won't stand that at all!"

"Holding down the receiver," said Daisy cynically.

"No, he's not," I assured her. "It's a bona-fide deal. I happen to know about it."

Tom flung open the door, blocked out its space for a moment with his thick body, and hurried into the room.

"Mr. Gatsby!" He put out his broad, flat hand with well-concealed dislike. "I'm glad to see you, sir . . . Nick . . . ."

"Make us a cold drink," cried Daisy.

As he left the room again she got up and went over to Gatsby and pulled his face down, kissing him on the mouth.

"You know I love you," she murmured.

"You forget there's a lady present," said Jordan.

Daisy looked around doubtfully.

"You kiss Nick too."

"What a low, vulgar girl!"

"I don't care!" cried Daisy, and began to clog on the brick fireplace. Then she remembered the heat and sat down guiltily on the couch just as a freshly laundered nurse leading a little girl came into the room.

"Bles-sed pre-cious," she crooned, holding out her arms. "Come to your own mother that loves you."

The child, relinquished by the nurse, rushed across the room and rooted shyly into her mother's dress.

"The bles-sed pre-cious! Did mother get powder on your old yellowy hair? Stand up now, and say How-de-do."

Gatsby and I in turn leaned down and took the small, reluctant hand. Afterward he kept looking at the child with surprise. I don't think he had ever really believed in its existence before.

"I got dressed before luncheon," said the child, turning eagerly to Daisy.

"That's because your mother wanted to show you off." Her face bent into the single wrinkle of the small, white neck. "You dream, you. You absolute little dream."

"Yes," admitted the child calmly. "Aunt Jordan's got on a white dress too."

"How do you like mother's friends?" Daisy turned her around so that she faced Gatsby. "Do you think they're pretty?"

"Where's Daddy?"

"She doesn't look like her father," explained Daisy. "She looks like me. She's got my hair and shape of the face."

Daisy sat back upon the couch. The nurse took a step forward and held out her hand.

"Come, Pammy."

"Good-by, sweetheart!"

With a reluctant backward glance the well-disciplined child held to her nurse's hand and was pulled out the door, just as Tom came back, preceding four gin rickeys that clicked full of ice.

Gatsby took up his drink.

"They certainly look cool," he said, with visible tension.

We drank in long, greedy swallows.

"I read somewhere that the sun's getting hotter every year," said Tom genially. "It seems that pretty soon the earth's going to fall into the sun—or wait a minute—it's just the opposite—the sun's getting colder every year.

"Come outside," he suggested to Gatsby, "I'd like you to have a look at the place."

I went with them out to the veranda. On the green Sound, stagnant in the heat, one small sail crawled slowly toward the fresher sea. Gatsby's eyes followed it momentarily; he raised his hand and pointed across the bay.

"I'm right across from you."

"So you are."

Our eyes lifted over the rose-beds and the hot lawn and the weedy refuse of the dog-days alongshore. Slowly the white wings of the boat moved against the blue cool limit of the sky. Ahead lay the scalloped ocean and the abounding blessed isles.

"There's sport for you," said Tom, nodding. "I'd like to be out there with him for about an hour."

We had luncheon in the dining-room, darkened too against the heat, and drank down nervous gayety with the cold ale.

"What'll we do with ourselves this afternoon?" cried Daisy, "and the day after that, and the next thirty years?"

"Don't be morbid," Jordan said. "Life starts all over again when it gets crisp in the fall."

"But it's so hot," insisted Daisy, on the verge of tears, "and everything's so confused. Let's all go to town!"

Her voice struggled on through the heat, beating against it, molding its senselessness into forms.

"I've heard of making a garage out of a stable," Tom was saying to Gatsby, "but I'm the first man who ever made a stable out of a garage."

"Who wants to go to town?" demanded Daisy insistently. Gatsby's eyes floated toward her. "Ah," she cried, "you look so cool."

Their eyes met, and they stared together at each other, alone in space. With an effort she glanced down at the table.

"You always look so cool," she repeated.

She had told him that she loved him, and Tom Buchanan saw. He was astounded. His mouth opened a little, and he looked at Gatsby, and then back at Daisy as if he had just recognized her as someone he knew a long time ago.

"You resemble the advertisement of the man," she went on innocently. "You know the advertisement of the man—"

"All right," broke in Tom quickly, "I'm perfectly willing to go to town. Come on—we're all going to town."

He got up, his eyes still flashing between Gatsby and his wife. No one moved.

"Come on!" His temper cracked a little. "What's the matter, anyhow? If we're going to town, let's start."

His hand, trembling with his effort at self-control, bore to his lips the last of his glass of ale. Daisy's voice got us to our feet and out on to the blazing gravel drive.

"Are we just going to go?" she objected. "Like this? Aren't we going to let anyone smoke a cigarette first?"

"Everybody smoked all through lunch."

"Oh, let's have fun," she begged him. "It's too hot to fuss."

He didn't answer.

"Have it your own way," she said. "Come on, Jordan."

They went upstairs to get ready while we three men stood there shuffling the hot pebbles with our feet. A silver curve of the moon hovered already in the western sky. Gatsby started to speak, changed his mind, but not before Tom wheeled and faced him expectantly.

"Parden me?"

"Have you got your stables here?" asked Gatsby with an effort.

"About a quarter of a mile down the road."

"Oh."

A pause.

"I don't see the idea of going to town," broke out Tom savagely. "Women get these notions in their heads—"

"Shall we take anything to drink?" called Daisy from an upper window.

"I'll get some whiskey," answered Tom. He went inside.

Gatsby turned to me rigidly:

"I can't say anything in his house, old sport."

"She's got an indiscreet voice," I remarked. "It's full of—"

I hesitated.

"Her voice is full of money," he said suddenly.

That was it. I'd never understood before. It was full of money—that was the inexhaustible charm that rose and fell in it, the jingle of it, the cymbals' song of it. . . . High in a white palace the king's daughter, the golden girl. . . .

Tom came out of the house wrapping a quart bottle in a towel, followed by Daisy and Jordan wearing small tight hats of metallic cloth and carrying light capes over their arms.

"Shall we all go in my car?" suggested Gatsby. He felt the hot, green leather of the seat. "I ought to have left it in the shade."

"Is it standard shift?" demanded Tom.

"Yes."

"Well, you take my coupé and let me drive your car to town."

The suggestion was distasteful to Gatsby.

"I don't think there's much gas," he objected.

"Plenty of gas," said Tom boisterously. He looked at the gauge. "And if it runs out I can stop at a drug store. You can buy anything at a drug store nowadays."

A pause followed this apparently pointless remark. Daisy looked at Tom frowning, and an indefinable expression, at once definitely unfamiliar and vaguely recognizable, as if I had only heard it described in words, passed over Gatsby's face.

"Come on, Daisy," said Tom, pressing her with his hand toward Gatsby's car. "I'll take you in this circus wagon."

He opened the door, but she moved out from the circle of his arm.

"You take Nick and Jordan. We'll follow you in the coupé."

She walked close to Gatsby, touching his coat with her hand. Jordan and Tom and I got into the front seat of Gatsby's car, Tom pushed the unfamiliar gears tentatively, and we shot off into the oppressive heat, leaving them out of sight behind.

"Did you see that?" demanded Tom.

"See what?"

He looked at me keenly, realizing that Jordan and I must have known all along.

"You think I'm pretty dumb, don't you?" he suggested. "Perhaps I am, but I have a—almost a second sight, sometimes, that tells me what to do. Maybe you don't believe that, but science—"

He paused. The immediate contingency overtook him, pulled him back from the edge of the theoretical abyss.

"I've made a small investigation of this fellow," he continued. "I could have gone deeper if I'd known—"

"Do you mean you've been to a medium?" inquired Jordan humorously.

"What?" Confused, he stared at us as we laughed. "A medium?"

"About Gatsby."

"About Gatsby! No, I haven't. I said I'd been making a small investigation of his past."

"And you found he was an Oxford man," said Jordan helpfully.

"An Oxford man!" He was incredulous. "Like hell he is! He wears a pink suit."

"Nevertheless he's an Oxford man."

"Oxford, New Mexico," snorted Tom contemptuously, "or something like that."

"Listen, Tom. If you're such a snob, why did you invite him to lunch?" demanded Jordan crossly.

"Daisy invited him; she knew him before we were married—God

knows where!"

We were all irritable now with the fading ale, and aware of it we drove for a while in silence. Then as Doctor T. J. Eckleburg's faded eyes came into sight down the road, I remembered Gatsby's caution about gasoline.

"We've got enough to get us to town," said Tom.

"But there's a garage right here," objected Jordan. "I don't want to get stalled in this baking heat."

Tom threw on both brakes impatiently, and we slid to an abrupt dusty stop under Wilson's sign. After a moment the proprietor emerged from the interior of his establishment and gazed hollow-eyed at the car.

"Let's have some gas!" cried Tom roughly. "What do you think we stopped for—to admire the view?"

"I'm sick," said Wilson without moving. "I been sick all day."

"What's the matter?"

"I'm all run down."

"Well, shall I help myself?" Tom demanded. "You sounded well enough on the phone."

With an effort Wilson left the shade and support of the doorway and, breathing hard, unscrewed the cap of the tank. In the sunlight his face was green.

"I didn't mean to interrupt your lunch," he said. "But I need money pretty bad, and I was wondering what you were going to do with your old car."

"How do you like this one?" inquired Tom. "I bought it last week."

"It's a nice yellow one," said Wilson, as he strained at the handle.

"Like to buy it?"

"Big chance," Wilson smiled faintly. "No, but I could make some money on the other."

"What do you want money for, all of a sudden?"

"I've been here too long. I want to get away. My wife and I want to go West."

"Your wife does," exclaimed Tom, startled.

"She's been talking about it for ten years." He rested for a moment against the pump, shading his eyes. "And now she's going whether she wants to or not. I'm going to get her away."

The coupé flashed by us with a flurry of dust and the flash of a waving hand.

"What do I owe you?" demanded Tom harshly.

"I just got wised up to something funny the last two days," remarked Wilson. "That's why I want to get away. That's why I been bothering you about the car."

"What do I owe you?"

"Dollar twenty."

The relentless beating heat was beginning to confuse me and I had a bad moment there before I realized that so far his suspicions hadn't alighted on Tom. He had discovered that Myrtle had some sort of life apart from him in another world, and the shock had made him physically sick. I stared at him and then at Tom, who had made a parallel discovery less than an hour before—and it occurred to me that there was no difference between men, in intelligence or race, so profound as the difference between the sick and the well. Wilson was so sick that he looked guilty, unforgivably guilty—as if he had just got some poor girl with child.

"I'll let you have that car," said Tom. "I'll send it over tomorrow afternoon."

That locality was always vaguely disquieting, even in the broad glare of afternoon, and now I turned my head as though I had been warned of something behind. Over the ashheaps the giant eyes of Doctor T. J. Eckleburg kept their vigil, but I perceived, after a moment, that other eyes were regarding us with peculiar intensity from less than twenty feet away.

In one of the windows over the garage the curtains had been moved aside a little, and Myrtle Wilson was peering down at the car. So engrossed was she that she had no consciousness of being observed, and one emotion after another crept into her face like objects into a slowly developing picture. Her expression was curiously familiar—it was an expression I had often seen on women's faces, but on Myrtle Wilson's face it seemed purposeless and inexplicable until I realized that her eyes, wide with jealous terror, were fixed not on Tom, but on Jordan Baker, whom she took to be his wife.

There is no confusion like the confusion of a simple mind, and as we drove away Tom was feeling the hot whips of panic. His wife and his mistress, until an hour ago secure and inviolate, were slipping precipitately from his control. Instinct made him step on the accelerator with the double purpose of overtaking Daisy and leaving Wilson behind, and we sped along toward Long Island City at fifty miles an hour, until, among the spidery girders of the elevated, we came in sight of the easygoing blue coupê.

"Those big movies around Fiftieth Street are cool," suggested Jordan. "I love New York on summer afternoons when every one's away. There's something very sensuous about it—overripe, as if all sorts of funny fruits were going to fall into your hands."

The word "sensuous" had the effect of further disquieting Tom, but before he could invent a protest the coupé came to a stop, and Daisy signaled us to draw up alongside.

"Where are we going?" she cried.

"How about the movies?"

"It's so hot," she complained. "You go. We'll ride around and meet you after." With an effort her wit rose faintly, "We'll meet you on some corner. I'll be the man smoking two cigarettes."

"We can't argue about it here," Tom said impatiently, as a truck gave out a cursing whistle behind us. "You follow me to the south side of Central Park, in front of the Plaza."

Several times he turned his head and looked back for their car, and if the traffic delayed them he slowed up until they came into sight. I think he was afraid they would dart down a side street and out of his life forever.

But they didn't. And we all took the less explicable step of engaging the parlor of a suite in the Plaza Hotel.

The prolonged and tumultuous argument that ended by herding us into that room eludes me, though I have a sharp physical memory that, in the course of it, my underwear kept climbing like a damp snake around my legs and intermittent beads of sweat raced cool across my back. The notion originated with Daisy's suggestion that we hire five bathrooms and take cold baths, and then assumed more tangible form as "a place to have a mint julep." Each of us said over and over that it was a "crazy idea" —we all talked at once to a baffled clerk and thought, or pretended to think, that we were being very funny . . . .

The room was large and stifling, and, though it was already four o' clock, opening the windows admitted only a gust of hot shrubbery from the Park. Daisy went to the mirror and stood with her back to us, fixing her hair.

"It's a swell suite," whispered Jordan respectfully, and every one laughed.

"Open another window," commanded Daisy, without turning around.

"There aren't any more."

"Well, we'd better telephone for an axe—"

"The thing to do is to forget about the heat," said Tom impatiently. "You make it ten times worse by crabbing about it."

He unrolled the bottle of whiskey from the towel and put it on the table.

"Why not let her alone, old sport?" remarked Gatsby. "You're the one that wanted to come to town."

There was a moment of silence. The telephone book slipped from its nail and splashed to the floor, whereupon Jordan whispered, "Excuse me"—but this time no one laughed.

"I'll pick it up," I offered.

"I've got it." Gatsby examined the parted string, muttered "Hum!" in an interested way, and tossed the book on a chair.

"That's a great expression of yours, isn't it?" said Tom sharply.

"What is?"

"All this 'old sport' business. Where'd you pick that up?"

"Now see here, Tom," said Daisy, turning around from the mirror, "if you're going to make personal remarks I won't stay here a minute. Call up and order some ice for the mint julep."

As Tom took up the receiver the compressed heat exploded into sound and we were listening to the portentous chords of Mendelssohn's Wedding March from the ballroom below.

"Imagine marrying anybody in this heat!" cried Jordan dismally.

"Still—I was married in the middle of June," Daisy remembered, "Louisville in June! Somebody fainted. Who was it fainted, Tom?"

"Biloxi," he answered shortly.

"A man named Biloxi. 'Blocks' Biloxi, and he made boxes—that's a fact—and he was from Biloxi, Tennessee."

"They carried him into my house," appended Jordan, "because we lived just two doors from the church. And he stayed three weeks, until Daddy told him he had to get out. The day after he left Daddy died." After a moment she added as if she might have sounded irreverent, "There wasn't any connection."

"I used to know a Bill Biloxi from Memphis," I remarked.

"That was his cousin. I knew his whole family history before he left. He gave me an aluminum putter that I use today."

The music had died down as the ceremony began and now a long cheer floated in at the window, followed by intermittent cries of "Yea—ea—ea!" and finally by a burst of jazz as the dancing began.

"We're getting old," said Daisy. "If we were young we'd rise and dance."

"Remember Biloxi," Jordan warned her. "Where'd you know him, Tom?"

"Biloxi?" He concentrated with an effort. "I didn't know him. He was a friend of Daisy's."

"He was not," she denied. "I'd never seen him before. He came down in the private car."

"Well, he said he knew you. He said he was raised in Louisville. Asa Bird brought him around at the last minute and asked if we had room for him."

Jordan smiled.

"He was probably bumming his way home. He told me he was president of your class at Yale."

Tom and I looked at each other blankly.

"Biloxi?"

"First place, we didn't have any president—"

Gatsby's foot beat a short, restless tattoo and Tom eyed him suddenly.

"By the way, Mr. Gatsby, I understand you're an Oxford man."

"Not exactly."

"Oh, yes, I understand you went to Oxford."

"Yes—I went there."

A pause. Then Tom's voice, incredulous and insulting: "You must have gone there about the time Biloxi went to New Haven."

Another pause. A waiter knocked and came in with crushed mint and ice but, the silence was unbroken by his "Thank you" and the soft closing of the door. This tremendous detail was to be cleared up at last.

"I told you I went there," said Gatsby.

"I heard you, but I'd like to know when."

"It was in nineteen-nineteen, I only stayed five months. That's why I can't really call myself an Oxford man."

Tom glanced around to see if we mirrored his unbelief. But we were all looking at Gatsby.

"It was an opportunity they gave to some of the officers after the Armistice," he continued. "We could go to any of the universities in England or France."

I wanted to get up and slap him on the back. I had one of those renewals of complete faith in him that I'd experienced before.

Daisy rose, smiling faintly, and went to the table.

"Open the whiskey, Tom," she ordered, "and I'll make you a mint julep. Then you won't seem so stupid to yourself... Look at the mint!"

"Wait a minute," snapped Tom, "I want to ask Mr. Gatsby one more question."

"Go on," Gatsby said politely.

"What kind of a row are you trying to cause in my house anyhow?"

They were out in the open at last and Gatsby was content.

"He isn't causing a row." Daisy looked desperately from one to the other. "You're causing a row. Please have a little self-control."

"Self-control!" repeated Tom incredulously. "I suppose the latest thing is to sit back and let Mr. Nobody from Nowhere make love to your wife. Well, if that's the idea you can count me out... Nowadays people begin by sneering at family life and family institutions, and next they'll throw everything overboard and have intermarriage between black and white."

Flushed with his impassioned gibberish, he saw himself standing alone on the last barrier of civilization.

"We're all white here," murmured Jordan.

"I know I'm not very popular. I don't give big parties. I suppose you've got to make your house into a pigsty in order to have any friends—in the modern world."

Angry as I was, as we all were, I was tempted to laugh whenever he opened his mouth. The transition from libertine to prig was so complete.

"I've got something to tell you, old sport—" began Gatsby. But Daisy guessed at his intention.

"Please don't!" she interrupted helplessly. "Please let's all go home. Why don't we all go home?"

"That's a good idea." I got up. "Come on, Tom. Nobody wants a drink."

"I want to know what Mr. Gatsby has to tell me."

"Your wife doesn't love you," said Gatsby quietly. "She's never loved you. She loves me."

"You must be crazy!" exclaimed Tom automatically.

Gatsby sprang to his feet, vivid with excitement.

"She never loved you, do you hear?" he cried. "She only married you because I was poor and she was tired of waiting for me. It was a terrible mistake, but in her heart she never loved anyone except me!"

At this point Jordan and I tried to go, but Tom and Gatsby insisted with competitive firmness that we remain—as though neither of them had anything to conceal and it would be a privilege to partake vicariously of their emotions.

"Sit down, Daisy," Tom's voice groped unsuccessfully for the paternal note. "What's been going on? I want to hear all about it."

"I told you what's been going on," said Gatsby. "Going on for five years—and you didn't know."

Tom turned to Daisy sharply.

"You've been seeing this fellow for five years?"

"Not seeing," said Gatsby. "No, we couldn't meet. But both of us loved each other all that time, old sport, and you didn't know. I used to laugh sometimes"—but there was no laughter in his eyes, "to think that you didn't know."

"Oh—that's all." Tom tapped his thick fingers together like a clergyman and leaned back in his chair.

"You're crazy!" he exploded. "I can't speak about what happened five years ago, because I didn't know Daisy then—and I'll be damned if I see how you got within a mile of her unless you brought the groceries to the back door. But all the rest of that's a God damned lie. Daisy loved me when she married me and she loves me now."

"No," said Gatsby, shaking his head.

"She does, though. The trouble is that sometimes she gets foolish ideas in her head and doesn't know what she's doing." He nodded sagely. "And what's more, I love Daisy too. Once in a while I go off on a spree and make a fool of myself, but I always come back, and in my heart I love her all the time."

"You're revolting," said Daisy. She turned to me, and her voice, dropping an octave lower, filled the room with thrilling scorn: "Do you know why we left Chicago? I'm surprised that they didn't treat you to the story of that little spree."

Gatsby walked over and stood beside her.

"Daisy, that's all over now," he said earnestly. "It doesn't matter any more. Just tell him the truth—that you never loved him—and it's all wiped out forever."

She looked at him blindly. "Why—how could I love him—possibly?"

"You never loved him."

She hesitated. Her eyes fell on Jordan and me with a sort of appeal, as though she realized at last what she was doing—and as though she had never, all along, intended doing anything at all. But it was done now. It was too late.

"I never loved him," she said, with perceptible reluctance.

"Not at Kapiolani?" demanded Tom suddenly.

"No."

From the ballroom beneath, muffled and suffocating chords were drifting up on hot waves of air.

"Not that day I carried you down from the Punch Bowl to keep your shoes dry?" There was a husky tenderness in his tone. . . . "Daisy?"

"Please don't." Her voice was cold, but the rancor was gone from it. She looked at Gatsby. "There, Jay," she said—but her hand as she tried to light a cigarette was trembling. Suddenly she threw the cigarette and the burning match on the carpet.

"Oh, you want too much!" she cried to Gatsby. "I love you now—isn't that enough? I can't help what's past." She began to sob helplessly. "I did love him once—but I loved you too."

Gatsby's eyes opened and closed.

"You loved me too?" he repeated.

"Even that's a lie," said Tom savagely. "She didn't know you were alive. Why—there're things between Daisy and me that you'll never know, things that neither of us can ever forget."

The words seemed to bite physically into Gatsby.

"I want to speak to Daisy alone," he insisted. "She's all excited now—"

"Even alone I can't say I never loved Tom," she admitted in a pitiful voice. "It wouldn't be true."

"Of course it wouldn't," agreed Tom.

She turned to her husband.

"As if it mattered to you," she said.

"Of course it matters. I'm going to take better care of you from now on."

"You don't understand," said Gatsby, with a touch of panic. "You're not going to take care of her any more."

"I'm not?" Tom opened his eyes wide and laughed. He could afford to control himself now. "Why's that?"

"Daisy's leaving you."

"Nonsense."

"I am, though," she said with a visible effort.

"She's not leaving me!" Tom's words suddenly leaned down over Gatsby. "Certainly not for a common swindler who'd have to steal the ring he put on her finger."

"I won't stand this!" cried Daisy. "Oh, please let's get out."

"Who are you, anyhow?" broke out Tom. "You're one of that bunch that hangs around with Meyer Wolfshiem—that much I happen to know. I've made a little investigation into your affairs—and I'll carry it further tomorrow."

"You can suit yourself about that, old sport." said Gatsby steadily.

"I found out what your 'drug stores' were." He turned to us and spoke rapidly. "He and this Wolfshiem bought up a lot of side-street drug stores here and in Chicago and sold grain alcohol over the counter. That's one of his little stunts. I picked him for a bootlegger the first time I saw him, and I wasn't far wrong."

"What about it?" said Gatsby politely. "I guess your friend Walter Chase wasn't too proud to come in on it."

"And you left him in the lurch, didn't you? You let him go to jail for a month over in New Jersey. God! You ought to hear Walter on the subject of you."

"He came to us dead broke. He was very glad to pick up some money, old sport."

"Don't you call me 'old sport'!" cried Tom. Gatsby said nothing. "Walter could have you up on the betting laws too, but Wolfshiem scared him into shutting his mouth."

That unfamiliar yet recognizable look was back again in Gatsby's face.

"That drug store business was just small change," continued Tom slowly, "but you've got something on now that Walter's afraid to tell me about."

I glanced at Daisy, who was staring terrified between Gatsby and her husband, and at Jordan, who had begun to balance an invisible but absorbing object on the tip of her chin. Then I turned back to Gatsby—and was startled at his expression. He looked—and this is said in all contempt for the babbled slander of his garden—as if he had "killed a man." For a moment the set of his face could be described in just that fantastic way.

It passed, and he began to talk excitedly to Daisy, denying everything, defending his name against accusations that had not been made. But with every word she was drawing further and further into herself, so he gave that up, and only the dead dream fought on as the afternoon slipped away, trying to touch what was no longer tangible, struggling unhappily, undespairingly, toward that lost voice across the room.

The voice begged again to go.

"*Please*, Tom! I can't stand this any more."

Her frightened eyes told that whatever intentions, whatever courage, she had had, were definitely gone.

"You two start on home, Daisy," said Tom. "In Mr. Gatsby's car."

She looked at Tom, alarmed now, but he insisted with magnanimous scorn.

"Go on. He won't annoy you. I think he realizes that his presumptuous little flirtation is over."

They were gone, without a word, snapped out, made accidental, isolated, like ghosts, even from our pity.

After a moment Tom got up and began wrapping the unopened bottle of whiskey in the towel.

"Want any of this stuff? Jordan?.... Nick?"

I didn't answer.

"Nick?" He asked again.

"What?"

"Want any?"

"No.... I just remembered that today's my birthday."

I was thirty. Before me stretched the portentous, menacing road of a new decade.

It was seven o'clock when we got into the coupé with him and started for Long Island. Tom talked incessantly, exulting and laughing, but his voice was as remote from Jordan and me as the foreign clamor on the sidewalk or the tumult of the elevated overhead. Human sympathy has its limits, and we were content to let all their tragic arguments fade with the city lights behind. Thirty—the promise of a decade of loneliness, a thinning list of single men to know, a thinning brief-case of enthusiasm, thinning hair. But there was Jordan beside me, who, unlike Daisy, was too wise ever to carry well-forgotten dreams from age to age. As we passed over the dark bridge her wan face fell lazily against my coat's shoulder and the formidable stroke of thirty died away with the reassuring pressure of her hand.

So we drove on toward death through the cooling twilight.

The young Greek, Michaelis, who ran the coffee joint beside the ashheaps was the principal witness at the inquest. He had slept through the heat until after five, when he strolled over to the garage, and found George Wilson sick in his office—really sick, pale as his own pale hair and shaking all over. Michaelis advised him to go to bed, but Wilson refused, saying that he'd miss a lot of business if he did. While his neighbor was trying to persuade him a violent racket broke out overhead.

"I've got my wife locked in up there," explained Wilson calmly. "She's going to stay there till the day after tomorrow, and then we're going to move away."

Michaelis was astonished; they had been neighbors for four years, and Wilson had never seemed faintly capable of such a statement. Generally he was one of these worn-out men: when he wasn't working, he sat on a chair in the doorway and stared at the people and the cars that passed along the road. When anyone spoke to him he invariably laughed in an agreeable, colorless way. He was his wife's man and not his own.

So naturally Michaelis tried to find out what had happened, but Wilson wouldn't say a word—instead he began to throw curious, suspicious glances at his visitor and ask him what he'd been doing at certain times on certain days. Just as the latter was getting uneasy, some workmen came past the door bound for his restaurant, and Michaelis took the opportunity to get away, intending to come back later. But he didn't. He supposed he forgot to, that's all. When he came outside again, a little after seven, he was reminded of the conversation because he heard Mrs. Wilson's voice, loud and scolding, downstairs in the garage.

"Beat me!" he heard her cry. "Throw me down and beat me, you dirty little coward!"

A moment later she rushed out into the dusk, waving her hands and shouting—before he could move from his door the business was over.

The "death car," as the newspapers called it, didn't stop; it came out of the gathering darkness, wavered tragically for a moment, and then disappeared around the next bend. Michaelis wasn't even sure of its color—he told the first policeman that it was light green. The other car, the one going toward New York, came to rest a hundred yards beyond, and its driver hurried back to where Myrtle Wilson, her life violently extinguished, knelt in the road and mingled her thick dark blood with the dust.

Michaelis and this man reached her first, but when they had torn open her shirtwaist, still damp with perspiration, they saw that her left breast was swinging loose like a flap, and there was no need to listen for the heart beneath. The mouth was wide open and ripped at the corners, as though she had choked a little in giving up the tremendous vitality she had stored so long.

We saw the three or four automobiles and the crowd when we were still some distance away.

"Wreck!" said Tom. "That's good. Wilson'll have a little business at last."

He slowed down, but still without any intention of stopping, until, as we came nearer, the hushed, intent faces of the people at the garage door made him automatically put on the brakes.

"We'll take a look," he said doubtfully, "just a look."

I became aware now of a hollow, wailing sound which issued incessantly from the garage, a sound which as we got out of the coupé and walked toward the door resolved itself into the words "Oh, my God!" uttered over and over in a gasping moan.

"There's some bad trouble here," said Tom excitedly.

He reached up on tiptoes and peered over a circle of heads into the garage, which was lit only by a yellow light in a swinging wire basket overhead. Then he made a harsh sound in his throat, and with a violent thrusting movement of his powerful arms pushed his way through.

The circle closed up again with a running murmur of expostulation; it was a minute before I could see anything at all. Then new arrivals disarranged the line, and Jordan and I were pushed suddenly inside.

Myrtle Wilson's body, wrapped in a blanket, and then in another blanket, as though she suffered from a chill in the hot night, lay on a work-table by the wall, and Tom, with his back to us, was bending over it, motionless. Next to him stood a motorcycle policeman taking down names with much sweat and correction in a little book. At first I couldn't find the source of the high, groaning words that echoed clamorously through the bare garage—then I saw Wilson standing on the raised threshold of his office, swaying back and forth and holding to the doorposts with both hands. Some man was talking to him in a low voice and attempting, from time to time, to lay a hand on his shoulder, but Wilson neither heard nor saw. His eyes would drop slowly from the swinging light to the laden table by the wall, and then jerk back to the light again, and he gave out incessantly his high, horrible call.

"O, my Ga-od! O, my Ga-od! O, Ga-od! O, my Ga-od!"

Presently Tom lifted his head with a jerk and, after staring around the garage with glazed eyes, addressed a mumbled incoherent remark to the policeman.

"M-a-v—" the policeman was saying, "—o—"

"No, —r—" corrected the man, "M-a-v-r-o—"

"Listen to me!" muttered Tom fiercely.

"r" said the policeman, "o—"

"g—"

"g—" He looked up as Tom's broad hand fell sharply on his shoulder. "What you want, fella?"

"What happened?—that's what I want to know."

"Auto hit her. Ins'antly killed."

"Instantly killed," repeated Tom, staring.

"She ran out ina road. Son-of-a-bitch didn't even stopus car."

"There was two cars," said Michaelis, "one comin', one goin', see?"

"Going where?" asked the policeman keenly.

"One goin' each way. Well, she—" His hand rose toward the blankets but stopped half way and fell to his side, "—she ran out there an' the one comin' from N'york knock right into her, goin' thirty or forty miles an hour."

"What's the name of this place here?" demanded the officer.

"Hasn't got any name."

A pale well-dressed negro stepped near.

"It was a yellow car," he said, "big yellow car. New."

"See the accident?" asked the policeman.

"No, but the car passed me down the road, going faster'n forty. Going fifty, sixty."

"Come here and let's have your name. Look out now. I want to get his name."

Some words of this conversation must have reached Wilson, swaying in the office door, for suddenly a new theme found voice among his gasping cries:

"You don't have to tell me what kind of car it was! I know what kind of car it was!"

Watching Tom, I saw the wad of muscle back of his shoulder tighten under his coat. He walked quickly over to Wilson and, standing in front of him, seized him firmly by the upper arms.

"You've got to pull yourself together," he said with soothing gruffness.

Wilson's eyes fell upon Tom; he started up on his tiptoes and then would have collapsed to his knees had not Tom held him upright.

"Listen," said Tom, shaking him a little. "I just got here a minute ago, from New York. I was bringing you that coupé we've been talking about. That yellow car I was driving this afternoon wasn't mine—do you hear? I haven't seen it all afternoon."

Only the Negro and I were near enough to hear what he said, but the policeman caught something in the tone and looked over with truculent eyes.

"What's all that?" he demanded.

"I'm a friend of his." Tom turned his head but kept his hands firm on Wilson's body. "He says he knows the car that did it… It was a yellow car."

Some dim impulse moved the policeman to look suspiciously at Tom.

"And what color's your car?"

"It's a blue car, a coupé."

"We've come straight from New York," I said.

Someone who had been driving a little behind us confirmed this, and the policeman turned away.

"Now, if you'll let me have that name again correct—"

Picking up Wilson like a doll, Tom carried him into the office, set him down in a chair, and came back.

"If somebody'll come here and sit with him!" he snapped authoritatively. He watched while the two men standing closest glanced at each other and went unwillingly into the room. Then Tom shut the door on them and came down the single step, his eyes avoiding the table. As he passed close to me he whispered, "Let's get out."

Self-consciously, with his authoritative arms breaking the way, we pushed through the still gathering crowd, passing a hurried doctor, case in hand, who had been sent for in wild hope half an hour ago.

Tom drove slowly until we were beyond the bend—then his foot came down hard, and the coupé raced along through the night. In a little while I heard a low husky sob and saw that the tears were overflowing down his face.

"The God Damn coward!" he whimpered. "He didn't even stop his car."

The Buchanans' house floated suddenly toward us through the dark rustling trees. Tom stopped beside the porch and looked up at the second floor, where two windows bloomed with light among the vines.

"Daisy's home," he said. As we got out of the car he glanced at me and frowned slightly.

"I ought to have dropped you in West Egg, Nick. There's nothing we can do tonight."

A change had come over him, and he spoke gravely, and with decision. As we walked across the moonlit gravel to the porch he disposed of the situation in a few brisk phrases.

"I'll telephone for a taxi to take you home, and while you're waiting you and Jordan better go in the kitchen and have them get you some supper—if you want any." He opened the door. "Come in."

"No, thanks. But I'd be glad if you'd order me the taxi. I'll wait outside."

Jordan put her hand on my arm.

"Won't you come in, Nick?"

"No, thanks."

I was feeling a little sick and I wanted to be alone. But Jordan lingered for a moment more.

"It's only half past nine," she said.

I'd be damned if I'd go in; I'd had enough of all of them for one day, and suddenly that included Jordan too. She must have seen something of this in my expression, for she turned abruptly away and ran up the porch steps into the house. I sat down for a few minutes with my head in my hands, until I heard the phone taken up inside and the butler's voice calling a taxi. Then I walked slowly down the drive away from the house, intending to wait by the gate.

I hadn't gone twenty yards when I heard my name and Gatsby stepped from between two bushes into the path. I must have felt pretty weird by that time, because I could think of nothing except the luminosity of his pink suit under the moon.

"What are you doing?" I inquired.

"Just standing here, old sport."

Somehow, that seemed a despicable occupation. For all I knew he was going to rob the house in a moment; I wouldn't have been surprised to see sinister faces, the faces of "Wolfshiem's people," behind him in the dark shrubbery.

"Did you see any trouble on the road?" he asked after a minute.

"Yes."

He hesitated.

"Was she killed?"

"Yes."

"I thought so; I told Daisy I thought so. It's better that the shock should all come at once. She stood it pretty well."

He spoke as if Daisy's reaction was the only thing that mattered.

"I got to West Egg by a side road," he went on, "and left the car in my garage. I don't think anybody saw us, but of course I can't be sure."

I disliked him so much by this time that I didn't find it necessary to tell him he was wrong.

"Who was the woman?" he inquired.

"Her name was Wilson. Her husband owns the garage. How the devil did it happen?"

"Well, I tried to swing the wheel—" He broke off, and suddenly I guessed at the truth.

"Was Daisy driving?"

"Yes," he said after a moment, "but of course I'll say I was. You see, when we left New York she was very nervous and she thought it would steady her to drive—and this woman rushed out at us just as we were passing a car coming the other way. It all happened in a minute, but it seemed to me that she wanted to speak to us, thought we were somebody she knew. Well, first Daisy turned away from the woman toward the other car, and then she lost her nerve and turned back. The second my hand reached the wheel I felt the shock—it must have killed her instantly."

"It ripped her open—"

"Don't tell me, old sport." He winced. "Anyhow—Daisy stepped on it. I tried to make her stop, but she couldn't, so I pulled on the emergency brake. Then she fell over into my lap and I drove on.

"She'll be all right tomorrow," he said presently. "I'm just going to wait here and see if he tries to bother her about that unpleasantness this afternoon. She's locked herself into her room, and if he tries any brutality she's going to turn the light out and on again."

"He won't touch her," I said. "He's not thinking about her."

"I don't trust him, old sport."

"How long are you going to wait?"

"All night, if necessary. Anyhow, till they all go to bed."

A new point of view occurred to me. Suppose Tom found out that Daisy had been driving. He might think he saw a connection in it—he might think anything. I looked at the house; there were two or three bright windows downstairs and the pink glow from Daisy's room on the second floor.

"You wait here," I said. "I'll see if there's any sign of a commotion."

I walked back along the border of the lawn, traversed the gravel softly, and tiptoed up the veranda steps. The drawing-room curtains were open, and I saw that the room was empty. Crossing the porch where we had dined that June night three months before, I came to a small rectangle of light which I guessed was the pantry window. The blind was drawn, but I found a rift at the sill.

Daisy and Tom were sitting opposite each other at the kitchen table, with a plate of cold fried chicken between them, and two bottles of ale. He was talking intently across the table at her, and in his earnestness his hand had fallen upon and covered her own. Once in a while she looked up at him and nodded in agreement.

They weren't happy, and neither of them had touched the chicken or the ale—and yet they weren't unhappy either. There was an unmistakable air of natural intimacy about the picture, and anybody would have said that they were conspiring together.

As I tiptoed from the porch I heard my taxi feeling its way along the dark road toward the house. Gatsby was waiting where I had left him in the drive.

"Is it all quiet up there?" he asked anxiously.

"Yes, it's all quiet." I hesitated. "You'd better come home and get some sleep."

He shook his head.

"I want to wait here till Daisy goes to bed. Good night, old sport."

He put his hands in his coat pockets and turned back eagerly to his scrutiny of the house, as though my presence marred the sacredness of the vigil. So I walked away and left him standing there in the moonlight—watching over nothing.

Chapter VIII

I couldn't sleep all night; a fog-horn was groaning incessantly on the Sound, and I tossed half-sick between grotesque reality and savage, frightening dreams. Toward dawn I heard a taxi go up Gatsby's drive, and immediately I jumped out of bed and began to dress—I felt that I had something to tell him, something to warn him about, and morning would be too late.

Crossing his lawn, I saw that his front door was still open and he was leaning against a table in the hall, heavy with dejection or sleep.

"Nothing happened," he said wanly. "I waited, and about four o'clock she came to the window and stood there for a minute and then turned out the light."

His house had never seemed so enormous to me as it did that night when we hunted through the great rooms for cigarettes. We pushed aside curtains that were like pavilions and felt over innumerable feet of dark wall for electric light switches—once I tumbled with a sort of splash upon the keys of a ghostly piano. There was an inexplicable amount of dust everywhere, and the rooms were musty, as though they hadn't been aired for many days. I found the humidor on an unfamiliar table, with two stale, dry cigarettes inside. Throwing open the French windows of the drawing room, we sat smoking out into the darkness.

"You ought to go away," I said. "It's pretty certain they'll trace your car."

"Go away now, old sport?"

"Go to Atlantic City for a week, or up to Montreal."

He wouldn't consider it. He couldn't possibly leave Daisy until he knew what she was going to do. He was clutching at some last hope and I couldn't bear to shake him free.

It was this night that he told me the strange story of his youth with Dan Cody—told it to me because "Jay Gatsby" had broken up like glass against Tom's hard malice, and the long secret extravaganza was played out. I think that he would have acknowledged anything now, without reserve, but he wanted to talk about Daisy.

She was the first "nice" girl he had ever known. In various unrevealed capacities he had come in contact with such people, but always with indiscernible barbed wire between. He found her excitingly desirable. He went to her house, at first with other officers from Camp Taylor, then alone. It amazed him—he had never been in such a beautiful house before. But what gave it an air of breathless intensity was that Daisy lived there—it was as casual a thing to her as his tent out at camp was to him. There was a ripe mystery about it, a hint of bedrooms upstairs more beautiful and cool than other bedrooms, of gay and radiant activities taking place through its corridors, and of romances that were not musty and laid away already in lavender but fresh and breathing and redolent of this year's shining motor cars and of dances whose flowers were scarcely withered. It excited him, too, that many men had already loved Daisy—it increased her value in his eyes. He felt their presence all about the house, pervading the air with the shades and echoes of still vibrant emotions.

But he knew that he was in Daisy's house by a colossal accident. However glorious might be his future as Jay Gatsby, he was at present a penniless young man without a past, and at any moment the invisible cloak of his uniform might slip from his shoulders. So he made the most of his time. He took what he could get, ravenously and unscrupulously—eventually he took Daisy one still October night, took her because he had no real right to touch her hand.

He might have despised himself, for he had certainly taken her under false pretenses. I don't mean that he had traded on his phantom millions, but he had deliberately given Daisy a sense of security; he let her believe that he was a person from much the same strata as herself—that he was fully able to take care of her. As a matter of fact, he had no such facilities—he had no comfortable family standing behind him, and he was liable at the whim of an impersonal government to be blown anywhere about the world.

But he didn't despise himself and it didn't turn out as he had imagined. He had intended, probably, to take what he could and go—but now he found that he had committed himself to the following of a grail. He knew that Daisy was extraordinary, but he didn't realize just how extraordinary a "nice" girl could be. She vanished into her rich house, into her rich, full life, leaving Gatsby—nothing. He felt married to her, that was all.

When they met again two days later, it was Gatsby who was breathless, who was, somehow, betrayed. Her porch was bright with the bought luxury of star-shine; the wicker of the settee squeaked fashionably as she turned toward him and he kissed her curious and lovely mouth. She had caught a cold, and it made her voice huskier and more charming than ever, and Gatsby was overwhelmingly aware of the youth and mystery that wealth imprisons and preserves, of the freshness of many clothes and of Daisy, gleaming like silver, safe and proud above the hot struggles of the poor.

"I can't describe to you how surprised I was to find out I loved her, old sport. I even hoped for a while that she'd throw me over, but she didn't, because she was in love with me too. She thought I knew a lot because I knew different things from her. . . . Well, there I was, way off my ambitions, getting deeper in love every minute, and all of a sudden I didn't care. What was the use of doing great things if I could have a better time telling her what I was going to do?"

On the last afternoon before he went abroad, he sat with Daisy in his arms for a long, silent time. It was a cold fall day, with fire in the room and her cheeks flushed. Now and then she moved and he changed his arm a little, and once he kissed her dark shining hair. The afternoon had made them tranquil for a while, as if to give them a deep memory for the long parting the next day promised. They had never been closer in their month of love, nor communicated more profoundly one with another, than when she brushed silent lips against his coat's shoulder or when he touched the end of her fingers, gently, as though she were asleep.

He did extraordinarily well in the war. He was a captain before he went to the front, and following the Argonne battles he got his majority and the command of the divisional machine-guns. After the Armistice he tried frantically to get home, but some complication or misunderstanding sent him to Oxford instead. He was worried now—there was a quality of nervous despair in Daisy's letters. She didn't see why he couldn't come. She was feeling the pressure of the world outside, and she wanted to see him and feel his presence beside her and be reassured that she was doing the right thing after all.

For Daisy was young and her artificial world was redolent of orchids and pleasant, cheerful snobbery and orchestras which set the rhythm of the year, summing up the sadness and suggestiveness of life in new tunes. All night the saxophones wailed the hopeless comment of the "Beale Street Blues" while a hundred pairs of golden and silver slippers shuffled the shining dust. At the grey tea hour there were always rooms that throbbed incessantly with this low, sweet fever, while fresh faces drifted here and there like rose petals blown by the sad horns around the floor.

Through this twilight universe Daisy began to move again with the season; suddenly she was again keeping half a dozen dates a day with half a dozen men, and drowsing asleep at dawn with the beads and chiffon of an evening dress tangled among dying orchids on the floor beside her bed. And all the time something within her was crying for a decision. She wanted her life shaped now, immediately—and the decision must be made by some force—of love, of money, of unquestionable practicality—that was close at hand.

That force took shape in the middle of spring with the arrival of Tom Buchanan. There was a wholesome bulkiness about his person and his position, and Daisy was flattered. Doubtless there was a certain struggle and a certain relief. The letter reached Gatsby while he was still at Oxford.

It was dawn now on Long Island and we went about opening the rest of the windows downstairs, filling the house with grey-turning, gold-turning light. The shadow of a tree fell abruptly across the dew and ghostly birds began to sing among the blue leaves. There was a slow, pleasant movement in the air, scarcely a wind, promising a cool, lovely day.

"I don't think she ever loved him." Gatsby turned around from a window and looked at me challengingly. "You must remember, old sport, she was very excited this afternoon. He told her those things in a way that frightened her—that made it look as if I was some kind of cheap sharper. And the result was she hardly knew what she was saying."

He sat down gloomily.

"Of course she might have loved him just for a minute, when they were first married—and loved me more even then, do you see?"

Suddenly he came out with a curious remark:

"In any case," he said, "it was just personal."

What could you make of that, except to suspect some intensity in his conception of the affair that couldn't be measured?

He came back from France when Tom and Daisy were still on their wedding trip, and made a miserable but irresistible journey to Louisville on the last of his army pay. He stayed there a week, walking the streets where their footsteps had clicked together through the November night and revisiting the out-of-the-way places to which they had driven in her white car. Just as Daisy's house had always seemed to him more mysterious and gay than other houses, so his idea of the city itself, even though she was gone from it, was pervaded with a melancholy beauty.

He left feeling that if he had searched harder, he might have found her—that he was leaving her behind. The day-coach—he was penniless now—was hot. He went out to the open vestibule and sat down on a folding chair, and the station slid away and the backs of unfamiliar buildings moved by. Then out into the spring fields, where a yellow trolley raced them for a minute with people in it who might once have seen the pale magic of her face along the casual street.

The track curved and now it was going away from the sun, which as it sank lower, seemed to spread itself in benediction over the vanishing city where she had drawn her breath. He stretched out his hand desperately as if to snatch only a wisp of air, to save a fragment of the spot that she had made lovely for him. But it was all going by too fast now for his blurred eyes and he knew that he had lost that part of it, the freshest and the best, forever.

It was nine o'clock when we finished breakfast and went out on the porch. The night had made a sharp difference in the weather and there was an autumn flavor in the air. The gardener, the last one of Gatsby's former servants, came to the foot of the steps.

"I'm going to drain the pool today, Mr. Gatsby. Leaves'll start falling pretty soon, and then there's always trouble with the pipes."

"Don't do it today," Gatsby answered. He turned to me apologetically. "You know, old sport, I've never used that pool all summer?"

I looked at my watch and stood up.

"Twelve minutes to my train."

I didn't want to go to the city. I wasn't worth a decent stroke of work, but it was more than that—I didn't want to leave Gatsby. I missed that train, and then another, before I could get myself away.

"I'll call you up," I said finally.

"Do, old sport."

"I'll call you about noon."

We walked slowly down the steps.

"I suppose Daisy'll call too." He looked at me anxiously, as if he hoped I'd corroborate this.

"I suppose so."

"Well—goodby."

We shook hands and I started away. Just before I reached the hedge I remembered something and turned around.

"They're a rotten crowd," I shouted, across the lawn. "You're worth the whole damn bunch put together."

I've always been glad I said that. It was the only compliment I ever gave him, because I disapproved of him from beginning to end. First he nodded politely, and then his face broke into that radiant and understanding smile, as if we'd been in ecstatic cahoots on that fact all the time. His gorgeous pink rag of a suit made a bright spot of color against the white steps, and I thought of the night when I first came to his ancestral home, three months before. The lawn and drive had been crowded with the faces of those who guessed at his corruption—and he had stood on those steps, concealing his incorruptible dream, as he waved them goodby.

I thanked him for his hospitality. We were always thanking him for that—I and the others.

"Goodby," I called. "I enjoyed breakfast, Gatsby."

Up in the city, I tried for a while to list the quotations on an interminable amount of stock, then I fell asleep in my swivel chair. Just before noon the phone woke me, and I started up with sweat breaking out on my forehead. It was Jordan Baker; she often called me up at this hour because the uncertainty of her own movements between hotels and clubs and private houses made her hard to find in any other way. Usually her voice came over the wire as something fresh and cool, as if a divot from a green golf links had come sailing in at the office window, but this morning it seemed harsh and dry.

"I've left Daisy's house," she said. "I'm at Hempstead, and I'm going down to Southampton this afternoon."

Probably it had been tactful to leave Daisy's house, but the act annoyed me, and her next remark made me rigid.

"You weren't so nice to me last night."

"How could it have mattered then?"

Silence for a moment. Then—

"However—I want to see you."

"I want to see you, too."

"Suppose I don't go to Southampton, and come into town this afternoon?"

"No—I don't think this afternoon."

"Very well."

"It's impossible this afternoon. Various—"

We talked like that for a while, and then abruptly we weren't talking any longer. I don't know which of us hung up with a sharp click, but I know I didn't care. I couldn't have talked to her across a tea-table that day if I never talked to her again in this world.

I called Gatsby's house a few minutes later, but the line was busy. I tried four times; finally an exasperated central told me the wire was being kept open for long distance from Detroit. Taking out my time-table, I drew a small circle around the three-fifty train. Then I leaned back in my chair and tried to think. It was just noon.

When I passed the ashheaps on the train that morning I had crossed deliberately to the other side of the car. I suppose there'd be a curious crowd around there all day with little boys searching for dark spots in the dust, and some garrulous man telling over and over what had happened, until it became less and less real even to him and he could tell it no longer, and Myrtle Wilson's tragic achievement was forgotten. Now I want to go back a little and tell what happened at the garage after we left there the night before.

They had difficulty in locating the sister, Catherine. She must have broken her rule against drinking that night, for when she arrived she was stupid with liquor and unable to understand that the ambulance had already gone to Flushing. When they convinced her of this, she immediately fainted as if that was the intolerable part of the affair. Someone, kind or curious, took her in his car and drove her in the wake of her sister's body.

Until long after midnight a changing crowd lapped up against the front of the garage, while George Wilson rocked himself back and forth on the couch inside. For a while the door of the office was open, and every one who came into the garage glanced irresistibly through it. Finally someone said it was a shame, and closed the door. Michaelis and several other men were with him—first, four or five men, later two or three men. Still later Michaelis had to ask the last stranger to wait there fifteen minutes longer, while he went back to his own place and made a pot of coffee. After that, he stayed there alone with Wilson until dawn.

About three o'clock the quality of Wilson's incoherent muttering changed—he grew quieter and began to talk about the yellow car. He announced that he had a way of finding out whom the yellow car belonged to, and then he blurted out that a couple of months ago his wife had come from the city with her face bruised and her nose swollen.

But when he heard himself say this, he flinched and began to cry "Oh, my God!" again in his groaning voice. Michaelis made a clumsy attempt to distract him.

"How long have you been married, George? Come on there, try and sit still a minute and answer my question. How long have you been married?"

"Twelve years."

"Ever had any children? Come on, George, sit still—I asked you a question. Did you ever have any children?"

The hard brown beetles kept thudding against the dull light, and whenever Michaelis heard a car go tearing along the road outside it sounded to him like the car that hadn't stopped a few hours before. He didn't like to go into the garage, because the work bench was stained where the body had been lying, so he moved uncomfortably around the office—he knew every object in it before morning—and from time to time sat down beside Wilson trying to keep him more quiet.

"Have you got a church you go to sometimes, George? Maybe even if you haven't been there for a long time? Maybe I could call up the church and get a priest to come over and he could talk to you, see?"

"Don't belong to any."

"You ought to have a church, George, for times like this. You must have gone to church once. Didn't you get married in a church? Listen, George, listen to me. Didn't you get married in a church?"

"That was a long time ago."

The effort of answering broke the rhythm of his rocking—for a moment he was silent. Then the same half-knowing, half-bewildered look came back into his faded eyes.

"Look in the drawer there," he said, pointing at the desk.

"Which drawer?"

"That drawer—that one."

Michaelis opened the drawer nearest his hand. There was nothing in it but a small, expensive dog-leash, made of leather and braided silver. It was apparently new.

"This?" he inquired, holding it up.

Wilson stared and nodded.

"I found it yesterday afternoon. She tried to tell me about it, but I knew it was something funny."

"You mean your wife bought it?"

"She had it wrapped in tissue paper on her bureau."

Michaelis didn't see anything odd in that, and he gave Wilson a dozen reasons why his wife might have bought the dog-leash. But conceivably Wilson had heard some of these same explanations before, from Myrtle, because he began saying "Oh, my God!" again in a whisper—his comforter left several explanations in the air.

"Then he killed her," said Wilson. His mouth dropped open suddenly.

"Who did?"

"I have a way of finding out."

"You're morbid, George," said his friend. "This has been a strain to you and you don't know what you're saying. You'd better try and sit quiet till morning."

"He murdered her."

"It was an accident, George."

Wilson shook his head. His eyes narrowed and his mouth widened slightly with the ghost of a superior "Hm!"

"I know," he said definitely. "I'm one of these trusting fellas and I don't think any harm to nobody, but when I get to know a thing I know it. It was the man in that car. She ran out to speak to him and he wouldn't stop."

Michaelis had seen this too, but it hadn't occurred to him that there was any special significance in it. He believed that Mrs. Wilson had been running away from her husband, rather than trying to stop any particular car.

"How could she of been like that?"

"She's a deep one," said Wilson, as if that answered the question. "Ah-h-h—"

He began to rock again, and Michaelis stood twisting the leash in his hand.

"Maybe you got some friend that I could telephone for, George?"

This was a forlorn hope—he was almost sure that Wilson had no friend: there was not enough of him for his wife. He was glad a little later when he noticed a change in the room, a blue quickening by the window, and realized that dawn wasn't far off. About five o'clock it was blue enough outside to snap off the light.

Wilson's glazed eyes turned out to the ashheaps, where small grey clouds took on fantastic shape and scurried here and there in the faint dawn wind.

"I spoke to her," he muttered, after a long silence. "I told her she might fool me but she couldn't fool God. I took her to the window—" With an effort he got up and walked to the rear window and leaned with his face pressed against it, "—and I said 'God knows what you've been doing, everything you've been doing. You may fool me, but you can't fool God!'"

Standing behind him, Michaelis saw with a shock that he was looking at the eyes of Doctor T. J. Eckleburg, which had just emerged, pale and enormous, from the dissolving night.

"God sees everything," repeated Wilson.

"That's an advertisement," Michaelis assured him. Something made him turn away from the window and look back into the room. But Wilson stood there a long time, his face close to the window pane, nodding into the twilight.

By six o'clock Michaelis was worn out, and grateful for the sound of a car stopping outside. It was one of the watchers of the night before who had promised to come back, so he cooked breakfast for three, which he and the other man ate together. Wilson was quieter now, and Michaelis went home to sleep; when he awoke four hours later and hurried back to the garage, Wilson was gone.

His movements—he was on foot all the time—were afterward traced to Port Roosevelt and then to Gad's Hill, where he bought a sandwich that he didn't eat, and a cup of coffee. He must have been tired and walking slowly, for he didn't reach Gad's Hill until noon. Thus far there was no difficulty in accounting for his time—there were boys who had seen a man "acting sort of crazy," and motorists at whom he stared oddly from the side of the road. Then for three hours he disappeared from view. The police, on the strength of what he said to Michaelis, that he "had a way of finding out," supposed that he spent that time going from garage to garage thereabout, inquiring for a yellow car. On the other hand, no garage man who had seen him ever came forward, and perhaps he had an easier, surer way of finding out what he wanted to know. By half past two he was in West Egg, where he asked someone the way to Gatsby's house. So by that time he knew Gatsby's name.

At two o'clock Gatsby put on his bathing-suit and left word with the butler that if anyone phoned word was to be brought to him at the pool. He stopped at the garage for a pneumatic mattress that had amused his guests during the summer, and the chauffeur helped him pump it up. Then he gave instructions that the open car wasn't to be taken out under any circumstances—and this was strange because the front right fender needed repair.

Gatsby shouldered the mattress and started for the pool. Once he stopped and shifted it a little, and the chauffeur asked him if he needed help, but he shook his head and in a moment disappeared among the yellowing trees.

No telephone message arrived, but the butler went without his sleep and waited for it until four o'clock—until long after there was any one to give it to if it came. I have an idea that Gatsby himself didn't believe it would come, and perhaps he no longer cared. If that was true he must have felt that he had lost the old warm world, paid a high price for living too long with a single dream. He must have looked up at an unfamiliar sky through frightening leaves and shivered as he found what a grotesque thing a rose is and how raw the sunlight was upon the scarcely created grass. A new world, material without being real, where poor ghosts, breathing dreams like air, drifted fortuitously about . . . like that ashen, fantastic figure gliding toward him through the amorphous trees.

The chauffeur—he was one of Wolfshiem's protégés—heard the shots—afterward he could only say that he hadn't thought anything much about them. I drove from the station directly to Gatsby's house and my rushing anxiously up the front steps was the first thing that alarmed any one. But they knew then, I firmly believe. With scarcely a word said, four of us, the chauffeur, butler, gardener and I, hurried down to the pool.

There was a faint, barely perceptible movement of the water as the fresh flow from one end urged its way toward the drain at the other. With little ripples that were hardly the shadows of waves, the laden mattress moved irregularly down the pool. A small gust of wind that scarcely corrugated the surface was enough to disturb its accidental course with its accidental burden. The touch of a cluster of leaves revolved it slowly, tracing, like the leg of compass, a thin red circle in the water.

It was after we started with Gatsby toward the house that the gardener saw Wilson's body a little way off in the grass, and the holocaust was complete.

Chapter IX

After two years I remember the rest of that day, and that night and the next day, only as an endless drill of police and photographers and newspaper men in and out of Gatsby's front door. A rope stretched across the main gate and a policeman by it kept out the curious, but little boys soon discovered that they could enter through my yard, and there were always a few of them clustered open-mouthed about the pool. Someone with a positive manner, perhaps a detective, used the expression "mad man" as he bent over Wilson's body that afternoon, and the adventitious authority of his voice set the key for the newspaper reports next morning.

Most of those reports were a nightmare—grotesque, circumstantial, eager, and untrue. When Michaelis's testimony at the inquest brought to light Wilson's suspicions of his wife I thought the whole tale would shortly be served up in racy pasquinade—but Catherine, who might have said anything, didn't say a word. She showed a surprising amount of character about it too—looked at the coroner with determined eyes under that corrected brow of hers, and swore that her sister had never seen Gatsby, that her sister was completely happy with her husband, that her sister had been into no mischief whatever. She convinced herself of it, and cried into her handkerchief, as if the very suggestion was more than she could endure. So Wilson was reduced to a man "deranged by grief" in order that the case might remain in its simplest form. And it rested there.

But all this part of it seemed remote and unessential. I found myself on Gatsby's side, and alone. From the moment I telephoned news of the catastrophe to West Egg village, every surmise about him, and every practical question, was referred to me. At first I was surprised and confused; then, as he lay in his house and didn't move or breathe or speak, hour upon hour, it grew upon me that I was responsible, because no one else was interested—interested, I mean, with that intense personal interest to which everyone has some vague right at the end.

I called up Daisy half an hour after we found him, called her instinctively and without hesitation. But she and Tom had gone away early that afternoon, and taken baggage with them.

"Left no address?"

"No."

"Say when they'd be back?"

"No."

"Any idea where they are? How I could reach them?"

"I don't know. Can't say."

I wanted to get somebody for him. I wanted to go into the room where he lay and reassure him: "I'll get somebody for you, Gatsby. Don't worry. Just trust me and I'll get somebody for you—"

Meyer Wolfshiem's name wasn't in the phone book. The butler gave me his office address on Broadway, and I called Information, but by the time I had the number it was long after five, and no one answered the phone.

"Will you ring again?"

"I've rung them three times."

"It's very important."

"Sorry. I'm afraid no one's there."

I went back to the drawing room and thought for an instant that they were chance visitors, all these official people who suddenly filled it. But as they drew back the sheet and looked at Gatsby with unmoved eyes, his protest continued in my brain.

"Look here, old sport, you've got to get somebody for me. You've got to try hard. I can't go through this alone."

Someone started to ask me questions, but I broke away and going upstairs looked hastily through the unlocked parts of his desk—he'd never told me definitely that his parents were dead. But there was nothing—only the picture of Dan Cody, a token of forgotten violence, staring down from the wall.

Next morning I sent the butler to New York with a letter to Wolfshiem, which asked for information and urged him to come out on the next train. That request seemed superfluous when I wrote it. I was sure he'd start when he saw the newspapers, just as I was sure there'd be a wire from Daisy before noon—but neither a wire nor Mr. Wolfshiem arrived; no one arrived, except more police and photographers and newspaper men. When the butler brought back Wolfshiem's answer I began to have a feeling of defiance, of scornful solidarity between Gatsby and me against them all.

Yours Truly
MEYER WOLFSHIEM

and then hasty addenda beneath:

Let me know about the funeral etc do not know his family at all.

When the phone rang that afternoon and Long Distance said Chicago was calling I thought this would be Daisy at last. But the connection came through as a man's voice, very thin and far away.

"This is Slagle speaking...."

"Yes?" The name was unfamiliar.

"Hell of a note, isn't it? Get my wire?"

"There haven't been any wires."

"Young Parke's in trouble," he said rapidly. "They picked him up when he handed the bonds over the counter. They got a circular from New York giving 'em the numbers just five minutes before. What d'you know about that, hey? You never can tell in these hick towns—"

"Hello!" I interrupted breathlessly. "Look here—this isn't Mr. Gatsby. Mr. Gatsby's dead."

There was a long silence on the other end of the wire, followed by an exclamation... then a quick squawk as the connection was broken.

I think it was on the third day that a telegram signed Henry C. Gatz arrived from a town in Minnesota. It said only that the sender was leaving immediately and to postpone the funeral until he came.

It was Gatsby's father, a solemn old man, very helpless and dismayed, bundled up in a long cheap ulster against the warm September day. His eyes leaked continuously with excitement, and when I took the bag and umbrella from his hands he began to pull so incessantly at his sparse gray beard that I had difficulty in getting off his coat. He was on the point of collapse, so I took him into the music room and made him sit down while I sent for something to eat. But he wouldn't eat, and the glass of milk spilled from his trembling hand.

"I saw it in the Chicago newspaper," he said. "It was all in the Chicago newspaper. I started right away."

"I didn't know how to reach you." His eyes, seeing nothing, moved ceaselessly about the room.

"It was a mad man," he said. "He must have been mad."

"Wouldn't you like some coffee?" I urged him.

"I don't want anything. I'm all right now, Mr.—"

"Carraway."

"Well, I'm all right now. Where have they got Jimmy?"

I took him into the drawing room, where his son lay, and left him there. Some little boys had come up on the steps and were looking into the hall; when I told them who had arrived, they went reluctantly away.

After a little while Mr. Gatz opened the door and came out, his mouth ajar, his face flushed slightly, his eyes leaking isolated and unpunctual tears. He had reached an age where death no longer has the quality of ghastly surprise, and when he looked around him now for the first time and saw the height and splendor of the hall and the great rooms opening out from it into other rooms, his grief began to be mixed with an awed pride. I helped him to a bedroom upstairs; while he took off his coat and vest I told him that all arrangements had been deferred until he came.

"I didn't know what you'd want, Mr. Gatsby—"

"Gatz is my name."

"—Mr. Gatz. I thought you might want to take the body West."

He shook his head.

"Jimmy always liked it better down East. He rose up to his position in the East. Were you a friend of my boy's, Mr.—?"

"We were close friends."

"He had a big future before him, you know. He was only a young man, but he had a lot of brain power here."

He touched his head impressively, and I nodded.

"If he'd of lived, he'd of been a great man. A man like James J. Hill. He'd of helped build up the country."

"That's true," I said, uncomfortably.

He fumbled at the embroidered coverlet, trying to take it from the bed, and lay down stiffly—was instantly asleep.

That night an obviously frightened person called up and demanded to know who I was before he would give his name.

"This is Mr. Carraway," I said.

"Oh—" He sounded relieved. "This is Klipspringer."

I was relieved too, for that seemed to promise another friend at Gatsby's grave. I didn't want it to be in the papers and draw a sightseeing crowd, so I'd been calling up a few people myself. They were hard to find.

"The funeral's tomorrow," I said. "Three o'clock, here at the house. I wish you'd tell anybody who'd be interested."

"Oh, I will," he broke out hastily. "Of course I'm not likely to see anybody, but if I do."

His tone made me suspicious.

"Of course you'll be there yourself."

"Well, I'll certainly try. What I called up about is—"

"Wait a minute," I interrupted. "How about saying you'll come?"

"Well, the fact is—the truth of the matter is that I'm staying with some people up here in Greenwich, and they rather expect me to be with them tomorrow. In fact, there's a sort of picnic or something. Of course I'll do my very best to get away."

I ejaculated an unrestrained "Huh!" and he must have heard me, for he went on nervously:

"What I called up about was a pair of shoes I left there. I wonder if it'd be too much trouble to have the butler send them on. You see, they're tennis shoes, and I'm sort of helpless without them. My address is care of B. F.—"

I didn't hear the rest of the name, because I hung up the receiver.

After that I felt a certain shame for Gatsby—one gentleman to whom I telephoned implied that he had got what he deserved. However, that was my fault, for he was one of those who used to sneer most bitterly at Gatsby on the courage of Gatsby's liquor, and I should have known better than to call him.

The morning of the funeral I went up to New York to see Meyer Wolfshiem; I couldn't seem to reach him any other way. The door that I pushed open, on the advice of an elevator boy, was marked "The Swastika Holding Company," and at first there didn't seem to be any one inside. But when I'd shouted "Hello" several times in vain, an argument broke out behind a partition, and presently a lovely Jewess appeared at an interior door and scrutinized me with black hostile eyes.

"Nobody's in," she said. "Mr. Wolfshiem's gone to Chicago."

The first part of this was obviously untrue, for someone had begun to whistle "The Rosary," tunelessly, inside.

"Please say that Mr. Carraway wants to see him."

"I can't get him back from Chicago, can I?"

At this moment a voice, unmistakably Wolfshiem's, called "Stella!" from the other side of the door.

"Leave your name on the desk," she said quickly. "I'll give it to him when he gets back."

"But I know he's there."

She took a step toward me and began to slide her hands indignantly up and down her hips.

"You young men think you can force your way in here any time," she scolded. "We're getting sickantired of it. When I say he's in Chicago, he's in Chicago."

I mentioned Gatsby.

"Oh—h!" She looked at me over again. "Will you just—what was your name?"

She vanished. In a moment Meyer Wolfshiem stood solemnly in the doorway, holding out both hands. He drew me into his office, remarking in a reverent voice that it was a sad time for all of us, and offered me a cigar.

"My memory goes back to when I first met him," he said. "A young major just out of the army and covered over with medals he got in the war. He was so hard up he had to keep on wearing his uniform because he couldn't buy some regular clothes. First time I saw him was when he come into Winebrenner's poolroom at Forty-third Street and asked for a job. He hadn't eat anything for a couple of days. 'Come on have some lunch with me,' I sid. He ate more than four dollars' worth of food in half an hour."

"Did you start him in business?" I inquired.

"Start him! I made him."

"Oh."

"I raised him up out of nothing, right out of the gutter. I saw right away he was a fine-appearing, gentlemanly young man, and when he told me he was an Oggsford I knew I could use him good. I got him to join up in the American Legion and he used to stand high there. Right off he did some work for a client of mine up to Albany. We were so thick like that in everything—" He held up two bulbous fingers "—always together."

I wondered if this partnership had included the World's Series transaction in 1919.

"Now he's dead," I said after a moment. "You were his closest friend, so I know you'll want to come to his funeral this afternoon."

"I'd like to come."

"Well, come then."

The hair in his nostrils quivered slightly, and as he shook his head his eyes filled with tears.

"I can't do it—I can't get mixed up in it," he said.

"There's nothing to get mixed up in. It's all over now."

"When a man gets killed I never like to get mixed up in it in any way. I keep out. When I was a young man it was different—if a friend of mine died, no matter how, I stuck with them to the end. You may think that's sentimental, but I mean it—to the bitter end."

I saw that for some reason of his own he was determined not to come, so I stood up.

"Are you a college man?" he inquired suddenly.

For a moment I thought he was going to suggest a "gonnegtion," but he only nodded and shook my hand.

"Let us learn to show our friendship for a man when he is alive and not after he is dead," he suggested. "After that my own rule is to let everything alone."

When I left his office the sky had turned dark and I got back to West Egg in a drizzle. After changing my clothes I went next door and found Mr. Gatz walking up and down excitedly in the hall. His pride in his son and in his son's possessions was continually increasing and now he had something to show me.

"Jimmy sent me this picture." He took out his wallet with trembling fingers. "Look there."

It was a photograph of the house, cracked in the corners and dirty with many hands. He pointed out every detail to me eagerly. "Look there!" and then sought admiration from my eyes. He had shown it so often that I think it was more real to him now than the house itself.

"Jimmy sent it to me. I think it's a very pretty picture. It shows up well."

"Very well. Had you seen him lately?"

"He come out to see me two years ago and bought me the house I live in now. Of course we was broke up when he run off from home, but I see now there was a reason for it. He knew he had a big future in front of him. And ever since he made a success he was very generous with me."

He seemed reluctant to put away the picture, held it for another minute, lingeringly, before my eyes. Then he returned the wallet and pulled from his pocket a ragged old copy of a book called "Hopalong Cassidy."

"Look here, this is a book he had when he was a boy. It just shows you."

He opened it at the back cover and turned it around for me to see. On the last fly-leaf was printed the word SCHEDULE, and the date September 12th, 1906. And underneath:

Rise from bed	6.00	A.M.
Dumbbell exercise and wall-scaling	6.15–6.30	"
Study electricity, etc	7.15–8.15	"
Work	8.30–4.30	P.M.
Baseball and sports	4.30–5.00	"
Practice elocution, poise and how to attain it	5.00–6.00	"
Study needed inventions	7.00–9.00	"

GENERAL RESOLVES

No wasting time at Shafters or [a name, indecipherable]
No more smokeing or chewing
Bath every other day
Read one improving book or magazine per week
Save $5.00 [crossed out] $3.00 per week
Be better to parents

"I come across this book by accident," said the old man. "It just shows you, don't it?"

"It just shows you."

"Jimmy was bound to get ahead. He always had some resolves like this or something. Do you notice what he's got about improving his mind? He was always great for that. He told me I et like a hog once, and I beat him for it."

He was reluctant to close the book, reading each item aloud and then looking eagerly at me. I think he rather expected me to copy down the list for my own use.

A little before three the Lutheran minister arrived from Flushing, and I began to look involuntarily out the windows for other cars. So did Gatsby's father. And as the time passed and the servants came in and stood waiting in the hall, his eyes began to blink anxiously, and he spoke of the rain in a worried, uncertain way. The minister glanced several times at his watch, so I took him aside and asked him to wait for half an hour. But it wasn't any use. Nobody came.

About five o'clock our procession of three cars reached the cemetery and stopped in a thick drizzle beside the gate—first a motor hearse, horribly black and wet, then Mr. Gatz and the minister and I in the limousine, and a little later four or five servants and the postman from West Egg in Gatsby's station wagon, all wet to the skin. As we started through the gate into the cemetery I heard a car stop and then the sound of someone splashing after us over the soggy ground. I looked around. It was the man with owl-eyed glasses whom I had found marvelling over Gatsby's books in the library one night three months before.

I'd never seen him since then. I don't know how he knew about the funeral or even his name. The rain poured down his thick glasses, and he took them off and wiped them to see the protecting canvas unrolled from Gatsby's grave.

I tried to think about Gatsby then for a moment, but he was already too far away, and I could only remember, without resentment, that Daisy hadn't sent a message or a flower. Dimly I heard someone murmur, "Blessed are the dead that the rain falls on," and then the owl-eyed man said "Amen to that," in a brave voice.

We straggled down quickly through the rain to the cars. Owl Eyes spoke to me by the gate.

"I couldn't get to the house," he remarked.

"Neither could anybody else."

"Go on!" He started. "Why, my God! they used to go there by the hundreds." He took off his glasses and wiped them again, outside and in.

"The poor son-of-a-bitch," he said.

One of my most vivid memories is of coming back West from prep school and later from college at Christmas time. Those who went farther than Chicago would gather in the old dim Union Station at six o'clock of a December evening, with a few Chicago friends, already caught up into their own holiday gayeties, to bid them a hasty goodby. I remember the fur coats of the girls returning from Miss This or That's and the chatter of frozen breath and the hands waving overhead as we caught sight of old acquaintances, and the matchings of invitations: "Are you going to the Ordways'? the Herseys'? the Schultzes'?" and the long green tickets clasped tight in our gloved hands. And last the murky yellow cars of the Chicago, Milwaukee and St. Paul railroad looking cheerful as Christmas itself on the tracks beside the gate.

When we pulled out into the winter night and the real snow, our snow, began to stretch out beside us and twinkle against the windows, and the dim lights of small Wisconsin stations moved by, a sharp wild brace came suddenly into the air. We drew in deep breaths of it as we walked back from dinner through the cold vestibules, unutterably aware of our identity with this country for one strange hour, before we melted indistinguishably into it again.

That's my Middle West—not the wheat or the prairies or the lost Swede towns, but the thrilling returning trains of my youth, and the street lamps and sleigh bells in the frosty dark and the shadows of holly wreaths thrown by lighted windows on the snow. I am part of that, a little solemn with the feel of those long winters, a little complacent from growing up in the Carraway house in a city where dwellings are still called through decades by a family's name. I see now that this has been a story of the West, after all—Tom and Gatsby, Daisy and Jordan and I, were all Westerners, and perhaps we possessed some deficiency in common which made us subtly unadaptable to Eastern life.

Even when the East excited me most, even when I was most keenly aware of its superiority to the bored, sprawling, swollen towns beyond the Ohio, with their interminable inquisitions which spared only the children and the very old—even then it had always for me a quality of distortion. West Egg, especially, still figures in my more fantastic dreams. I see it as a night scene by El Greco: a hundred houses, at once conventional and grotesque, crouching under a sullen, overhanging sky and a lustreless moon. In the foreground four solemn men in dress suits are walking along the sidewalk with a stretcher on which lies a drunken woman in a white evening dress. Her hand, which dangles over the side, sparkles cold with jewels. Gravely the men turn in at a house—the wrong house. But no one knows the woman's name, and no one cares.

After Gatsby's death the East was haunted for me like that, distorted beyond my eyes' power of correction. So when the blue smoke of brittle leaves was in the air and the wind blew the wet laundry stiff on the line I decided to come back home.

There was one thing to be done before I left, an awkward, unpleasant thing that perhaps had better have been let alone. But I wanted to leave things in order and not just trust that obliging and indifferent sea to sweep my refuse away. I saw Jordan Baker and talked over and around what had happened to us together, and what had happened afterward to me, and she lay perfectly still, listening, in a big chair.

She was dressed to play golf, and I remember thinking she looked like a good illustration, her chin raised a little jauntily, her hair the color of an autumn leaf, her face the same brown tint as the fingerless glove on her knee. When I had finished she told me without comment that she was engaged to another man. I doubted that, though there were several she could have married at a nod of her head, but I pretended to be surprised. For just a minute I wondered if I wasn't making a mistake, then I thought it all over again quickly and got up to say goodbye.

"Nevertheless you did throw me over," said Jordan suddenly. "You threw me over on the telephone. I don't give a damn about you now, but it was a new experience for me, and I felt a little dizzy for a while."

We shook hands.

"Oh, and do you remember—" she added, "—a conversation we had once about driving a car?"

"Why—not exactly."

"You said a bad driver was only safe until she met another bad driver? Well, I met another bad driver, didn't I? I mean it was careless of me to make such a wrong guess. I thought you were rather an honest, straightforward person. I thought it was your secret pride."

"I'm thirty," I said. "I'm five years too old to lie to myself and call it honor."

She didn't answer. Angry, and half in love with her, and tremendously sorry, I turned away.

One afternoon late in October I saw Tom Buchanan. He was walking ahead of me along Fifth Avenue in his alert, aggressive way, his hands out a little from his body as if to fight off interference, his head moving sharply here and there, adapting itself to his restless eyes. Just as I slowed up to avoid overtaking him he stopped and began frowning into the windows of a jewelry store. Suddenly he saw me and walked back, holding out his hand.

"What's the matter, Nick? Do you object to shaking hands with me?"

"Yes. You know what I think of you."

"You're crazy, Nick," he said quickly. "Crazy as hell. I don't know what's the matter with you."

"Tom," I inquired, "what did you say to Wilson that afternoon?"

He stared at me without a word, and I knew I had guessed right about those missing hours. I started to turn away, but he took a step after me and grabbed my arm.

"I told him the truth," he said. "He came to the door while we were getting ready to leave, and when I sent down word that we weren't in he tried to force his way upstairs. He was crazy enough to kill me if I hadn't told him who owned the car. His hand was on a revolver in his pocket every minute he was in the house—" He broke off defiantly. "What if I did tell him? That fellow had it coming to him. He threw dust into your eyes just like he did in Daisy's, but he was a tough one. He ran over Myrtle like you'd run over a dog and never even stopped his car."

There was nothing I could say, except the one unutterable fact that it wasn't true.

"And if you think I didn't have my share of suffering—look here, when I went to give up that flat and saw that damn box of dog biscuits sitting there on the sideboard, I sat down and cried like a baby. By God it was awful—"

I couldn't forgive him or like him, but I saw that what he had done was, to him, entirely justified. It was all very careless and confused. They were careless people, Tom and Daisy—they smashed up things and creatures and then retreated back into their money or their vast carelessness, or whatever it was that kept them together, and let other people clean up the mess they had made. . . .

I shook hands with him; it seemed silly not to, for I felt suddenly as though I were talking to a child. Then he went into the jewelry store to buy a pearl necklace—or perhaps only a pair of cuff buttons—rid of my provincial squeamishness forever.

Gatsby's house was still empty when I left—the grass on his lawn had grown as long as mine. One of the taxi drivers in the village never took a fare past the entrance gate without stopping for a minute and pointing inside; perhaps it was he who drove Daisy and Gatsby over to East Egg the night of the accident, and perhaps he had made a story about it all his own. I didn't want to hear it and I avoided him when I got off the train.

I spent my Saturday nights in New York because those gleaming, dazzling parties of his were with me so vividly that I could still hear the music and the laughter, faint and incessant, from his garden, and the cars going up and down his drive. One night I did hear a material car there and saw its lights stop at his front steps. But I didn't investigate. Probably it was some final guest who had been away at the ends of the earth and didn't know that the party was over.

On the last night, with my trunk packed and my car sold to the grocer, I went over and looked at that huge incoherent failure of a house once more. On the white steps an obscene word, scrawled by some boy with a piece of brick, stood out clearly in the moonlight, and I erased it, drawing my shoe raspingly along the stone. Then I wandered down to the beach and sprawled out on the sand.

Most of the big shore places were closed now and there were hardly any lights except the shadowy, moving glow of a ferryboat across the Sound. And as the moon rose higher the inessential houses began to melt away until gradually I became aware of the old island here that flowered once for Dutch sailors' eyes—a fresh, green breast of the new world. Its vanished trees, the trees that had made way for Gatsby's house, had once pandered in whispers to the last and greatest of all human dreams; for a transitory enchanted moment man must have held his breath in the presence of this continent, compelled into an aesthetic contemplation he neither understood nor desired, face to face for the last time in history with something commensurate to his capacity for wonder.

And as I sat there brooding on the old, unknown world, I thought of Gatsby's wonder when he first picked out the green light at the end of Daisy's dock. He had come a long way to this blue lawn, and his dream must have seemed so close that he could hardly fail to grasp it. He did not know that it was already behind him, somewhere back in that vast obscurity beyond the city, where the dark fields of the republic rolled on under the night.

Gatsby believed in the green light, the orgastic future that year by year recedes before us. It eluded us then, but that's no matter—tomorrow we will run faster, stretch out our arms farther. . . . And one fine morning—

So we beat on, boats against the current, borne back ceaselessly into the past.

위대한 개츠비를 다시 읽다

1판 1쇄 발행일 2013년 5월 15일
지은이 | 김욱동
펴낸이 | 임왕준
편집인 | 김문영
교정·교열 | 양은희
펴낸곳 | 이숲
등록 | 2008년 3월 28일 제301-2008-086호
주소 | 서울시 중구 장충단로 8가길 2-1(장충동1가 38-70)
전화 | 2235-5580
팩스 | 6442-5581
홈페이지 | http://www.esoope.com
블로그 | http://esoope.blog.me
Email | esoope@naver.com
ISBN | 978-89-94228-64-8 93840
저작권 ⓒ 이숲, 2013, printed in Korea.

▶ 이 책은 저작권법에 의하여 국내에서 보호를 받는 저작물이므로 무단전재 및 복제를 금합니다.
▶ 이 책은 환경보호를 위해 재생종이를 사용하여 제작하였으며 한국출판문화진흥원이 인증하는
 녹색출판마크를 사용하였습니다.
▶ 이 도서의 국립중앙도서관 출판시도서목록(CIP)은 서지정보유통지원시스템 홈페이지(http://
 seoji.nl.go.kr)와 국가자료공동목록시스템(http://www.nl.go.kr/kolisnet)에서 이용하실 수
 있습니다.(CIP제어번호: CIP2013003753)